BUTTERBREZELN UND BETRÜGER

Cindy Jäger wuchs in der Nähe von Leipzig auf und war als Lehrerin in Berlin und Ungarn unterwegs. Heute wohnt sie im idyllischen Weilheim am Fuß der Schwäbischen Alb. Ideen für ihre Krimis und Familiengeheimnisromane findet sie bei ihrer Arbeit als Qualitätstesterin und beim Wandern. Sie möchte noch andere Genres ausprobieren und hätte nichts dagegen, ihre Bücher immer dort zu schreiben, wo sie spielen.

CINDY JÄGER

BUTTERBREZELN UND BETRÜGER

Schwaben Krimi

emons:

© Emons Verlag GmbH
Cäcilienstraße 48, 50667 Köln
info@emons-verlag.de
www.emons-verlag.de
Alle Rechte vorbehalten
Umschlagmotiv: Shutterstock/BartTa; Creative Photo Focus
Umschlaggestaltung: Nina Schäfer, nach einem Konzept
von Leonardo Magrelli und Nina Schäfer
Umsetzung: Tobias Doetsch
Gestaltung Innenteil: DÜDE Satz und Grafik, Odenthal
Lektorat: Christiane Geldmacher, Textsyndikat Bremberg
Übersetzung Deutsch-Schwäbisch: Sylvia Scheufele
Druck und Bindung: GGP Media GmbH, Pößneck
Printed in Germany 2025
ISBN 978-3-7408-2390-0
Schwaben Krimi
Originalausgabe

Prolog

Es war so schwierig, gute Leute zu finden – da ging es der schwäbischen Betrügerbranche nicht besser als dem Daimler. 's Kätzle lümmelte träge rauchend in dem zerschlissenen Bürostuhl und warf dem Neuen lauernde Blicke zu. Der Junge gab sich cool unter seiner Schildmütze, aber sie war schon zu lange im Geschäft, als dass sie sich davon täuschen ließe. Sein magerer Körper wurde fast vom Besuchersessel vereinnahmt, wodurch er so hilflos wirkte wie ein neugeborenes Katzenbaby. Von draußen näherten sich Schritte, und sie sah, wie sich die blassblauen Augen des Jungen an die einzige Tür hefteten, bis sich das Geräusch wieder in der Ferne verlor. Er zog den Mützenschild noch tiefer ins Gesicht, aber 's Kätzle hatte bereits genug gesehen. Schmatzend saugte sie an der Zigarette und ließ den Neuen zappeln. Eine Minute. Dann noch eine.

»Also, was geht?«, meldete sich der Junge in einem sorgfältig einstudierten gleichgültigen Tonfall zu Wort.

Schweigen hält er nicht aus, dachte 's Kätzle, lächelte undurchdringlich statt einer Antwort und blies hellen Rauch in seine Richtung. Mit kaum merklichem Nicken gab sie der dritten Person im Raum ein Zeichen.

Der bärtige Rausschmeißertyp namens Schulzi hatte bisher regungslos neben dem Neuen gestanden. Im toten Winkel, sodass der Junge ihn trotz seiner Körperfülle vergessen zu haben schien. Erschrocken zuckte er zusammen, als sich Schulzis muskelbepackter Arm in sein Blickfeld schob und ihm ein gefaltetes Blatt Papier an die magere Brust drückte. 's Kätzle rollte mit den Augen, drückte die Zigarette in einem altmodischen Aschenbecher aus und sah zu, wie die Kippe von der Metallklappe verschluckt wurde. Dann wandte sie ihren Blick abermals dem Neuen zu. Zitterten seine Hände,

als er das Blatt auseinanderfaltete? Er hatte den Mützen-
schirm tief ins Gesicht gezogen, darunter konnte sie erkennen, wie sich seine Lippen bewegten, während sein Blick
über die Worte glitt.

Ach du meine Güte, dachte 's Kätzle. Natürlich kannte
sie den Ausdruck bereits auswendig.

*Lene Bäuerle, 84, verwitwet, Wohnort Weilheim.
Ein Sohn, lebt in Stuttgart. Zwei Enkel, einer macht
gerade Abi am Schlossgymnasium Kirchheim, einer studiert Physik in Tübingen. Herz-OP vor vier Jahren.
Geht zweimal die Woche zum Koronar-Sport. Pflegedienst einmal die Woche für Arbeiten im Haushalt. Geht
jeden Nachmittag zum Bäcker, ein Kaffee und ein süßes
Stückle, meistens Flachswickel oder Rosinenzopf.*

Der Neue hob ruckartig den Kopf. »Woher wisst ihr das
alles? Überwacht ihr die Leute?«, wollte er wissen. »Braucht
ihr dafür jemanden? Ich kann mich gut unsichtbar machen.
Ich –«

»Du schwätzt zu viel«, unterbrach ihn Schulzi.

's Kätzle hob die Linke und winkte den Bärtigen heran.
Routiniert schüttelte Schulzi eine Zigarette aus der Packung
und hielt sie ihr hin. »Unsere Informationsquelle sprudelt
auch ohne dich, mein Kleiner«, krächzte sie, während Schulzi
ihr Feuer gab.

Normalerweise hätte der Junge sicher gegen so eine Bezeichnung protestiert, aber er verhielt sich ruhig und blickte
sie gespannt an. 's Kätzle beschloss, dass sie genug mit ihm
gespielt hatte. Es war Zeit fürs Geschäft.

»Deine Aufgabe ist es, die gute alte Lene dazu zu bringen,
uns ein bisschen Geld zu überlassen. Gerne auch ein bisschen
mehr.«

Mit der Rechten bediente sie eine kompliziert aussehende
Telefonanlage, und Schulzi reichte dem Neuen ohne viel Fe-

derlesen den Hörer. Verdattert nahm er ihn entgegen, und seine Augen weiteten sich vor Schreck, als er das Rufzeichen hörte.

»Lene Bäuerle«, knarzte es bereits am anderen Ende. Der Neue sagte gar nichts, sondern starrte nur den Hörer an.

»Ja? Wer ist denn da?«

»Äh ... hallo ... Hier ist ... äh ... Rate mal.«

's Kätzle nickte. Sie hatte schon geglaubt, er würde seinen richtigen Namen nennen, aber er hatte noch mal die Kurve gekriegt. Frau Bäuerle hatte indes keine Lust zu raten. »Wer ist denn da?«

»Ich habe schon länger nicht mehr angerufen. Tut mir leid.«

Sehr gut, dachte 's Kätzle. Vielleicht war doch nicht Hopfen und Malz verloren.

»Und wer bist du?« Die alte Dame am anderen Ende gab nicht klein bei. Entgegen der allgemeinen Annahme war es gar nicht so einfach, alte Leute übers Ohr zu hauen. Von den meisten sahen sie keinen Cent. Man musste lange und ausdauernd die Telefonlisten abarbeiten, damit einem ein gutgläubiger, verängstigter oder dementer Senior ins Netz ging, aber dann konnte es schon mal ein paar Tausender regnen.

»Ich musste so viel lernen ...« Der Kleine war nicht schlecht, aber Frau Bäuerle hatte anscheinend wenig Geduld.

»Wenn du mir nicht sagst, wer du bist, lege ich auf.«

»Aber Oma, warum bist du denn so aufgeregt? Das ist doch nicht gut für dein Herz!«

»Nenn mich nicht ›Oma‹! Du bist nicht mein Enkel. Du bist einer von den Betrügern, vor denen die Zeitung warnt!«

»Nein, was –« Weiter kam er nicht, denn das Freizeichen ertönte. »Scheiße«, murmelte der Neue, und Schulzi nahm ihm den Hörer ab.

's Kätzle ließ die aufgerauchte Zigarette im Aschenbecher verschwinden. Pech gehabt. Das passierte öfter, deshalb machte sie sich keine Sorgen. Der Junge hatte keinen Namen genannt, und die Nummer ließ sich nicht zurückverfolgen. Sie hoffte bloß, dass die Alte keinen zweiten Herzinfarkt kriegte. Mit einer anderen Masche konnten sie es in zwei Wochen erneut bei ihr probieren, und das würde sie dann selbst übernehmen. Vielleicht als Anruferin von der Krankenkasse, wegen einer Medikamentennachzahlung oder so etwas in der Art.

Der Neue sah bedröppelt drein. Sein Gesicht war so jungenhaft unschuldig, dass sie ihn fast getröstet hätte. Aber nur fast. Mit dem Gesicht konnten sie etwas anfangen, es würde noch lange jugendlich aussehen. Jetzt musste man ihn erst einmal einlernen und an der kurzen Leine halten. Und wenn er sich als komplette Katastrophe herausstellte, musste sich Schulzi etwas einfallen lassen.

»Jetzt zeige ich dir mal, wie das geht, Kleiner. Spitz die Ohren.« Sie ließ sich eine Zigarette geben und griff zum Hörer.

Der Junge kramte in seinem Rucksack, zog einen zerfledderten Block samt angeklemmtem Kuli heraus und blickte sie erwartungsvoll an. Und da hieß es, die Jugend von heute hätte keine Lust zu lernen! 's Kätzle konnte sich ein kaltes Lächeln nicht verkneifen, als sie die nächste Nummer wählte.

Liebesgrüße aus Berlin

Katrin Schimmelpfennig hatte immer von einer kleinen Bar in Manhattan geträumt. New York schien ihr der geeignete Ort, ihrem Leben als Nachtschwärmerin die Krone aufzusetzen. Am besten in einem der Luxushotels, gehobene Klientel inbegriffen. Sie sah die mit Chintz gepolsterten Barhocker vor sich, auf denen Männer in Anzügen und Frauen in figurbetonten Cocktailkleidchen vertraulich miteinander plauderten. Das gedämpfte Licht schluckte nicht nur die Gesichtsfalten ihrer Gäste, sondern auch deren geflüsterte Geheimnisse. Sicher würden sich Künstler und Prominente, die ihre Diskretion zu schätzen wussten, dorthin verirren. Aber die schillerndste Gestalt würde sie selbst sein. Sie würde sich endlich nicht mehr verstellen müssen, sondern ungeniert ihre geliebten Paillettenkleider tragen, an einem angesagten Trendcocktail nippen und verrucht rauchend die Gäste beobachten.

Ein lautes Hupen riss sie aus ihren Tagträumen und machte ihr deutlich, dass sie sich nicht in der amerikanischen Glitzermetropole befand, sondern in der schwäbischen Provinz.

»Dädet Se vielleicht amol von dr Stroß ronterganga?«

Irritiert lüftete sie ihre Sonnenbrille. Die Aprilsonne brachte sie zum Blinzeln, und sie sah kaum den schwarzen Daimler, der fast die ganze Gasse ausfüllte. Ohne es zu merken, musste sie vom Fußweg auf die Straße getreten sein. Was nicht verwunderlich war, denn beides befand sich auf gleicher Ebene. Außerdem waren Fußwege und Straßen winzig im Vergleich zu den Dimensionen, die sie aus Berlin kannte, wo sie den größten Teil ihres Lebens verbracht hatte.

Ein Doppelhupen schallte durch die enge Gasse, und der Fahrer gestikulierte auffordernd. Katrin zwinkerte ihm zu und setzte sich mit einem gekonnten Hüftschwung in Bewegung, woraufhin er dicke Backen machte. Ganz so glorreich war ihr Abgang allerdings nicht, denn der dünne Absatz ihrer Schlangenlederpumps blieb im Straßenpflaster stecken. Mit einem wenig damenhaften Ruck befreite sie ihren Schuh und betrachtete das Malheur, während der Daimler vorbeiglitt und seitlich vor der Bäckerei Scholderbeck einparkte.

»Klasse«, fauchte sie, »jetzt hat Weilheim mein drittes Paar Pumps ruiniert!«

Der ältere Daimlerfahrer, gediegen in teuren schwarzen Lederschuhen, dunkelblauer Stoffhose und Strickpullover aus Kaschmir, stieg aus seiner Limousine, als würde ihm die ganze Gasse gehören, und betrachtete sie ungläubig von Kopf bis Fuß. Aus Gewohnheit taxierte ihn Katrin und kam schnell zu dem Schluss, dass er zwar wohlhabend war, sein Geld aber nicht leichtfertig zum Fenster hinauswerfen würde. Also kein Kandidat zum Anbandeln und Ausnehmen, selbst wenn sie diese Routine nicht vor geraumer Zeit in Berlin zurückgelassen hätte wie alles andere.

Mit einer fließenden Bewegung schob sie sich die Sonnenbrille ins Gesicht und strafte ihn mit Nichtachtung, indem sie sich dem Gebäude auf der anderen Straßenseite zuwandte. Das Schild in einem der Ladenfenster zeigte die Aufschrift »Nachmieter gesucht«. Vor ein paar Tagen noch hatte hier ein Restaurant, das auf zeitgenössische Küche setzte, seine letzten Gäste bedient. Katrins Freundin Eva hatte ihr beim Frühstück von der Schließung erzählt. Als sich Eva auf den Weg zur Flaschnerei ihres Mannes gemacht hatte, wo sie das Büro betreute, hatte Katrin nicht lange überlegt. Was, wenn sie ihre Bar einfach in Weilheim eröffnete?

Nun gab ihr allerdings die Tatsache zu denken, dass ausgerechnet das zeitgenössische Restaurant geschlossen hatte, während Wirtschaften namens »Zur Ratsstube« oder Gasthof »Zur Post« anscheinend brummten. Die Lage wäre ideal, aber was nützte ihr das, wenn die Gehwege bei Sonnenuntergang hochgeklappt wurden? Außerdem war ihr aufgefallen, dass die Preise im idyllischen Weilheim denen in New York in nichts nachstanden. Selbst wenn sie ihre Sammlung an Designer-Handtaschen veräußerte, würde sie sich den Preis für die Räumlichkeiten vermutlich nicht lange leisten können. Nicht wenn sie außerdem eine eigene Wohnung brauchte, die sie bezahlen musste. Und erst einmal eine finden! Auf einmal kam es ihr viel leichter vor, nach Berlin zurückzukehren und einfach dort weiterzumachen, wo sie aufgehört hatte. Allerdings war ihre bisherige Tätigkeit der Grund gewesen, die Hauptstadt in einer Nacht-und-Nebel-Aktion zu verlassen.

Der Gedanke ernüchterte sie. Sie ließ sich auf einen der übergroßen Steinguttöpfe sinken, die überall im Städtle standen und mit leuchtend bunten Stiefmütterchen bepflanzt waren. Im Gegensatz zu Berlin gab sich Weilheim alle Mühe, dass sich seine Bewohner so wohl wie möglich fühlten. Alle Geschäfte in der Altstadt, samt ihren gediegenen Aushängeschildern, sahen achtbar und ordentlich aus, seit Generationen liebevoll gepflegt. Im Gegensatz zu mir, dachte Katrin bitter.

Das saubere Kopfsteinpflaster fraß ihre teuren Designerschuhe. Beim Anblick der schmucken Fachwerkhäuser vermisste sie die edlen Bars und die Luxushotels in Berlin so sehr, dass sich ihr Brustkorb schmerzhaft zusammenzog. Selbst die kleinen gelben und lilafarbenen Stiefmütterchen blickten sie mitleidig aus ihren Kübeln heraus an, und sie wünschte sich die roten Rosen ihrer Verehrer, ja, ihr ganzes Leben in der Hauptstadt zurück.

»Aber das habe ich mir selbst gründlich versaut«, murmelte sie vor sich hin und presste die schwarze, elegant abgesteppte Handtasche von Chanel an ihre Brust. Selbst der Duft frischer Brezeln vom Scholderbeck konnte sie nicht aufheitern. Sie hatte in Berlin verbrannte Erde zurückgelassen und saß, weil ihr für einen glorreichen Neuanfang das Geld fehlte, in der schwäbischen Provinz fest, wo sie niemand haben wollte.

»Stimmt ja gar nicht!« Ihre Freundin Eva hatte sich riesig

gefreut, als sie vor sechs Wochen mit zwei schrankähnlichen Koffern, ihrer Reisetasche von Louis Vuitton und der kleinen Chanel zu den Gscheidles gezogen war. Und Katrin freute sich noch viel mehr, ihre älteste und einzige Freundin jeden Tag zu sehen. Nur deshalb war sie noch nicht weitergezogen. Um Evas willen musste sie sich endlich aufraffen und sich in Weilheim etwas aufbauen. Wenn keine Bar, dann eben etwas anderes! Sie strich sich den Rock glatt und blickte sich um. Vorbei an der Peterskirche zu einer Reihe Fachwerkhäuser, in denen eine Apotheke und eine Bibliothek untergebracht waren. Weil sie Weilheim nicht noch mehr von ihrem Absatz opfern wollte, stöckelte sie langsam über das Pflaster.

»Ich könnte eine kleine Boutique eröffnen«, sprach sie mit sich selbst und bog in eine Gasse ein, die sich als Ring durch die Weilheimer Altstadt zog. Allerdings gab es bereits zwei Modeläden. Würde der Ort einen dritten verkraften? Und wäre die Kundschaft an den Kleidungsstücken, wie sie Katrin vorschwebten, überhaupt interessiert? Seit sie in Weilheim wohnte, hatte sie noch keine Paillette, keinen Strass und kein Schlangenleder gesehen, außer an sich selbst.

Einen Tierarzt gab es noch, und nachdem sie einen Physiotherapeuten, eine Eisdiele und einen Optiker passiert hatte, war sie wieder an ihrem Ausgangspunkt angelangt. Das war wohl nix, dachte sie niedergeschlagen. Als wäre das nicht genug, begann ihr Magen zu knurren.

Entschlossen nahm sie die zwei Stufen zum Scholderbeck. Wenigstens ihren Hunger konnte sie gleich besänftigen. »Aushilfen gesucht«, stand neben dem Schild mit den Öffnungszeiten, aber so kleine Brötchen würde eine Katrin Schimmelpfennig nicht backen, schwor sie sich. Nicht, nachdem sie ihr ganzes Leben lang sozusagen selbstständig gewesen war. Und die Öffnungszeiten erst. Sechs Uhr! Da sollte sie schon aufgebürstet hinter dem Tresen stehen und gute Laune beim Brötchenschmieren verbreiten? Niemals.

Sie kaufte einen schwarzen Kaffee und eine Butterbrezel, ließ sich unter den Kastanien vor der Peterskirche auf der bequemen Bank nieder und dachte nach. Statt Drinks oder heiße Fummel zu verkaufen, müsste man den Leuten eher einen Service anbieten, sinnierte sie kauend. Die Verkäuferin hatte mit der Butter nicht gespart, und Katrin merkte, wie sich ihr Lippenstift langsam in Fett und Salz auflöste. Ihre Idee ging jedenfalls in die richtige Richtung. Für eine Dienstleistung brauchte man nicht unbedingt ein teures Ladengeschäft, und man musste auch nichts investieren außer Zeit. Davon hatte sie wahrlich genug! Die Butterbrezel brachte ihren Blutzuckerspiegel in Ordnung, und ihre Gedanken gaben ihr überdies neuen Auftrieb.

Die Weilheimer wussten es noch nicht, aber Katrin Schimmelpfennig befand sich im Städtle, und sie hatte jede Menge zu bieten. Sie musste sich nur überlegen, was genau.

***

Man darf die Weilheimer nicht mit den Berlinern vergleichen, dachte Katrin, als sie am späten Nachmittag neben ihrer Freundin Eva im Auto saß. Sie war in Gedanken einen Schritt zu weit gegangen. Bevor sie darüber nachdachte, wofür sie den Weilheimern Geld abknöpfen konnte, musste sie erst einmal Marktforschung betreiben. Und sie wusste auch genau, wo sie damit beginnen würde.

Eva arbeitete tagsüber im Büro ihres Mannes und gab abends zweimal die Woche Sportkurse. Katrin hatte sich zum Mitmachen breitschlagen lassen, weil sie Zeit mit Eva verbringen wollte und sonst nichts zu tun hatte. Im Allgemeinen hielt sie von sportlicher Betätigung ungefähr genauso viel wie von ehrlicher Arbeit. Aber heute hatte sie Hintergedanken, ihr zukünftiges Business betreffend, und freute sich fast darauf.

»Was steht gleich noch mal auf dem Plan?«, fragte sie Eva

und richtete im Rückspiegel ihr himbeerfarbenes Stirnband, das einen wunderbaren Kontrast zu ihren hellen Haaren und den blauen Augen bildete.

»Seniorengymnastik«, erwiderte Eva ernst, aber die Lachfältchen um ihre braunen Augen zeigten Katrin, dass sie auf den Arm genommen wurde, was sich nur Eva erlauben durfte.

»Genau das Richtige für mich«, seufzte sie und gab es auf, ihre blond gefärbten Strähnen malerisch drapieren zu wollen.

»Ich mache noch eine Sportskanone aus dir«, lachte Eva und fuhr auf den Parkplatz vor dem Fitnessstudio am Ortsrand.

Die Marktforschung kann beginnen, dachte Katrin, sich die manikürten Hände reibend und bereit, sofort loszulegen. Allerdings erhielt ihr Enthusiasmus einen kleinen Dämpfer, als eine groß gewachsene Frau mit verkniffenen Lippen den Raum betrat und ganz hinten ihre Matte ausbreitete. In ihrem krausen brünetten Haar zeigte sich das erste Grau. Katrin wusste, dass sie Verena hieß und immer als Erste im Sportkurs erschien. Wie jedes Mal musterte sie Katrin von oben bis unten, legte dabei die Stirn in Falten und sagte nichts.

Katrin hatte keine Lust, sich mit ihr zu unterhalten, Marktforschung hin oder her. Sicher dachte diese Verena, ein himbeerfarbenes bauchfreies Top wäre nichts für eine Frau in Katrins Alter. Diese blickte zufrieden an sich herunter. Das Top zeigte nur einen kleinen Streifen Bauch, und die schwarzen Leggings mit raffiniert gesetzten Nähten betonten ihre schlanken Beine und ließen sie athletischer wirken, als sie tatsächlich war. Katrin hatte jahrelange Erfahrung darin, sich bestmöglich in Szene zu setzen. Wenn sie genauer darüber nachdachte, war das vermutlich sogar die einzige Fähigkeit, mit der sie auftrumpfen konnte. Sie würde sich ganz sicher nicht als Mauerblümchen ausgeben, auch wenn das bei den Weilheimern besser ankam.

Sie ignorierte Verena und versuchte, mit den anderen Frauen ins Gespräch zu kommen. Die kamen allerdings in Grüppchen an und erwiderten zwar freundlich Katrins Begrüßung, blieben aber unter sich. Vermutlich kennen sie sich schon seit der Grundschule, dachte Katrin, aber ihr Ehrgeiz war geweckt. Angestrengt lauschend verfolgte sie die Gespräche.

In Grüppchen eins ging es darum, dass der Scholderbeck einfach keine neuen Leute fand. »Koiner will mehr schaffa«, ereiferte sich eine Frau Anfang fünfzig mit eisengrauem Dutt. Katrin hatte sie schon oft hinter der Bäckertheke gesehen, wenn sie sich ihren morgendlichen Kaffee holte. Das war meistens so um die Mittagszeit. Der Bäcker war selbst schuld, wenn er so früh aufmachte. Wer tat sich die Arbeitszeit freiwillig an?

Wenn sie sich das nächste Mal eine Brezel holte, würde Katrin die Eisengraue jedenfalls in ein Gespräch verwickeln. Ein gemeinsames Gesprächsthema, den Sportkurs, hatten sie schon. Oder sie konnte ihr einen guten Friseur im benachbarten Kirchheim empfehlen, denn der Dutt tat wirklich gar nichts für ihr Gesicht. Katrin wandte sich dem zweiten Grüppchen zu, aber dort beglückwünschte man eine ältere Frau mit drahtiger Figur gerade zum neuen Enkelkind. Zu diesem Thema hatte Katrin nichts zu sagen. Sie speicherte alle Gesprächsthemen ab und nahm sich vor, bis nächste Woche das ein oder andere zu recherchieren. So hatte sie es immer gemacht, wenn sie ... geschäftlich in Berlin unterwegs gewesen war.

Mittlerweile waren sie vollzählig. Katrin ließ den Blick weiterschweifen. Vor dem Regal mit den Faszienrollen unterhielt sich Verena mit einer molligen Teilnehmerin in einem engen gelben Top und leuchtend grünen Leggings. Die junge Frau hielt verkrampft die Arme vor den Körper und wandte den anderen den Rücken zu. Vielleicht ziehst du dich besser nicht an wie die brasilianische Flagge, wenn du keine

Aufmerksamkeit willst, dachte Katrin mitleidig. Sie hätte ihr gern noch den Tipp gegeben, immer nur *ein* auffälliges Teil zu tragen, war sich aber sicher, dass sie ihr mit dem gut gemeinten Ratschlag keine Freude gemacht hätte. Außerdem unterhielt sich Verena mit ihr, ohne sie hochnäsig von Kopf bis Fuß zu mustern. Ja, in ihrer Gegenwart wurde die Mollige sogar merklich lockerer.

Katrin kam in den Sinn, dass Verena vielleicht keinen Anstoß an ihrem modischen Sportoutfit nahm, sondern an ihr selbst. Konnte das sein? Sie blickte sich um. Alle schwätzten munter miteinander, nur sie stand mitten im Raum wie bestellt und nicht abgeholt. Für gewöhnlich kam Katrin in Gegenwart anderer Menschen so richtig in Fahrt, aber plötzlich fühlte sie sich schrecklich einsam. Alles fühlte sich verkehrt an, seit sie Berlin verlassen hatte.

Eva hatte sich zum Telefonieren in eine Ecke zurückgezogen. Dort lagerten Medizinbälle verschiedener Größe und erinnerten Katrin unangenehm an den Schulsport. Unschlüssig stand sie herum. Sie war schon drauf und dran, ihre Matte zusammenzurollen und in den nächstbesten Zug Richtung Berlin zu steigen, als Eva ihrem Elend ein Ende bereitete und sie alle zum Aufwärmen »Kirschen pflücken« ließ.

Während sich Katrin so groß wie möglich machte und die Arme Richtung Decke streckte, kehrte ihr Kampfgeist zurück. Die Provinzler für sich einzunehmen, war schwerer als gedacht. Na und? Was war in ihrem Leben schon einfach gewesen? Katrin schob den Gedanken beiseite und beschloss, sich die Menschen einzeln vorzunehmen. Die mollige Brasilienflagge war ihre erste Wahl. Außer dieser Verena schien sie im Kurs niemanden zu kennen. Zuerst würde sie ihr ein Kompliment zur Wahl ihrer Leggings machen, vielleicht fragen, wo man sie bekam, und alles Weitere würde sich schon ergeben.

Katrin versuchte, sich an ihren Namen zu erinnern, auch um sich von Evas Übungen abzulenken, die ihre nicht vorhandenen Bauchmuskeln zum Schreien brachten. Sie musste sich furchtbar anstrengen, mit den anderen mitzuhalten und sie nicht merken zu lassen, dass sie außer einem klasse Outfit im Sportkurs nichts zu bieten hatte.

Eva erlöste sie schließlich und verabschiedete den Kurs bis zur nächsten Woche. Mit einem Blick rief sie Katrin zu sich. »Hast du heute Abend schon was vor?«

Katrin blickte zur Uhr über dem Eingang. »Was kann man nach sechs denn in Weilheim unternehmen?«

»In der ›Post‹ ist heute Schnitzelabend, und meine Jungs wollen hingehen. Was hältst du davon?«

»Ich bin dabei.«

»Allerdings muss ich heute eine Kollegin vertreten, aber das ist nur eine halbe Stunde Rehasport. Du kannst dich frisch machen und an der Bar warten. Oder du machst mit …«

»Frisch machen und Bar klingt hervorragend!«, erklärte Katrin rasch, und Eva grinste. Ihre Freundin sah immer noch taufrisch aus, obwohl sie jede Übung mitmachte. Heute sah sie sogar besonders rosig aus, und sie brauchte noch nicht einmal ein himbeerfarbenes Top dafür.

»Du bist selbstverständlich eingeladen.«

Katrin wollte fragen, ob es etwas zu feiern gebe. Auswärts zu essen gönnten sich die Gscheidles selten, noch dazu mitten in der Woche. Jedoch war Eva damit beschäftigt, alle Verabschiedungen zu erwidern, während sie den Raum für die nächste Gruppe vorbereitete.

Katrin nahm sich ein Beispiel an ihr. Bis nächste Woche würde sie sich überlegen, wie sie ihre geheime Marktforschung effizienter durchführen konnte.

***

Nach der körperlichen Folter genoss sie eine heiße Dusche und hielt ihr Gesicht gekonnt vom Wasserstrahl fern. Ihr Make-up hatte unter dem Trainingsschweiß schon genug zu leiden gehabt. Aber da gab es etwas, worauf sie sich freuen konnte. Wer hätte gedacht, dass ausgerechnet im Fitnessstudio eine Bar zu finden war? Hastig trocknete sie sich ab und zwängte sich in ihren Lederrock. Erinnerungen an wilde Nächte in Berlin wurden wach. Was sie im hinteren Teil des Studios erwartete, war allerdings eine einzige Enttäuschung: »VITAMIN-BAR«, stand auf dem Schild, umrahmt von Bananen, Kiwis und anderen Früchten, die Katrin sofort unsympathisch waren.

Der Tresen war ganz in Weiß gehalten und gut ausgeleuchtet. Vermutlich um die Muskeln und Sehnen des Barkeepers, der auch als Bodybuilder durchgehen konnte, in Szene zu setzen. Leider auch jede Falte und ihr fleckiges Make-up, das sich nach einem Tag voller Enttäuschungen langsam zersetzte. Ein Blick auf die Getränkekarte offenbarte Katrin, dass ihr auch Alkohol nicht helfen würde, dieses ganze Elend zu vergessen, weil es gar keinen gab.

Damit nicht genug, erkannte sie am anderen Ende des Tresens Verena, die sie musterte und sich dann wieder etwas zuwandte, das aussah wie ein Milchshake.

»Ist gerade Happy Hour?«, flapste Katrin in Richtung des Bodybuilder-Barkeepers und setzte sich so weit wie möglich von Verena weg.

Der grinste jungenhaft, obwohl er ungefähr Katrins Alter haben musste, und schüttelte den Kopf. »Diesen Monat ist Gratis-Verkostung für unsere neuen Eiweiß-Eistees. Haben Sie Lust?«

Katrin lief nicht gerade das Wasser im Mund zusammen, aber sie schaffte es, sich ein begeistertes Nicken abzuringen. »Ich bin schon gespannt.« Diesen Ort eine Bar zu nennen, war eine unverzeihliche Frechheit.

Während der Barkeeper mit dem Rücken zu ihr mehrere ominöse Pulver in Probiergläser schüttete und mit Wasser aufgoss, zog sich Katrin rasch die Lippen nach. Der ins Pink gehende Rotton ließ ihre Zähne strahlend weiß wirken. Zufrieden klappte sie ihren Taschenspiegel zu und bemerkte Verenas kritischen Blick.

Langsam hatte Katrin genug von ihr. Ja, sie war fast vierzig, aber blondierte Haare und roter Lippenstift gehörten zu ihr und würden es auch noch tun, wenn sie hundert Jahre alt wäre.

Ihr lag eine zickige Bemerkung auf den Lippen, da stellte der Bodybuilder ein Tablett mit mehreren Gläschen vor sie hin. Katrin beschloss, sich nicht weiter über das Mauerblümchen vom Land zu ärgern und die schönen Seiten des Lebens zu genießen. So schön, wie es in einem Ort ohne echte Bar oder echtes Nachtleben sein kann, dachte sie bissig und probierte einen Schluck.

»Nicht schlecht.« Für Eistee. »Was Stärkeres gibt's hier nicht?«

»Ist das Beste für starke Muskeln.«

Katrin seufzte und kippte das nächste Glas so schnell hinunter, dass sie sich verschluckte. So etwas Furchtbares hatte sie noch nie getrunken. Der künstliche Geschmack nach Erdbeeren und ein undefinierbarer Beigeschmack lösten einen Würgereiz aus. Kein Wunder, dass sie die »Eistees« gratis ausschenkten! Unauffällig wischte sie sich die Eisteereste von Mund und Kinn.

»Ähm, dürfte ich die Eistees auch probieren?«, kam es von der Seite.

»Klar doch«, erwiderte der Barkeeper und wandte sich abermals um, sodass Katrin seine ausgeprägten Nackenmuskeln bewundern konnte.

Wieder einmal überkam sie das Gefühl, an einem Ort zu sein, wo sie nicht hingehörte. Bei dem Typen traten Muskeln an Stellen hervor – dass man da überhaupt welche trainieren konnte! Sie hatte vermutlich nicht mal an den Körperstellen welche, die dafür bestimmt waren. Und daran würden auch Evas Kurse und die Eiweiß-Eistees nichts ändern. Wem machte sie hier etwas vor? Nur der Gedanke, später ihr Schnitzel mit einem schönen Glas Rotwein oder einem Obstbrand herunterzuspülen, tröstete sie.

Aus dem Augenwinkel nahm sie eine Bewegung wahr. Verena war zur Mitte des Tresens aufgerückt und betrachtete sie mit zusammengekniffenen Augen. Katrin blickte herausfordernd zurück. Da näherte sich Verenas Zeigefinger ihrem Gesicht.

»Ihr ... ähm ... Lippenstift ist ...«

»... zu auffällig?«, beendete Katrin patzig den Satz.

Alle Dämme waren plötzlich gebrochen. Wenn diese Verena sie die ganze Zeit schief ansah, dann von der Seite anquatschte und auch noch mit dem Finger auf sie zeigte, musste sie sich nicht wundern, wenn Katrins ganzer Frust über sie hereinbrach!

»Äh, nein ... aber ...«

»Zu unpassend?«, giftete Katrin und kam richtig in Fahrt.

»Ich ... äh ...«

»Sie finden, eine Frau in meinem Alter sollte so etwas nicht tragen?«

»Aber nein ...«

»Und wer sind Sie, dass Sie mir das vorschreiben wollen?« Katrin hatte große Lust, die hagere Landpomeranze bis aufs Blut zu triezen.

Verena lief puterrot an und holte tief Luft. »Wenn ich so umwerfend aussehen würde wie Sie, würde ich auch roten Lippenstift tragen, wirklich.«

Katrin war so verblüfft, dass ihr keine Erwiderung einfiel. Was im nüchternen Zustand noch nie vorgekommen war.

»Ich wollte nur sagen –«, fuhr Verena fort, aber weiter kam sie nicht.

Eva war aufgetaucht und hatte Katrin den Arm um die Schultern gelegt. »Ich hoffe, du hast nicht zu viele Proteinshakes getrunken! Das beste Schnitzel im Städtle wartet auf dich.«

Katrin ließ die restlichen Eistees stehen und erhob sich.

»Ist noch genug Platz dadrin«, versicherte sie Eva und zeigte auf ihren von Evas hartem Training gestrafften Bauch, was ihrer Freundin ein sonderbares Lächeln entlockte. »Dann lass uns schnell fahren. Meine Jungs warten sicher schon. Bis nächste Woche, Verena! Ade.«

Katrin nahm Eva eine ihrer Taschen ab und stöckelte Richtung Ausgang, ohne sich noch einmal umzudrehen. Sie fühlte bereits, dass sie nächste Woche um diese Zeit furchtbare Kopfschmerzen haben und leider keinen Sport machen könnte. Die Marktforschung würde ausfallen.

**

»Oh, warte! Du hast Lippenstift am Kinn, und nicht zu knapp«, sagte Eva, als sie am Gasthof »Zur Post« ankamen. Sie holte ein Taschentuch hervor und wischte ihrer Freundin übers Kinn. Katrin wurde warm ums Herz, wie immer, wenn Eva ihr so etwas wie mütterliche Fürsorge angedeihen ließ. Dann zwackte sie das schlechte Gewissen, weil sie Verena, die auch nett zu ihr hatte sein wollen, so angeraunzt hatte. Genervt zuckte sie mit den Schultern. Was soll's? Sie wird's schon überleben, dachte sie und packte die Episode zu allen anderen, die mit schlechtem Gewissen zu tun hatten.

Der Duft frisch gebratener Schnitzel und der Lärm zahlreicher Gäste drangen durch die Gasthaustür nach außen. Der Schnitzeldienstag musste das Highlight der Weilheimer Woche sein.

Evas Jungs, Ali und Darian, und ihr Mann Ghobard saßen schon erwartungsvoll über ihren Speisekarten.

»Ich hab dir einen Platz freigehalten, Tante Katrin«, quiekte Darian durchs Lokal und zeigte neben sich auf die Bank.

Katrin quetschte sich hinein, und er lächelte selig. Evas Kinder waren die einzigen, mit denen sie etwas anfangen konnte. Bevor sie nach Weilheim gekommen war, hatte sie die beiden Jungs nur auf Bildern gesehen oder wenn die Gscheidles Urlaub in Berlin gemacht hatten. Ali, der Ältere, beachtete sie kaum. Aber Darian hatte aus unerfindlichen Gründen einen Narren an ihr gefressen.

Ghobard begrüßte Eva mit einem Kuss. Sicher war er seit dem frühen Morgen unterwegs gewesen, hatte Rohre verlegt, Abflüsse repariert und Badvorrichtungen installiert. Auch Eva war fleißig gewesen, hatte Aufträge in der Flaschnerei bearbeitet, sich um die Kinder gekümmert und dann ihre Sportkurse gegeben. Und was hatte Katrin den ganzen Tag gemacht?

Sie schob den Gedanken beiseite, weil sie sich nicht wieder ärgern wollte, schon gar nicht über sich selbst.

»Gibt's was zu feiern?«

»Ja!«, rief Ghobard begeistert. »Aber lasst uns erst mal bestellen. Hast du Lust auf ein Glas Wein zum Anstoßen?«

Katrin ließ sich nicht zweimal fragen. Evas Jungs hatten sich ihre Schnitzel schon ausgesucht, also steckte sie rasch die Nase in die Speisekarte. Die Extra-Karte mit den Schnitzeln machte die Entscheidung nicht leichter. Sie entschied sich für Zwiebelrostbraten mit Spätzle, das schien ihr nach dem ganzen Sport und den gesunden Eiweiß-Eistees angemessen. Ghobard schloss sich ihr an, die Jungs bestellten Schnitzel mit Pommes und Eva einen großen Salat mit Maultasche.

Ghobard war ganz hibbelig. Katrin fragte sich, ob er vielleicht einen großen Auftrag für die Flaschnerei an Land gezogen hatte. Die Kellnerin brachte die Getränke, und Ghobard hielt sein alkoholfreies Bier hoch.

»Was feiern wir denn jetzt?«, wollte Darian wissen. Sein Bruder hatte eine gleichgültige Miene aufgesetzt.

»Eure Mama möchte euch etwas ganz Tolles sagen.«

Auf dem Gesicht seines Ältesten zeichnete sich Misstrauen ab, und auch Katrin schwante Ungeheuerliches.

»Wir fahren ins Disneyland nach Paris?«, quiekte Darian.

»Nein. Ihr bekommt ein Geschwisterchen. Das wollen wir feiern.«

»Juhu!«, krähte Darian.

Ali verzog das Gesicht. Ihm war deutlich anzusehen, dass er zwischen »Ihr seid zu alt für so was« und »Ich teile mein Zimmer nicht« schwankte.

Katrin konnte es ihm nachfühlen.

»Okay«, war alles, was er herausbrachte.

Auch Katrin brauchte mehr als einen Moment, um sich zu fassen. Damit hatte sie als Allerletztes gerechnet. Sie riss sich jedoch zusammen, umarmte Eva fest und gratulierte ihr. »Das Essen geht auf mich. Nein, keine Widerrede!« Plötzlich hatte sie ein schlechtes Gewissen, sich von den Gscheidles einladen zu lassen. Nicht jetzt, wo sie für ein drittes Kind sorgen mussten.

»Ich will eine Schwester«, stellte Darian fest. »Der kann ich die Haare machen.«

»Es wird sehr lange keine Haare haben«, erwiderte Ali düster und brachte seine Eltern damit zum Lachen.

Katrin wollte sich das kleine, haarlose Ding lieber nicht vorstellen. »Du kannst auch einem Brüderchen die Haare machen.«

Darian blickte zu seinem älteren Bruder und schüttelte bedauernd den Kopf.

Ali warf ihm einem Blick zu, der jedem ein schreckliches Schicksal ankündigte, der es wagte, sich seiner sorgfältig gegelten Tolle auch nur zu nähern.

»Und nach Disneyland fahren wir jetzt auch nicht.«

Katrin beugte sich zu ihm hinunter. »Aber Darian, du kannst mit dem neuen Baby machen, was du willst. Du bist sein älterer Bruder«, flüsterte sie ihm ins Ohr, und er strahlte wieder.

»Wann ist das Baby denn da?«, fragte Katrin mehr aus Pflichtgefühl denn aus ehrlichem Interesse. Warum konnte sie sich nicht für ihre beste Freundin freuen? Eva und ihr Mann strahlten vor Glück. Katrin hingegen bekam nur ein gezwungenes Lächeln hin. Sie war die mieseste, selbstsüchtigste und nutzloseste Freundin aller Zeiten! Eva verdiente etwas Besseres.

Um die fehlenden Glücksgefühle einer werdenden Tante zu kompensieren, stellte sie Eva jede Frage, die ihr einfiel, und versprach ihr, sie zum Arzt zu fahren, falls Ghobard keine Zeit hätte. Außerdem stellte sie in Gedanken bereits eine niedliche, wenn auch nicht besonders nützliche Garderobe für das Baby zusammen.

Als der Rostbraten kam, merkte sie, dass sie gar keinen Hunger mehr hatte. Das zarte Fleisch schien sich beim Kauen in Leder zu verwandeln, und die Spätzle wurden immer mehr im Mund. Trotzdem aß sie tapfer alles auf, denn sie wollte Eva keinen Grund geben, sich zu wundern.

Reiß dich zusammen, Schimmelpfennig!, schalt sie sich und nahm sich vor, den Gscheidles unter die Arme zu greifen. Und das fing damit an, dass sie entweder nach Berlin zurückging, weiterzog oder sich ernsthaft um eine eigene Wohnung in Weilheim bemühte.

**

Zurück im Haus der Gscheidles begab sich Katrin rasch in ihr Refugium im ausgebauten Dachgeschoss. Eva und Ghobard hatten nicht viel Zeit für sich, und Katrin kam sich heute einmal mehr vor wie das fünfte Rad am Wagen. Sie war überflüssig. Schlimmer noch, sie nahm den Gscheidles Platz weg.

Aber das allein war nicht der Grund für ihre heftige Verstimmung. Warum bekam sie Bauchschmerzen, wenn sie an Evas Baby dachte? Ob die Gscheidles nun zwei oder drei Kinder hatten, machte doch wirklich keinen Unterschied. Aber zum einen war da die Sorge, dass Eva etwas passieren konnte. Das wollte sie sich gar nicht ausmalen! Und zum anderen ... Katrin gefiel der Gedanke nicht, der sich in ihrem Kopf anbahnte.

Sie öffnete den Einbauschrank und kramte in ihrer Louis-Vuitton-Tasche im oberen Regal. In einer der Innentaschen befanden sich ein antikes Prepaid-Handy, das sie von Anfang an für Geschäftliches benutzte und auf dessen Tasten kaum noch die Nummern zu erkennen waren, sowie ein kleines, in rotes Leder gebundenes Buch. Katrin wollte das Handy in die Tasche zurücklegen, hielt jedoch inne, um das Gerät doch zum Laden anzuschließen. Sie legte sich mit dem Büchlein aufs Bett. Es enthielt alle ihre Kontakte in Berlin. Genauer genommen waren es weniger »Kontakte« als vielmehr ihre ... geschäftlichen Begegnungen in Berlin. In der ersten Spalte standen die Namen von Männern.

Sie hatte das Büchlein angelegt, um sich zu erinnern, welchen Mann sie wo getroffen hatte. Deren Berufe, was sie nach Berlin geführt hatte und wo sie eigentlich wohnten, stand auch darin. Dann noch, welchen Namen Katrin benutzt und welche Perücke sie getragen hatte. Und zu guter Letzt, wie viel Geld sie jedem Einzelnen abgeknöpft hatte. Das war fast zwanzig Jahre lang ihr Geschäftsmodell gewesen. Ein passendes Männeropfer finden, vorzugsweise auf der Durchreise, bezirzen, ausnehmen und auf Nimmerwiedersehen verschwinden.

Sie blätterte zur Seite vor, die ihre letzten Beutezüge markierten. Mit dieser Seite war alles bergab gegangen. Darauf standen Informationen zu vier Männern, die tatsächlich in Berlin lebten, genau wie sie. Anzufangen, die Einheimischen auszunehmen, war ihr größter Fehler gewesen, und so war es gekommen, wie es einmal kommen musste: Einer der Männer auf dieser letzten Seite hatte ihre Wohnadresse herausgefunden und angefangen, sie zu stalken. Dabei blieb er im Verborgenen, immer da, aber nicht greifbar. Ein bedrohlicher Schatten, der in Katrins Vorstellung mal dieses und mal jenes Gesicht annahm.

War ihr Stalker Mathias Melzer, angeblich Star-Fußballtrainer, in Wahrheit Aushilfstrainer bei irgendeinem Jugendverein in der dritten Liga, den sie beim vierten Date betrunken gemacht und zum Geldautomaten geschleppt hatte? Konnte seine Frau ihm nicht verzeihen, dass eine kleine Betrügerin ihren größenwahnsinnigen Dummkopf dazu gebracht hatte, das gemeinsame Girokonto für sie abzuräumen? Und dafür hatte er Rache geschworen?

Oder war es Enrico Martini, Ende vierzig, aus Charlottenburg, der Edelrestaurants mit Delikatessen aus Südeuropa belieferte? Katrin hatte dem Hänfling mit unzähligen Minderwertigkeitskomplexen weisgemacht, ihm einen Deal mit einem Drei-Sterne-Koch vermitteln zu können. Enrico hatte sie eine Weile jeden Abend in die besten Restaurants und Bars in Friedrichshain eingeladen. Als alle ihre Cocktailkleider immer enger und enger wurden, hatte Katrin gewusst, dass sie die Bekanntschaft beenden musste. Seitdem war sie fast jeden Tag an ihn erinnert worden, wenn sie einen seiner Lieferwagen durch die Stadt fahren sah. Und seit der ersten Drohbotschaft fragte sie sich, ob er seine Fahrer vielleicht nicht nur fürs Ausliefern bezahlte, sondern auch dafür, die Augen nach ihr offen zu halten.

Beim Anblick des nächsten Namens verknoteten sich Katrins Eingeweide: Ingo Driesel, ein muskulöses Muttersöhnchen und Inhaber eines Schlüsseldienstimperiums, das er von Papa geerbt hatte. Die Frauen hielten es trotz seines guten Aussehens nicht lange bei ihm, oder besser gesagt seiner Mutter, aus. Katrin hatte ihn glauben gemacht, er sei die Liebe ihres Lebens. Nach zwei Wochen hatte sie sich mit einer neuen Gucci-Tasche, diversen Designer-Kleidern und einem Verlobungsring mit Rubin, 24 Karat, in Luft aufgelöst.

Kurz darauf hatte sie noch mit dem Inhaber eines Dentallabors angebandelt, aber bevor sie ihm irgendetwas abluchsen konnte, waren die Drohnachrichten losgegangen, auf ihrem Arbeitshandy – und in ihrem Briefkasten!

Die Tatsache, dass nach so langer Zeit jemand ihre wahre Identität kannte, hatte sie zunächst in eine Art Schockstarre versetzt. Sie hatte nicht mehr die teuren Bars und Restaurants durchstreift, die sonst ihr Jagdrevier bildeten, und sich stattdessen in ihrer Wohnung vergraben. Bis ihr aufging, dass sie auch dort nicht sicher war, wenn ihr potenzieller Stalker einen Schlüsseldienst hatte. Nie in ihrem Leben hatte sie sich so schutzlos gefühlt. In den langen Stunden allein in ihrer Wohnung war die Erkenntnis in ihr herangereift, dass sie sich in eine totale Sackgasse manövriert hatte. Alle ihre Bekanntschaften der letzten zwanzig Jahre hatten sich aufs Geschäftliche beschränkt. Außer ihrer Schwester Steffi, die höchstens eine vage Ahnung von ihrem Berufsleben hatte, kannte Katrin niemanden in Berlin, und zur Polizei zu gehen war natürlich unmöglich.

Ich muss hier weg, war ihr einziger Gedanke gewesen, und erst als Eva sie zur Begrüßung umarmt hatte, war sie wieder zu sich gekommen.

Mühsam erhob sie sich aus der Bauchlage und zog das Handy vom Ladekabel. Dreiundzwanzig Prozent geladen. Genug, um die letzten Nachrichten zu überfliegen.

»Warum willst du dir das antun?«, fragte sie sich. Mehr aus alter Gewohnheit oder weil sie das Gefühl hatte, sich selbst quälen zu müssen, aktivierte sie das Gerät.

Einhundertsechzehn Nachrichten.

Katrin ließ sich ein paar davon anzeigen.

Catrice, es war so schön mit dir!

Melde dich doch, Genevieve!

Ich vermisse dich so, Violetta.

Unter ihren Männeropfern gab es etliche, die sich nicht von der Illusion verabschieden wollten. Aber die hatten Pech! Sobald Katrin mit einem Mann fertig war, sah er sie nie wieder. Deswegen hatte ihr kleines Betrüger-Business fast zwanzig Jahre lang erfolgreich funktioniert. Außerdem verachtete sie Männer, die ihr nachliefen, obwohl sie sie derart übers Ohr gehauen hatte.

Sie vermutete noch weitere solcher Nachrichten von diversen Absendern, aber sie klickte mit klopfendem Herzen auf *die* Nummer.

Du kannst dich nicht ewig verstecken, Katrin!

Ich warte auf dich, Katrin!

Warum schaust du nicht mal in deinen Briefkasten, Katrin?

Verabschiede dich von deinem hübschen Gesicht, Katrin!

Ihr Stalker ließ sie immer wieder wissen, dass er ihren richtigen Namen kannte und wusste, wo sie wohnte. Dann kamen einige Nachrichten, die nicht angezeigt werden konnten. Vielleicht hatte ihr Stalker Bilder oder Sprachnachrichten geschickt, auf die das alte Handy nicht vorbereitet war. Sie las alle verbleibenden Nachrichten, aber ihr Stalker machte keine Andeutungen, dass er wusste, wohin sie geflüchtet war. Das musste natürlich nichts heißen. Die letzte Nachricht hatte er ihr vor acht Tagen geschickt. Ob er es aufgegeben hatte?

Entschlossen schaltete sie das Handy wieder aus und legte es zusammen mit dem kleinen roten Buch zurück in die Louis-Vuitton-Tasche.

Katrin sehnte sich nach einer zweiten heißen Dusche oder besser: nach einem Vollbad. Noch vor einem Tag hätte sie sich stundenlang gedankenlos in der Wanne gerekelt, aber mit einem Mal hatte sie Hemmungen, die Nebenkosten-Rechnung für die Gscheidles weiter in die Höhe zu treiben. Deshalb beschränkte sie sich darauf, endlich ihr Gesicht von der Schminke zu befreien. Während sie vor dem Badspiegel stand und sich mit einem Wattebausch über die Augenlider fuhr, zog sich ihr Brustkorb zusammen, und ein Gefühl grenzenloser Hoffnungslosigkeit überkam sie. Auch tief durchatmen konnte die Beklemmung nicht vertreiben. Ein Wattebausch nach dem anderen nahm ihr die aufgetragene Farbe aus dem Gesicht, bis die Maske einer selbstsicheren, mondänen Frau vollständig abgetragen war. Als sie ihr nacktes Gesicht im Spiegel betrachtete, schluchzte sie trocken auf.

Es gelang ihr nicht, die Tränen einfach wegzudrücken. Sie musste an Eva und Ghobard denken, die glücklich Arm in Arm im Bett lagen. An die Jungs, die fest schliefen, ohne sich Sorgen machen zu müssen. Und sie stand hier allein im spartanischen Gästebad der Gscheidles und fühlte sich verloren. Ein Weinkrampf überkam sie wie eine Naturgewalt. Sie stützte die Arme auf dem Waschbecken ab und atmete schwer. Tränen liefen durch die dünnen Linien ihrer Krähenfüße, an ihren Mundfalten entlang und tropften ins Waschbecken. Ihr Leben, wie sie es kannte, war vorbei. Sie hatte immer gewusst, dass sie nicht ewig die Männer hereinlegen konnte. Ihr Alter hatte bereits jetzt ihren Beutepool stark eingeschränkt. Die Männer wollten sich natürlich lieber von einer jungen, hübschen Frau etwas vorgaukeln lassen. Nicht von einer Frau, die auf die vierzig zuging und die ihre Ehefrau hätte sein können.

Nur noch ein paar Jahre. Nur noch fünf Jahre. Nur noch drei … Damit sie ihre Ersparnisse mehren, Berlin zu ihren Bedingungen verlassen und irgendwo mit einem Paukenschlag neu beginnen konnte! Sie schluchzte wieder, hart und schmerzvoll. Es war so würdelos, als alte, abgehalfterte Trickbetrügerin in der Provinz gelandet zu sein. So ungerecht.

Katrin ließ sich neben der Duschkabine auf den Boden sinken, verschränkte die Arme über den Knien und legte den Kopf hinein. Eva sollte sie nicht weinen hören. Sie belastete ihre beste Freundin und deren Familie genug, da musste sie ihr nicht noch den Schlaf rauben und sie in ihre Lebenskrise hineinziehen. Daran war sie selbst schuld. Es war eben das Berufsrisiko einer Trickbetrügerin, als Häufchen Elend auf kalten Badfliesen zu enden und ihr Gnadenbrot von einer großzügigen Freundin zu bekommen.

Was wäre passiert, wenn sie Eva nicht hätte? Würde sie in irgendeinem billigen Hotel in irgendeiner Stadt leben, bis ihre Ersparnisse aufgebraucht wären? Sich für immer weniger Geld mit Männern einlassen, bis keiner sie mehr haben wollte? Aber das musste sie nicht. Eva war da und würde sie nicht wegschicken.

Der Gedanke beruhigte sie etwas. Sie zwang sich, tief durchzuatmen, zog sich zitternd am Waschbecken empor und wusch sich das Gesicht, wobei sie es vermied, sich im Spiegel anzusehen. Ihre Hände zitterten noch, als sie den Zahnputzbecher mit Wasser füllte und ihn in einem Zug leer trank. Ein paar Tränen liefen ihr über die Wangen, aber sie fühlte, dass das Schlimmste überstanden war. Entschlossen ging sie zum Wandschrank und nahm das Handy und das kleine rote Buch heraus. Sie füllte Wasser ins Waschbecken, lockerte den Boden des Handys und ließ es hineingleiten.

Dann setzte sie sich wieder aufs Bett und entfernte Seite für Seite aus dem kleinen roten Buch, riss sie in Streifen und diese wiederum in kleine Stücke, bis ihr bisheriges Leben in Berlin als Haufen Konfetti vor ihr lag. Die einförmige Tätigkeit hatte sie beruhigt. Nun öffnete sie eines der Dachfenster und ließ die Schnipsel von der Aprilbrise davontragen. Damit war ihre Entscheidung gefallen. Sie würde nicht nach Berlin zurückgehen und auch sonst nirgendwohin.

Draußen war es dunkel und so ruhig, dass es ihr fast unheimlich vorkam. Nur das Rauschen der A 8 war zu hören, und auf der Alb sah sie die Scheinwerfer eines einsamen Autos, das sich zu dieser Stunde noch hinaufquälte. Kein einziges Neonlicht durchbrach die Nacht, kein einsamer Nachtschwärmer grölte in der Ferne, kein Liebespaar stritt sich, kein ... Katrin unterbrach ihren fruchtlosen Gedankengang. Lediglich das Schlagen der Kirchturmuhr durchbrach die bleierne Stille. Katrin zählte die zwölf Schläge, und während der letzte verhallte, zog sie das Fenster mit einem Ruck zu. Sie musste Berlin aus ihren Gedanken und Erinnerungen verbannen.

Gleich morgen wollte sie ins Rathaus gehen. Weilheim, du hast eine neue Einwohnerin!

***

Die Glockenschläge der Kirchturmuhr waren noch nicht lange verklungen, da quietschte und ächzte ein Bollerwagen über das Kopfsteinpflaster der Weilheimer Altstadt. Für gewöhnlich transportierten die Weilheimer Landfrauen in dem Wägelchen jeden Mittwochmorgen die Bottiche mit Sauerteig zum Backhäusle, und zurück ging es mit den knusprig ausgebackenen, duftenden Holzofenbroten. Aber diese Nacht lag ein toter Mann darin, notdürftig bedeckt von zwei bestickten Tischdecken.

An der Deichsel zogen zwei Frauen. Ihre Köpfe steckten tief in ihren Jackenkrägen, und eine hatte sich ihr Schaltuch um das Gesicht geschlungen, sodass nur eine knubbelige Nasenspitze zu sehen war.

»Ha noi, isch der laut!«

Bisher hatten die beiden Glück gehabt, dass die Leute, die ihre Wohnungen über den Geschäften der Altstadt hatten, tief und fest schliefen oder sich zumindest nicht die Mühe machten, aufzustehen und aus dem Fenster zu sehen. Wohlweislich vermieden die Frauen die Hauptstraße und zogen ihr Wägelchen stattdessen durch Hinterhöfe und die engen Durchgänge zwischen den Fachwerkhäusern. Das Kopfsteinpflaster erschwerte ihren Weg zusätzlich. Nur das letzte Stück aus der Altstadt heraus mussten sie auf der Gasse zurücklegen.

Vor dem Laden des Metzgers stießen die beiden auf ein Hindernis.

»Hat der schon wieder sein Schild draußen vergessen!«, schimpfte die Frau mit dem Schal gedämpft, während sie das Wägelchen schwerfällig zwischen einer großen Werbetafel und den parkenden Autos herumlenkten. »Leberkäswecken 1 Euro 90«. Die waren dienstags immer im Angebot. »Des klaut ihm noch mal jemand!«

»Net auszudenken«, entgegnete die andere Frau lapidar und zog unermüdlich weiter. Sie hatte ihr Lebtag lang auf dem Hof der Familie geholfen, Karren mit Heuballen geschoben und Säcke mit Pferdefutter geschleppt. Jetzt waren die Pferde schon lange weg, aber Kraft hatte sie immer noch wie eins. Nicht weit entfernt wurde eine Autotür zugeschlagen. Abrupt hielten die Frauen inne, jeweils eine Hand an der Deichsel, den Blick starr geradeaus gerichtet. Keine von beiden machte auch nur einen Mucks. Bald darauf näherten sich Schritte. Erschrocken blickten sie sich an, bis die Frau ohne Schal sie beide hinter die Werbetafel vom Metzger zog. Die Schritte näherten sich, aber bevor sie den Laden erreichten, bogen sie ab und hielten auf den Vorplatz der Peterskirche zu. Zwei grauhaarige Köpfe lugten rechts und links hinter dem Angebot für Leberkäswecken hervor, doch hinter den dicken Stämmen der Kastanien und den Büschen war nur eine schemenhafte Gestalt auszumachen. Die Schritte verklangen, und die Frauen erhoben sich mit knackenden Knien und griffen nach der Deichsel.

»Ich will nimmer!«, kam es schluchzend hinter dem Schal hervor.

»Des hättest du dir überlegen sollen, bevor wir mit ihm losgezogen sind. Dädsch ihn vielleicht zurückbringen?«

»Ha noi ...«

»Also! Hättest du halt net überall herumerzählt, dass du ihm eins überziehen willst.«

»Aber –«

»Nix, aber! Du stehst jetzt auf und hilfst mir ziehen.«

Die Frau erhob sich mit einem Stöhnen, und der Bollerwagen setzte sich ächzend in Bewegung. Als die Kirchturmuhr zweimal zur halben Stunde schlug, hatten sie ihr Ziel schon vor Augen.

Ihr Problem würde sich bis zum Morgen doch hoffentlich in Rauch auflösen ...

Kleine Brötchen

Entnervt und völlig übermüdet riss sich Katrin die Schlafmaske aus Satin von den Augen und pfefferte sie in die Ecke.
Oder wohin auch immer, das konnte sie nicht erkennen, denn
auch ohne Maske war es stockdunkel. Es hatte keinen Sinn,
diese Nacht würde sie kein Auge zutun.

Beim Blick auf ihr Smartphone stellte sie jedoch überrascht
fest, dass es fast sechs Uhr war. Also musste sie zumindest
ein wenig gedöst haben. Sie erwog, sich noch mal im Bett
auszustrecken, verwarf den Gedanken jedoch. Ihre Brust
flatterte bereits beim Gedanken an den heutigen Tag.

Auf dem Weg in die Dusche sah sie das ramponierte Handy
im Waschbecken. Seufzend ließ sie das Wasser ab, holte einen
Müllbeutel aus dem Unterschränkchen und wickelte es fest
darin ein. Sie würde es auf dem Weg in die Stadt unauffällig
entsorgen. Nicht auszudenken, wenn einer der Gscheidles im
Hausmüll zufällig darauf stieße. Eva hatte zwar eine grobe
Ahnung davon, was ihre Freundin beruflich so trieb, aber
den Grad der Professionalisierung, den Katrin erreicht hatte,
erahnte sie nicht im Mindesten – und diese wollte, dass es
auch so bliebe.

Sie duschte rasch eiskalt, was nicht nur die Müdigkeit
vertrieb, sondern hoffentlich auch ihr Bindegewebe straffte.
Danach puderte sie sich ordentlich, tuschte mehrmals kräftig
über ihre ohnehin schon langen Wimpern, bis sie ihr fast bis
an die Augenbrauen reichten, und zog sich knallrot die Lippen nach. Danach fühlte sie sich … beinahe wieder wie sie
selbst. Aber wiederum auch nicht. Sie knipste das Lächeln an,
mit dem sie fast jeden Mann um den Finger wickeln konnte,
aber ihre Augen blickten trotz Lidstrich und reichlich Wimperntusche stumpf und abwehrend aus dem Spiegel zurück.
Schön, dann würde sie eben einen Flunsch ziehen! Eva und

ihre Familie musste sie ohnehin nicht mit gutem Aussehen beeindrucken. Und die Einwohner von Weilheim ebenso wenig.

Leise ging sie hinunter in die Küche, aus der das kalte Licht einer Straßenlaterne alles Gemütliche geschluckt hatte. Im schwachen Schein machte sie sich einen doppelten Espresso. Während das Kännchen auf dem Herd zischte und den Duft frischen Kaffees verströmte, betrachtete sie die bemitleidenswerten Reste ihres kleinen roten Büchleins auf dem Küchentisch. Statt Daten zu ihren Männeropfern enthielt es nun freie Mietwohnungen in Weilheim und Umgebung. Weil sie sowieso nicht schlafen konnte, hatte Katrin in der Nacht noch ein bisschen gegoogelt, Nummern und E-Mail-Adressen notiert und Nachrichten verschickt. Wenn sie ihre Ansprüche gewaltig zurückschraubte, würde sie sicher bald eine eigene Wohnung finden.

Die Kanne auf dem Herd fauchte und spritzte. Rasch schaltete Katrin ihn ab und wischte das Wasser auf, bevor sie einen kleinen Zuckerberg in die Tasse löffelte und ihn mit der pechschwarzen Flüssigkeit übergoss.

Während sie sich die Tasse unter die Nase hielt und den vertrauten Geruch genoss, schlug sie eine neue Seite in dem Büchlein auf und beschriftete sie mit »To-do«. Als ersten Punkt setzte sie »Wohnung finden« auf die Liste. Das war natürlich ein bisschen wenig für eine ganze Liste, also schrieb Katrin »Business eröffnen« dazu. Dann dachte sie daran, dass sie ihre Ansprüche herunterschrauben wollte, strich Punkt zwei durch und ersetzte ihn durch »Job finden, egal was«. Sie nippte an ihrem Espresso, und als sie fertig war, hatte sie ihre Liste um »Wohnung in Berlin kündigen« und »im Haushalt nützlich machen« erweitert.

Etwas Wichtiges fehlte noch. Sie konnte hier nicht neu anfangen, ohne die Einheimischen kennenzulernen. Nicht nur im Hinblick auf ihr in die Ferne gerücktes Business. Sie wollte ... einfach Bekannte ... vielleicht sogar Freunde ...

einen Freund. Wie sollte sie das anstellen? Ihre letzte Freundschaft hatte sie als Jugendliche geschlossen, und die hatte
sich einfach so ergeben. Hätte ihr das Schicksal damals nicht
Eva geschickt, würde sie nun ohne eine einzige Freundin
dastehen. Dieser Gedanke war noch viel unangenehmer, als
ohne Geld dazustehen, gestand sie sich ein. Also notierte
sie »Kontakte knüpfen«. Das klang so berechnend, wie es ja
auch war, also setzte sie nach einigem Zögern ein Komma und
schrieb »eine Bekanntschaft schließen« dahinter. Das klang
wiederum so, als würde sie ein neues Männeropfer suchen.
Deshalb fügte sie in Klammern »ernsthaft« hinzu.
    Mit dem guten Gefühl, etwas geschafft zu haben, überflog
sie die Liste. Fünf Punkte, und es war erst kurz nach sieben.

Wohnung finden
Job finden, egal was
Wohnung in Berlin kündigen
im Haushalt nützlich machen
Kontakte knüpfen, eine Bekanntschaft schließen (ernst-
haft)

Reichte das für einen Neuanfang? In ihrem Brustkorb machte
sich erneut ein Gefühl der Beklemmung breit. Sie war eine
Großstadtpflanze in der schwäbischen Provinz, eine Betrügerin auf der Suche nach ehrlicher Arbeit, und statt eines
Opfers suchte sie eine ernsthafte Bekanntschaft. Ihr Leben
stand kopf.
    Die Straßenlaterne vor dem Küchenfenster ging aus, und
das Haus der Familie Gscheidle erwachte zum Leben. Katrin
klappte rasch das rote Büchlein zu und setzte ein Lächeln auf.
    »Was machst du denn hier?«, fragte Eva überrascht, als sie
in die Küche geschlurft kam.
    »Hab gekocht.« Katrin zeigte auf ihre Kaffeetasse.
    »Prima, und das so früh am Morgen.«
    »Willst du auch einen? Oder darfst du nicht?«

»Dürfen schon, aber ich fange mit einem Kräutertee an.«

»Lass mich das machen«, erklärte Katrin, um Punkt vier auf ihrer Liste gerecht zu werden. Nicht, dass sie in der Küche viel ausrichten konnte, aber einen Tee aufzubrühen bekam sie gerade noch hin. Während sie am Wasserkocher hantierte, hüpfte Darian herein.

»Guten Morgen, Darian. Heute mache ich dein Pausenbrot.«

»Das kann ich doch selbst.«

Katrin musste ganz bedröppelt dreingeschaut haben.

»Wenn du willst, kannst du mir eins machen!«

»Was möchtest du denn?«

»Nutella!«, krähte Darian, und Katrin machte sich auf die Suche nach dem Glas. Dann brühte sie einen Kaffee für Ghobard auf, und selbst Ali ließ sich ein übrig gebliebenes Laugenweckle mit Käse belegen und einpacken. Höchst zufrieden beendete Katrin ihren ersten Einsatz in der Küche der Gscheidles.

»Soso, Tante Katrin hat dir dein Pausenbrot gemacht«, argwöhnte Ghobard, als er zu seinen Jungs in die Küche stieß. »Und was ist drauf?«

»Vielleicht ... Nutella?«, antwortet Darian und zog eine Grimasse.

»Für die Schule gibt's kein süßes Brot. Das weißt du, oder?«

»Ja, aber Tante Katrin nicht ...«

Darian sah so niedlich aus, ein richtiger kleiner Schelm, fand Katrin. Trotzdem setzte sie einen strengen Blick auf.

»Es war nicht nett, mich so reinzulegen.« Oder sollte man das als Patentante wissen? Wenn sie schon am Pausenbrot scheiterte, was würde sonst in der Küche passieren? Oder in Weilheim?

⁂

Auf Plateausandalen, denen kein Pflasterstein der Welt etwas anhaben konnte, ging Katrin zum Rathaus. Mit jedem Schritt fühlte sie sich mehr wie eine Verräterin. Ab heute würde sie keine Berlinerin mehr sein. Der Schritt war notwendig, aber deswegen musste er ihr nicht gefallen. Für ihre Männeropfer hatte sie sich so viele Identitäten ausgedacht, dass sie gar nicht mehr wusste, was ihre eigene ausmachte.

Aber sie war Berlinerin. Vor einundzwanzig Jahren war sie mit nichts in die Stadt gekommen und hatte sich ihren Platz darin erobert!

Und ihn wieder verloren. Was würde aus ihr werden, ohne ihren Beruf und ohne ihre Stadt? Katrin Schimmelpfennig, eine Weilheimerin? Das klang einfach falsch in ihren Ohren.

Statt weiter zum Rathaus lenkten sie ihre Füße wie aus Gewohnheit zum Scholderbeck, wo sie sich einen Kaffee bestellte. Jetzt kam sie sich nicht nur vor wie eine Verräterin, sondern auch wie eine Versagerin. Wie sollte ihr ein Neuanfang gelingen, wenn sie es nicht einmal auf kürzestem Wege zum Rathaus schaffte?

In der Auslage winkten goldbraune Butterbrezeln mit dicken Salzkörnern als Trostpreis für ihren verpatzten Neustart. Appetit hatte sie eigentlich keinen. Da fiel Katrins Blick auf das Schild »Aushilfe gesucht«.

»Suchen Sie noch?«, fragte sie die junge Bedienung und zeigte mit ihrem sorgfältig manikürten Zeigefinger darauf. Sie zog ihn rasch zurück und fragte sich, was sie hier eigentlich tat. Wollte sie sich selbst bestrafen?

»Frau Müller, jemand bewirbt sich auf die Stelle!«, rief das Mädchen durch den ganzen Laden. Katrin drehte sich um und erkannte die Frau mit dem eisengrauen Dutt am Regal mit den Bio-Brotaufstrichen sofort aus Evas Sportkurs.

»Se wollet sich bewerbe?«, fragte sie und musterte Katrin kritisch.

»Ja. Was muss ich machen?«

»Hen Se Erfahrung?«, erkundigte sich die Eisengraue weiter in einem Ton, als würde sie das grundsätzlich bezweifeln. Katrin dachte an das Brötchen, das sie für Ali geschmiert hatte, und bejahte trotzig. Außerdem hatte sie vor ein paar Jahren den Inhaber einer Brandenburger Bäckereikette nach Strich und Faden ausgenommen und ihm im Gegenzug stundenlang zugehört. Teigruhe von Mischbrot verkürzen, synthetische Triebmittel, Akzeptanz für Weißmehlprodukte stärken – da war eine ganze Menge hängen geblieben! Ob es ihr beim Bio-Bäcker nützte?

Als sie das kleine Büro zwanzig Minuten später verließ, hatte sie nicht nur ihren ersten respektablen Job in der Tasche, sondern Frau Müller derart von sich überzeugt, dass die ihr noch einen Kaffee und eine Butterbrezel spendierte.

Der Bäcker hatte einen abgeteilten Bereich, in den man drei Tische, eine Stehtheke und eine Rückgabe für benutztes Geschirr gequetscht hatte. Soll das ab jetzt mein Leben sein?, dachte Katrin und konnte immer noch nicht glauben, dass sie nun Backwarenverkaufsangestellte war. Sie spielte mit dem Gedanken, morgen früh einfach nicht aufzutauchen und ihre Brezeln künftig woanders zu holen. Was würde Eva dazu sagen? Der Gedanke brachte sie zur Besinnung. Sie musste es wenigstens versuchen, bis sie etwas Besseres fand. Sie hob ein paar liegen gelassene Zeitschriften von der Sitzbank auf und quetschte sich hinein. Weil sie nicht weiter über die Situation nachdenken wollte, sah sie sich die Hefte genauer an. Es bestand die Wahl zwischen dem Weilheimer Blättle und einem Magazin namens »FünfzigPLUS«. Trotzig schlug Katrin das Letztere auf. Zwar gehörte sie nicht zur Zielgruppe, aber die fünfzig war nicht mehr unendlich weit entfernt, und die Schufterei hinter der Bäckertheke würde sicher dazu beitragen, dass sie vorzeitig alterte.

»Ist das super, dass du jetzt dabei bist«, sagte die Verkäuferin, von der Katrin nun wusste, dass sie Lara hieß. Sie war halb so alt, dafür doppelt so kompetent, effizient und

engagiert. Geschickt stellte sie den Kaffee und die Brezel ab.
»Bis morgen früh dann!«

Oh Gott, wimmerte Katrin innerlich. Morgen früh, fünf Uhr fünfzehn, war ihr erster Arbeitstag. »Scheiße!«, seufzte sie leise, aber aus vollem Herzen. Wie sollte sie das überleben? Und an vier Tagen in der Woche? Während sie lustlos auf einem Stück Brezel herumkaute, fertigte Lara drei Kunden ab und verabschiedete zwei von ihnen mit Namen. Katrin dachte nach. Vielleicht war die Bäckerei gar kein schlechter Ort, um die Weilheimer kennenzulernen? Früher oder später kam sicher jeder hier vorbei ...

Katrin lauschte Lara mit halbem Ohr, während sie weiter in »FünfzigPLUS« blätterte. Das Blatt stellte regionale Produkte und Dienstleistungen für Menschen in den besten Jahren vor. Katrin hoffte inständig, dass sie sich nicht ausschließlich für Bestattungsunternehmen, leicht zu bedienende Handys und gelenkschonende Sportarten interessieren würde, wenn sie die fünfzig erreichte. Seite um Seite saugte das Heft förmlich die Lebensfreude aus ihr heraus, aber ihr fiel wieder ein, dass sie ja Marktforschung für ihr eigenes Business betreiben wollte, und dafür waren die Berichte wiederum ganz informativ. Schließlich waren die Älteren die mit dem Geld, das musste sie als Geschäftsfrau im Blick behalten.

Als sie beim Mittelteil angekommen war, hielt sie inne. »Brot backen fürs Vereinshäusle«, lautete die Überschrift. Im Bericht wurden die Weilheimer Landfrauen vorgestellt, einer der größten Vereine im Städtle. Auch ein Foto war abgedruckt, und inmitten der Frauengruppe sah Katrin die hagere, hochgewachsene Gestalt von Verena. Laut »Fünfzig-PLUS« war sie die tüchtige Vorsitzende, die immer als Erste kam und als Letzte ging. Die Gruppe stand vor einem sehr gepflegten Fachwerkhaus, das musste das Vereinshäusle sein. Katrin war sich sicher, es auf einem ihrer Spaziergänge gesehen zu haben. Laut Bericht war es in Gefahr, weil die Pacht des Vereins auslief und das Fachwerkhaus zum Verkauf stand.

Die Landfrauen hatten zwar das Vorkaufsrecht, aber nicht genug Geld. Demzufolge blickten auf dem Foto alle traurig drein. Ein paar Landfrauen hatten aber auch kampflustige Mienen aufgesetzt.

Beim Anblick von Verenas niedergeschlagenem Gesicht fiel Katrin wieder ein, was diese zu ihr gesagt hatte:»Wenn ich so umwerfend aussehen würde wie Sie, dann würde ich auch Lippenstift tragen.« Ihr schlechtes Gewissen meldete sich, weil sie Verena so angeraunzt und sich nicht einmal von ihr verabschiedet hatte, und diesmal schob Katrin das Gefühl nicht beiseite. Was hatte sie nicht heute Morgen in ihr kleines rotes Buch geschrieben? Sie holte es hervor. »Eine Bekanntschaft schließen (ernsthaft)«, stand da. Warum sollte nicht Verena diese Bekanntschaft sein? Im Hinblick auf ihr Business wäre es allemal von Vorteil, mit einem der größten Vereine im Städtle auf Tuchfühlung zu gehen. Wenn sie dort erst einmal einen guten Stand hatte ... Katrin entschied sich, im Verein vorbeizuschauen, vielleicht war Verena gerade dort.

Sie verschlang die Brezel, spülte sie mit dem Kaffee herunter und stellte das Geschirr brav in die dafür vorgesehene Ablage. Wann war sie zuletzt in einem Etablissement gewesen, in dem man seine Sachen selbst aufräumen musste?

Auf dem Weg nach draußen winkte Lara ihr mit einem Lächeln zu. Da erst traf Katrin hart die Erkenntnis, dass sie ebenfalls eine dieser figurverhüllenden Schürzen, in denen die Mitarbeiterinnen der Bäckerei herumliefen, würde tragen müssen.

»Warum ich?«, stieß sie draußen aus. Sie wollte neu anfangen, sich ändern und bessern. Aber warum hieß das, dass man sich selbst bestrafen musste?

Sie lief die Gasse entlang und hielt dabei Ausschau nach dem hübschen Fachwerkhaus der Landfrauen. In der Ferne hörte sie Polizeisirenen, die sich näherten. Instinktiv strich sie sich einige Haarsträhnen ins Gesicht. Die ständige Angst vor den Gesetzeshütern war der einzige Nachteil ihrer Trickbetrüger-Tätigkeit gewesen. »Hätte ich mal gleich als Bäckereiverkäuferin angefangen«, murmelte sie in ihren Ausschnitt.

✳✳✳

Das Vereinsheim der Landfrauen lag gar nicht weit vom Bäcker entfernt, aber wenn es Katrin genau betrachtete, lag in Weilheim eigentlich alles nah beieinander. Da konnte man als Großstadtpflanze schon klaustrophobische Gefühle entwickeln!

Sie drückte die gusseiserne Klinke der Eingangstür hinunter und schob sich ins Innere. Dort sah es aus, wie man es von einem Fachwerkhaus erwarten würde. Dunkle, massive Dielen, die von Generationen von Landfrauen gebohnert worden waren, bildeten den Flur, den ein historischer Butterstampfer und andere Geräte säumten, die Katrin allerdings nicht zuordnen konnte. Am Ende des Flures führten Holztüren mit Eisenbeschlägen in zwei Räume: eine geräumige Küche und einen Abstellraum. Niemand war darin.

Über Katrin knarzten Dielen, also begab sie sich die massive Treppe hinauf in den ersten Stock.

»Sagt mal, wisst ihr, wo unsre alte Spätzlespress abgeblieben ist?« Neben dem oberen Absatz kniete eine Frau vor einem rustikalen Schrank, in dem ihr Oberkörper verschwand.

»Leider nicht. Soll ich Ihnen vielleicht beim Suchen helfen?« Katrin fiel ein, dass sie gar nicht wusste, wie eine Spätzlespresse aussah.

»Oh«, machte die Frau und zog den Kopf aus dem Schrank. Katrin schätzte sie auf Ende fünfzig. Sie hatte ein liebes, rundliches Gesicht. »Ich habe gedacht, Christl und Anita sind schon vom Brotbacken zurück. Aber anscheinend nicht. Ich bin übrigens Elli.«

»Katrin.« Sie warf einen Blick in den Schrank, in dem weitere Geräte lagen, mit denen sicher nur fleißige Hausfrauen etwas anzufangen wussten. Plötzlich war sie verunsichert. Das hier war absolut nicht ihr Terrain. Sie hätte Verena einfach beim nächsten Sportkurs ansprechen und zu einem Eiweiß-Eistee einladen sollen.

»Ich möchte nicht neugierig sein, aber sind Sie ein neues Mitglied?«

Katrin musste ein ironisches Lachen herunterschlucken. »Nein. Ich wollte nur schauen, ob Verena vielleicht da ist. Aber ich gehe wohl besser wieder.«

»Nicht doch! Sie sitzt oben mit dem Klaus-Dieter über der Vereinskasse.« Elli zeigte auf eine steile Treppe, die wohl unters Dach führte. »Gehen Sie nur hoch. Bestimmt ist sie froh, wenn sie jemand von den Zahlen wegholt.«

Katrin bedankte sich und erklomm die Stufen. Sie war froh, sich gegen ihr letztes Paar High Heels entschieden zu haben. Die hätten das Abenteuer vermutlich nicht unbeschadet überstanden. Im Gegensatz zum Rest des Hauses sah das Obergeschoss recht modern aus. Sie klopfte, und eine Männerstimme rief sie herein. Das musste Klaus-Dieter sein.

Katrin wollte nichts lieber, als sich bei Eva zu verkriechen, aber jetzt gab es kein Zurück mehr. Sie setzte ein gewinnendes Lächeln auf und trat ein.

Der Ausdruck auf Verenas Gesicht hätte direkt aus einem von Katrins Alpträumen stammen können. Jenen Träumen, in denen die Ehefrauen ihrer Männeropfer die Trickbetrügerin zur Rede stellten, die ihr Familienglück zerstört hatte. Solch ein Drama war ihr zwar erspart geblieben, und schließlich waren die Männer verheiratet, nicht Katrin, doch die Träume hatten sie immer in Unruhe versetzt. In gewohnter Manier hatte sie ihr Unbehagen mit einer neuen Handtasche oder einen Cocktail besänftigt, und sie war überrascht, wie es sie gerade jetzt im Vereinsheim der Weilheimer Landfrauen überrollte.

»Ähm … Ich wollte nicht stören. Wir kennen uns aus Evas Sportkurs vom Dienstag. Ich bin Katrin.«

Klaus-Dieter blickte zwischen den zwei Frauen hin und her und schien die Anspannung zu spüren. Katrin bemerkte, dass er die Schultern straffte und sich zu voller Größe aufrichtete.

»Brauchst du Hilfe?«, fragte er Verena.

Diese schüttelte den Kopf.

»Ganz sicher?«

»Ja, danke, Klaus-Dieter.«

»Ich mache dir einen Kaffee. Sicher bist du nach der Rechnerei völlig erschöpft. Viel Milchschaum, so wie du ihn magst. Ich warte in der Küche.«

Katrin überlegte fieberhaft, wie sie das Eis brechen konnte, und entschied sich dafür, es einfach mal mit der Wahrheit zu probieren. »Unser letztes Zusammentreffen war recht unglücklich. Sie wollten nur nett zu mir sein, und ich habe Sie angeraunzt. Das tut mir sehr leid.«

»Oh«, machte Verena. Eine Entschuldigung war offenbar das Letzte, womit sie gerechnet hatte.

»Ich war schlecht drauf und hab das an Ihnen ausgelassen. Das war nicht in Ordnung.« Nachdem sie einmal mit Entschuldigen angefangen hatte, kam Katrin richtig in Fahrt. Es war, als würde sie sich bei Verena stellvertretend bei allen Frauen entschuldigen, denen sie je unrecht getan hatte. »Ich wollte Ihnen den Abend wirklich nicht verderben. Ich dachte nur nicht, dass es irgendjemand aus Weilheim gut mit mir meint. Ich bin noch nicht lange hier und ...« Katrin hielt inne. Ich, ich, ich, klang es in ihren Ohren. Ein Wunder, dass Verena ihr überhaupt noch zuhörte und sie nicht hochkant rausschmiss.

»Das kann ich gut verstehen ... oh ... ähm ... hallo ... erst mal ... tja ...« Verena trat einen unsicheren Schritt auf sie zu, und Katrin nahm das als Zeichen, ganz einzutreten und ihr die Hand entgegenzustrecken.

Die Vorsitzende der Landfrauen ergriff sie zaghaft. »Sie sind ja ganz offensichtlich nicht von hier.«

»Nein, offensichtlich nicht.«

»Ich bin aus Kirchheim, zwei Orte weiter, und ich bin immer noch eine Reigschmeggde, obwohl ich seit acht Jahren hier wohne.«

»Dann besteht für mich keine Hoffnung.«

»Das würde ich nicht sagen. Ähm ... Möchten Sie vielleicht einen Kaffee mit uns trinken oder einen Tee?«

»Ein Kaffee wäre toll, danke.« Katrin freute sich aufrichtig über die Einladung. So wie es aussah, hatte ihr Verena verziehen. Sie fühlte sich gleich viel besser.

Auf der Treppe war Gepolter zu hören, und kurz darauf stürzte Klaus-Dieter herein.

»Verena, kommst du bitte nach unten! Es gibt ein kleines Problem. Vielleicht auch ein größeres«, sagte er und war schon auf dem Rückweg.

Die beiden Frauen folgten ihm, und Katrin hörte, wie mehrere Personen von unten die Treppe in den ersten Stock hochpolterten.

»Seid ihr schon fertig?«, rief ihnen Verena zu.

»Wir dürfen heute kein Brot mehr backen. Vielleicht nie wieder!«, gab eine Frau um die sechzig zurück und schlug die Hände über dem Kopf zusammen.

»Was?«

»Christl malt mal wieder den Teufel an die Wand«, erklärte eine Mittfünfzigerin, die Katrin gleich sympathisch war. Am auffälligsten waren die rot gefärbten, aufwendig zerzausten Haare, die ein rundes Gesicht mit blauer Hornbrille und knallrotem Lippenstift einrahmten.

So würde ich auch Brot backen, dachte Katrin. Sie wandte den Blick von dem Weilheimer Paradiesvogel ab, und der Magen rutschte ihr in die Kniekehlen. Hinter den Frauen kamen zwei Streifenpolizisten die Treppe herauf. Automatisch kontrollierte Katrin ihre Fluchtwege. Sie konnte sich entweder aus dem Fenster herablassen oder die Treppe nehmen, aber die wurde von der Polizei blockiert. Das Blut rauschte in ihren Ohren, und ihre Knie wurden ganz weich.

»Ist was passiert?«, fragte Verena alarmiert.

»Das kann man wohl sagen!«, rief die Rothaarige enthusiastisch.

»Sie haben unser Backhaus zugesperrt! Des isch jetzt ein Tatort.«

»Wir wissen es noch nicht mit hundertprozentiger Sicherheit«, versuchte der eine Streifenpolizist zu beruhigen.

»Vielleicht können wir uns irgendwo hinsetzen?«

»Jetzt nehmen sie uns in die Mangel, ich sag's euch!«

Katrin holte unauffällig tief Luft, um den Schwindel zu vertreiben. Es ging hier gar nicht um sie, oder? Wieso auch? Sie hatte sich in Weilheim nichts zuschulden kommen lassen.

Verena manövrierte die Gruppe schließlich zu einer Sitzecke, und Klaus-Dieter ging hinunter, um den Kaffee zu holen. Katrin lief ihm nach. Anstatt ihm in die Küche zu folgen, zerrte sie jedoch an der Eingangstür und stolperte nach draußen.

Der Polizei zu begegnen stand garantiert nicht auf ihrer To-do-Liste!

Weilheim oder Venedig?

Sein letzter freier Tag war so lange her, dass Kriminalhauptkommissar Thomas Franke nicht wusste, was er mit diesem Mittwochmorgen anfangen sollte. Er hatte akribisch ein paar Details in seinem Abschlussbericht ergänzt, seiner Tochter hinterhergeschaut, wie sie zur Schule radelte, und war durch den Bürgerwald gejoggt, um den Kopf freizubekommen. Als er zu Hause unter der Dusche stand, musste er sich eingestehen, dass er sich ohne seine Arbeit verloren fühlte. Was ist nur los?, fragte er sich nicht zum ersten Mal. Er drehte den Duschknopf von »dampfend heiß« auf »eiskalt«, zählte bis dreißig und stellte das Wasser ab. Mit routinierten Bewegungen zog er die Glaswand ab, verschwendete keine Zeit mit Haareföhnen und schlüpfte in eine dunkle Jeans und einen weichen Pulli, denn aus dem Erdgeschoss wehte ihm der Duft von gebratenem Schinken und Zwiebeln entgegen.

»Riecht gut«, sagte Franke, als er die Küche betrat.

»Für meinen Helden!« Birgit Franke deutete in Richtung Frühstückstisch. Dort warteten eine Tüte mit Vollkornbrötchen und Laugenzöpfen sowie die aktuelle Ausgabe der Stuttgarter Nachrichten. »Polizei fasst den Parkdeck-Killer von Feuerbach«, stand auf der ersten Seite.

Er verdrehte die Augen. Zu Hause redete er nie über seinen Beruf, das war eine Regel, an die er sich seit dreizehn Jahren eisern hielt. Aber sein kriminalistischer Spürsinn kam nicht von ungefähr, und seine Mutter konnte sich meistens zusammenreimen, was sie aus seinen einsilbigen Antworten am Telefon und den regionalen Nachrichten erfuhr. Toll, dass sie sich für seine Arbeit interessierte. Bevor Tabea aus der Schule zurückkam, musste die Zeitung allerdings verschwinden, und zwar ganz unten in der Tonne.

Während seine Mutter drei Eier in die Pfanne schlug, brühte er Espresso auf und goss ihn in zwei Gläser mit Milchschaum. Bald darauf saßen sie am Küchentisch, und er ließ sich sein spätes Frühstück schmecken, während seine Mutter den Zeitungsbericht studierte. »Die haben deinen Namen nur kurz erwähnt. Dafür heimst dein Chef wieder die Lorbeeren ein. Hat der überhaupt sein Büro verlassen, während du dem Mörder hinterhergelaufen bist?«

»Ich bin niemandem hinterhergelaufen«, stellte Franke richtig und wischte den Teller mit einem Rest Laugenzopf sauber. »Losrennen und Verbrecher einsacken wäre viel zu einfach.«

»Ach, du!«

Franke löffelte den Schaum von seinem Kaffee und wusste, was als Nächstes kommen würde.

»Triffst du dich an deinem freien Tag mit Silke?«, erklang es prompt und wie beiläufig hinter der Zeitung. Für seine Freundin interessierte sich seine Mutter mindestens genauso sehr wie für seine abgeschlossenen Fälle.

»In ihrer Mittagspause.«

»Und wann bringst du sie mit?«

»Bald.«

»Das sagst du seit einem Vierteljahr. Tabea will sie auch endlich kennenlernen.«

Seine Mutter hatte recht. Aber genauso, wie er seine Arbeit nicht mit nach Hause brachte, zögerte er, es mit Silke zu tun. Wenn er darüber nachdachte, fiel ihm allerdings kein richtiger Grund dafür ein. Vielleicht war es wirklich an der Zeit.

Sein Diensthandy klingelte. Erleichtert sprintete er in den Flur und zog es aus seinem Rucksack auf der Kommode.

»Hallo, Thomas!«, meldete sich seine Kollegin, Kriminalkommissarin Selin Demiray. »Es kann sein, dass du deinen freien Tag in Weilheim verbringen musst.«

»Wo ist das?«

»Südlich von Stuttgart, eine gute Stunde von dir auf der A 8 Richtung Ulm.« Sie klang gestresst, aber weil das ihr Dauerzustand war, ging er nicht weiter darauf ein.

»Bist du schon dort?«

»Bin mit Prof. Dr. Filippi auf dem Weg. Die Landfrauen haben die Ortspolizei gerufen, weil ihr Backhaus aufgebrochen wurde. Der Ofen war wohl heiß, obwohl sie erst mit Brotbacken anfangen wollten, und als die Kollegen nachgeschaut haben, waren da Knochen. Falls es sich um Menschenknochen handelt, bist du gefragt.«

Franke war bereits aufgesprungen. »Bin schon –«

»Warte erst mal ab, was die Rechtsmedizin sagt«, bremste ihn Demiray. »Ich habe alles im Griff und wollte dich nur vorwarnen. Viel Spaß mit Silke! Du hörst von mir.«

Bevor er antworten konnte, hatte sie schon aufgelegt. Unschlüssig stand er in der Küche. Seine Mutter blickte ihn über den Rand der Zeitung an, sagte aber nichts.

Einerseits drängte es ihn, sich den potenziellen Tatort anzusehen, solange er frisch war. Aber andererseits konnte er nicht schon wieder ein Treffen mit Silke absagen, das hatte sie nicht verdient. Es stand auch noch gar nicht fest, ob es sich tatsächlich um menschliche Überreste handelte. Vielleicht hatte einfach jemand sein Haustier entsorgt? Oder es handelte sich um einen dummen Scherz, wie ihn sich die Dörfler auf der Alb gegenseitig spielten? Unschlüssig leerte er hastig seinen Milchkaffee.

Sein Instinkt drängte ihn dazu, sich den Fundort anzusehen. Eine Stunde hin, vielleicht mit der Streifenpolizei reden, eine Stunde zurück. Wenn er nach seiner Verabredung gleich Richtung Weilheim weiterführe, wäre er zurück, um mit Tabea Mathe-Hausaufgaben zu machen, die einzige Sache, bei der er ihr helfen durfte. Danach konnte er sie noch zum Judo-Training bringen. Nicht bis zur Sporthalle, das war dem Teenager peinlich …

»Arme Silke«, hörte er seine Mutter murmeln.

Mit einem gewissen Widerwillen stellte er das Glas in den Geschirrspüler und fing an, den Tisch abzuräumen. Es hatte wirklich keinen Sinn, jetzt überstürzt nach Weilheim aufzubrechen.

»Dass du mir nicht zu spät zu deiner Verabredung kommst.« Er hatte sogar noch Zeit, selbst einen Blick in die Zeitung zu werfen, bevor er sich auf den Weg in die Stadt machte. Pünktlich mit dem Klingeln der Pausenglocke parkte er vor dem Gebäude, in dem Silke als Berufsschullehrerin arbeitete. Bevor sich ein Strom junger Erwachsener aus dem Inneren über die Treppe ergießen konnte, drückte sie sich schon durch die Tür, lockerte ihren Blusenkragen und zog ihre Lippen nach. Franke konnte ihre Fähigkeit zum Multitasking nur bewundern. Galant hielt er ihr die Autotür auf und drückte ihr einen Kuss auf die Wange.

»Bring mich schnell hier weg!«, rief sie, als er losfuhr.

»Bist du auf der Flucht?«

»Die Leute dadrin rauben mir den letzten Nerv. An die was heranzubringen ist Schwerstarbeit! Ehrlich.«

»Ich hätte gedacht, Lehrer haben Geduld.«

»Jeder bekommt so viel Geduld, wie er verdient. Du hast übrigens mehr von mir als nur eine Dreiviertelstunde.«

Er blickte sie fragend von der Seite an.

»Ich habe meinem Kurs für Kommunikationsdesign ein paar Aufgaben gegeben, und Nico will ab und zu bei ihnen reinschauen.«

»Nico?«

»Er ist Sportlehrer und hat eine Hohlstunde.«

»Aber bekommst du keinen Ärger?«

»Ach was. Die sind doch froh, wenn ich den ganzen Kram am Schuljahresende nicht einfach hinschmeiße.« Sie lehnte sich an ihn und drückte ihm einen Kuss auf die Schulter. »Und ich muss es doch schamlos ausnutzen, dass mich der Jäger des Parkdeck-Killers in seinen Terminplan quetscht«, flüsterte sie nah an seinem Ohr.

Er neigte den Kopf, den Blick weiterhin auf den Straßenverkehr gerichtet. Im Radio spielten sie Eros Ramazotti, und
für einen kurzen Moment stellte Franke sich vor, aus Stuttgart
hinauszufahren, immer weiter. Ohne Pause konnten sie es
vor Sonnenuntergang bis nach Italien schaffen.
Italien ist ein bisschen weit weg, bedauerte er. Aber ...
Spontan wechselte er auf die Rechtsabbiegespur und fuhr
Richtung Stadtmitte. Silke hob erstaunt den Kopf von seiner
Schulter, und er lächelte sie an. »Wenn du dir Zeit freischau-
felst, können wir auch irgendwo essen, wo es netter ist.«
»Schade, dass meine Wohnung so weit weg ist. Ich habe
ein richtig gutes Tiramisu im Kühlschrank.«
»Hält das bis heute Abend?«
»Vielleicht ...«
Er parkte nicht weit vom Kubus, wo sie schon einmal die
Mittagspause verbracht hatten. Im Museumscafé fanden sie
gleich einen freien Tisch. Bereits damals hatte er festgestellt,
dass Silke viel besser hierher passte als an ihre öde Berufsschule. Sie hatte die blonden Haare locker hochgesteckt, und
zarte silberne Ohrringe baumelten gegen ihren anmutigen
Hals. In ihrer schlichten weißen Bluse sah sie nicht spießig
aus, sondern frühlingshaft frisch. Er malte sich aus, wie es
wäre, wenn sie jetzt in einem kleinen Café am Canale Grande
sitzen würden ...
»Wollen wir einen Lillet nehmen, um auf deinen Erfolg
anzustoßen? Alkoholfrei natürlich, ganz so verantwortungs-
los bin ich auch nicht«, fügte sie hinzu und streckte sich im
Sonnenlicht, das durch die großen Fenster hereinströmte.
Franke lächelte sie über den Tisch hinweg an und fragte
sich, warum zur Hölle er seinen freien Tag damit zubringen
wollte, sich einen alten Ofen in der schwäbischen Provinz
anzuschauen.

✶✶✶

Durch die zugezogenen Gardinen in Silkes Schlafzimmer fiel das Licht der Straßenlaternen, und er hörte das nie verstummende Rauschen der Autos auf der B 27. Franke schätzte, dass es halb drei Uhr morgens war. Neben ihm lag Silke und atmete tief und gleichmäßig. Gern hätte er die Arme um sie geschlungen und seinen Kopf in ihrem duftenden Haar vergraben, aber er war sich sicher, dass er nicht wieder einschlafen könnte, und wollte nicht, dass sie seine Unruhe ebenfalls aus dem Schlaf risse.

Sachte schlug er die Decke zurück und sammelte seine Sachen vom Boden auf, sorgsam darauf bedacht, keinen der Bilderrahmen anzustoßen, die Silke mit ihren eigenen Fotos gefüllt und an jede freie Fläche gelehnt hatte. Auf dem Weg zum Auto schrieb er ihr eine Nachricht, damit sie sich am Morgen nicht wunderte. Die Uhr auf dem Armaturenbrett zeigte ihm an, dass es fast vier war.

Seine Unruhe hatte gestern Nachmittag eingesetzt, nachdem ihm Silke einen Kuss auf die Wange gedrückt hatte und die Stufen zu ihrer Berufsschule hochgerannt war. Dieses Mal hatte er nachgegeben, und Selin Demiray hatte ihm am Telefon berichtet, dass die Rechtsmedizinerin von menschlichen Knochen ausgehe. Am späten Nachmittag hatte ihn Prof. Dr. Filippi zum Robert-Bosch-Krankenhaus in die Pathologie bestellt. Er hatte ihr dabei zugesehen, wie sie Knochenstücke aus mehreren Behältern nahm und auf dem Seziertisch zusammenpuzzelte.

»Guter Ofen«, hatte sie in ihrer trockenen Art gemeint, »aber immerhin haben wir das hier.« Sie hatte auf einen Beweismittelbeutel gedeutet, in dem ein Backenzahn lag. »Bericht morgen früh.«

Deswegen war er zu spät zum Abendessen mit Silke gekommen, aber das Tiramisu hatte sie ihm trotzdem kredenzt. Genießen konnte er es nicht, denn er bedauerte, seinem Instinkt nicht nachgegeben zu haben, auch wenn er sich alle Mühe gegeben hatte, sich vor Silke nichts anmerken zu lassen.

Statt direkt nach Hause zu fahren, machte er den Umweg über das LKA in der Taubenheimstraße. Die Rechtsmedizinerin hatte sich noch nicht gemeldet, aber er druckte den Bericht der Ortspolizei in Weilheim aus und hinterließ der Sekretärin eine Nachricht, dass er bis zum Nachmittag unterwegs sein würde.

Als Franke zu Hause vorfuhr, war es fast sechs. Er duschte ausgiebig und stellte sich dann mit einem Pfefferminztee ans Küchenfenster. Es wurde bereits hell. Neuer Tag, neuer Mord. Frau Meier von gegenüber kam gerade von der Nachtschicht im Krankenhaus zurück. Bald würde Tabea aufstehen, also überflog er rasch den Bericht der Kollegen vor Ort. Im Wesentlichen Fotos vom Fundort der Leiche und die Personalien der Zeugen. War der Mörder oder die Mörderin unter ihnen? Er las die Liste und prägte sich die Namen ein.

Magdalena Krämer
Christl Häberle
Anita Vetter
Elisabeth Oliveira
Verena Gross
Klaus-Dieter Richter
Katrin

Er stutzte. Hinter jedem Namen stand eine Adresse und was die betreffende Person mit dem Fall zu tun hatte. Magdalena Krämer hatte auf dem Weg zur Arbeit die aufgebrochene Backhaustür entdeckt und die Polizei verständigt. Später waren Christl Häberle und Anita Vetter hinzugekommen, um für den Verein der Weilheimer Landfrauen zu backen. Alle übrigen Personen waren Vereinsmitglieder und hatten sich im Vereinshaus, ein paar Fußminuten vom Backhaus entfernt, aufgehalten.

Aber wer war diese Katrin? Wie es schien, war sie kein

Mitglied der Landfrauen, und die Kollegen hatten weder Nachnamen noch Anschrift notiert.

Er hörte die Dielen über sich knarzen, stopfte die Blätter hastig in die Mappe zurück und verstaute sie in seinem Rucksack auf der Flurkommode. Dann deckte er den Tisch, damit Tabea frühstücken konnte, und goss ihr einen Tee auf.

Seine Tochter kam mit genervtem Gesicht die Treppe heruntergestapft. Er warf einen Blick auf den Stundenplan an der Kühlschranktür und wusste sofort, warum: Doppelstunde Mathe gleich am Morgen. Über den Hausaufgaben gestern waren sie beide schier verzweifelt. Variablen auszurechnen wollte ihr einfach nicht in den Kopf. Nachhilfe musste her, aber das würde er heute Abend mit Tabea besprechen.

»Ich könnte dich in die Schule fahren. Es sieht nach Regen aus«, meinte Franke beiläufig, während seine Tochter mürrisch Müsli löffelte.

»Willst du mir hinterherspionieren, weil du's gestern nicht geschafft hast, mich auszuquetschen?«

»Wie kommst du denn darauf?«, wiegelte er ab, musste aber zugeben, dass seine Tochter recht hatte. Gestern Nachmittag auf dem Weg zum Judo hatte er sich die Zähne daran ausgebissen, etwas Neues über ihre Klassenkameraden zu erfahren.

Tabea zuckte mit den Schultern. »Ist schließlich dein Job.«

»Hast du etwa was ausgefressen?«

»Immer doch.«

Bald darauf schwang sie sich aufs Rad, und er blickte ihr nach, bis sie an der Straßenecke aus seinem Sichtfeld verschwand.

* * *

Leichter Nieselregen setzte ein, als Franke von der B 313 auf die A 8 Richtung München fuhr. Neben ihm organisierte Selin Demiray gerade einen Babysitter für ihre Dreijährige und rief dann in der Kita an, dass jemand anders ihre Kleine abholen würde.

»Zum Glück geht sie gern in den Kindergarten, sonst würde ich mich noch schlechter fühlen.«

Er konnte es ihr nur allzu gut nachempfinden.

»Weißt du schon was Neues?«, fragte Selin, während sie ihr schulterlanges schwarzes Haar hastig in einen französischen Knoten drehte.

»Ich habe mit Prof. Dr. Filippi telefoniert.« Er beeilte sich, vom nicht eben langen Beschleunigungsstreifen auf den Fahrstreifen zu wechseln.

»Und?« Die Geduld seiner Kollegin war anscheinend bereits aufgezehrt. Franke war es nicht anders gegangen, als er mit Tabea plötzlich allein dagestanden war.

»Männlicher Toter, circa eins fünfundsiebzig, DNA im Backenzahn enthalten. Aus den Schädelresten schließt sie auf gröbere, stumpfe Gewalteinwirkung. Metallreste an einem Handgelenk, vermutlich von einer wertvollen Uhr.«

Seine Kollegin hörte aufmerksam zu, und er sah, wie sie sich im Geiste Notizen machte. Ihr Gedächtnis war phänomenal.

»Glücklicher Zufall, dass diese Magdalena Krämer ihn noch vor den Brotbäckerinnen gefunden hat. Sonst wär nicht so viel von ihm übrig.«

»Ich dachte, mein Chef glaubt nicht an Glück und Zufälle.«

»An Zufälle schon.«

»Einen Mann von hinten zu erschlagen, das kann geplant gewesen oder im Affekt passiert sein. Aber die Leiche in einem Holzofen zu entsorgen, ist schon speziell. So ländlich, fast idyllisch.«

Das Gleiche hatte er auch gedacht. Es sollte nicht schwer sein, die Identität des Toten zu ermitteln. »Vielleicht gibt es schon eine Vermisstenanzeige. Mit großer Wahrscheinlichkeit ist das Opfer ein Einheimischer, und den Leuten fällt es auf, wenn einer von ihnen verschwindet.«

»Kann auch nicht schaden, in den umliegenden Ortschaften nachzufragen.«

»Bis dahin hören wir uns bei den Landfrauen um, denen der Holzofen gehört. Vielleicht gibt's Kuchen?«

»Auf frisches Holzofenbrot würde ich jedenfalls lieber verzichten. Meinst du, die Ermittlungen werden sich in die Länge ziehen?«

»Tja.« Frankes Gefühl sagte ihm, dass sie schnell auf den Täter stoßen würden, sobald die Identität der Knochen geklärt war. Aber Gefühle waren keine Fakten.

»Du bist im Stress? Ist dein Mann wieder unterwegs?«

»Die ganze Woche.«

»Verdammt.«

»Du sagst es.«

Franke überholte eine Kolonne von Lkws. Jenseits des Regenschleiers wölbte sich sanft die Schwäbische Alb. Insgeheim freute er sich auf die Ermittlung in einem beschaulichen Ort mit etwas über zehntausend Einwohnern. Ein netter Tapetenwechsel, so mitten im Grünen. Das sprach er aber nicht laut aus, denn er wusste, dass die idyllische Lage Selins Stresspegel nicht herunterbringen würde. Außerdem war es schon ein bisschen traurig, dass es das war, was er sich unter »Tapetenwechsel« vorstellte. Fiel ihm wirklich nichts Aufregenderes ein? Er nahm sich fest vor, ein paar Tage mit Silke in Venedig zu verbringen. Vom Stuttgarter Hauptbahnhof fuhr ein Zug bis in die Lagunenstadt. Das sollte man ausnutzen.

Als er die Ausfahrt Aichelberg nahm, klarte der Himmel auf. Sonnenlicht fiel auf einen grünen, kegelförmigen Hügel, der vor der Alb aufragte, und die blühenden Obstbäume auf beiden Seiten verstärkten den idyllischen Eindruck. Das saubere Ortseingangsschild glänzte im Sonnenschein, als wollte es sagen: Ist es hier nicht viel schöner als in Stuttgart?

Sie schauten kurz in der spartanischen Polizeiwache vorbei, wo ihnen ein junger Polizeianwärter mitteilte, dass es keine Vermisstenmeldung gebe und man die Landfrauen für zehn Uhr ins Vereinshaus bestellt habe. Bis dahin hatten sie noch eine knappe Dreiviertelstunde Zeit. Sie ließen den silbernen Daimler an der Wache stehen und machten sich zu Fuß auf in die Innenstadt.

Ein kleiner Umweg führte sie am Backhaus vorbei. Der diensthabende Beamte hatte ihnen den Schlüssel mitgegeben. Später würde die Spurensicherung ihre Arbeit wieder aufnehmen.

»Das Schloss ist intakt«, stellte Selin fest und streifte sich ein Paar Einweghandschuhe über. »Scheint, als wäre gar nicht eingebrochen worden.«

»Hm.« Franke überlegte, ob und, falls ja, wie dies die Sachlage veränderte. Im Backhaus selbst war nicht viel zu sehen, es wurde fast gänzlich von einem mächtigen Ofen ausgefüllt sowie einem rustikalen Regal, auf dem die Brote zum Abkühlen untergebracht wurden. Blutspuren konnte er nicht entdecken, also war die Leiche hier vermutlich nur entsorgt worden.

Seine Kollegin schloss wieder ab, und kaum fünf Minuten später standen sie vor einem schmucken Fachwerkhaus mit einer schweren eisenbeschlagenen Tür. Alles war hübsch gestrichen, und an der Seite rankten sich zart knospende weiße Rosen empor.

Seine Kollegin hatte für Idylle allerdings wenig Geduld. »Da vorn ist ein Bäcker, der hat bestimmt Kaffee.«

In der Bäckerei hatte sich eine kleine Schlange gebildet. Anscheinend war eine der Verkäuferinnen noch nicht lange dabei. Sie musste öfter nachfragen und die Preise ablesen, während ihre Kollegin alles rasch in eine Tüte packte und abkassierte. Franke blickte sich im Café um, fast alle Tische waren frei.

»Was darf's für Sie sein?«, fragte die Verkäuferin in einem astreinen Hochdeutsch, das er am Fuß der Schwäbischen Alb nie vermutet hätte. Sie waren an die Neue geraten, und er merkte, dass Selin neben ihm ungeduldig von einem Fuß auf den anderen wechselte.

Er bestellte zwei Latte macchiato, ein Kürbiskernbrötchen mit Käse für sich und eine Mohnschnecke für seine Kollegin. Fasziniert beobachtete er die Verkäuferin, wie sie den Milchkaffee aus der Maschine ließ. Wäre die Leinenschürze nicht gewesen, hätte sie auch hinter einem Bartresen Cocktails mixen können. Unter dem Leinenstoff schauten angeschnittene Ärmel mit schwarzen Pailletten hervor, gegen ihren Hals baumelten schlangengleich silberschwarze Ohrringe, auf die Silke sicher neidisch gewesen wäre. Ihr Mund war feuerrot geschminkt. Er wunderte sich, dass sie vor lauter Wimpern überhaupt aus den Augen schauen konnte, bestimmt waren sie künstlich.

Doch sie platzierte ihre Bestellung zielsicher auf einem Tablett und musste zum Abkassieren nur kurz in ihrer Liste nachschauen. Während sie frühstückten, blickte er immer wieder in ihre Richtung und wunderte sich, was einen Paradiesvogel wie sie wohl hinter die Theke einer Provinzbäckerei verschlagen hatte.

»Wollen wir dann mal?«

Zwar hatten sie noch ein paar Minuten, aber Franke wusste, dass es keinen Sinn hatte, Selins Ungeduld die Stirn zu bieten, und stürzte den letzten Rest Kaffee hinunter.

Er konnte seine Kollegin nur zu gut verstehen. Die gesicherten Erkenntnisse in dem Fall waren bisher denkbar gering. Nichts ließ Rückschlüsse auf mögliche Täter zu, nicht einmal auf das Opfer, den Tatort oder die Tatwaffe. Momentan konnte er nur hoffen, dass mit der Zeugenbefragung ein bisschen Bewegung in die Ermittlung käme.

Als sie aus der Bäckerei auf die Gasse hinaustraten, spürte er, wie seine Antennen ausfuhren. Wie die Geschäfte und die Passanten in die Peripherie seiner Wahrnehmung rückten, als er das idyllische Fachwerkhaus ins Visier nahm. Dort machten sich drei ältere Damen in altbackenen Schürzen an den

Rosenspalieren zu schaffen, aber den Kommissaren entging nicht, dass ihre Blicke über die Gasse huschten.

»Ob das unser Empfangskomitee ist?«

Franke brummte zustimmend. Der Nachteil von Einsätzen in der schwäbischen Provinz war, neben der langen Anfahrt und der manchmal etwas holprigen Zusammenarbeit mit der Ortspolizei, das grundsätzliche Misstrauen der Einheimischen gegenüber allen Leuten, die nicht seit mindestens zwei Generationen in ihrem Ort lebten. Als sie sich näherten, hielten die Frauen in ihrer vorgeblichen Arbeit inne und rückten zusammen.

»Guten Tag, ich bin Kriminalhauptkommissar Thomas Franke, und das ist meine Kollegin, Kriminalkommissarin Selin Demiray.«

»Grüß Gott«, erwiderten die drei und musterten sie wie eine Kirmesattraktion. Unter ihren Schürzen waren sie adrett gekleidet, ein Polizeibesuch stellte für sie vermutlich eine Abwechslung zu ihrem betulichen Alltag dar.

Im Haus war es kühl, und aus den Räumen im Erdgeschoss waren Geschirrgeklapper und Stimmen zu hören. Es war penibel aufgeräumt, und der Duft nach frischem Gebäck wehte ihnen entgegen. Verena Gross, die Vorsitzende, erwartete sie mit verschränkten Armen am oberen Treppenabsatz. Sie machte den Eindruck, als würde sie die Polizei am liebsten an Ort und Stelle abfertigen.

»Ihr Haus ist schön. Und Ihre Sammlung erst.« Selin deutete auf die Wand im hinteren Teil des Raums und warf ihrem Kollegen einen vielsagenden Blick zu. Über einer rustikalen Sitzecke hingen vom antiken Tee-Ei am Stiel über verschiedene Rührbesen, metallene Kartoffelstampfer und ein Nudelholz bis zum Fleischhammer aus Holz alle möglichen Küchenutensilien, die vor hundert Jahren der Stolz einer jeden Hausfrau gewesen wären. Und die heutzutage eine gute Mordwaffe abgeben würden, um jemanden zu erschlagen.

Frau Gross lächelte dünn und führte sie über eine Leitertreppe ins ausgebaute Dachgeschoss, wo sich der Kommissar ducken musste, um das Dachgebälk nicht zu streifen. Drei Türen, bemerkte er zufrieden, und seine Kollegin schien den gleichen Gedanken zu haben. »Das ist unser Handarbeitszimmer«, erläuterte die Vorsitzende. Drinnen warteten drei Frauen an einem abgewetzten Holztisch mit geschnitzten Beinen. Zwei ältere Damen mit weißen Haaren und eine dritte mit feuerrotem Kurzhaarschnitt und blauer Brille, die aussah, als hätte sich ein Papagei in den Hühnerstall verirrt.

»Ich habe Frau Krämer«, Verena Gross deutete auf den Papagei, »Frau Vetter und Frau Häberle gebeten, hier auf Sie zu warten.«

»Sehr zuvorkommend«, lobte Franke. Auf dem Tisch standen fünf Gedecke, in der Mitte eine schlanke blaue Kaffeekanne aus Steingut mit passendem Milchkännchen und Zuckerschüssel. Außerdem ein Teller mit Flachswickeln. Anscheinend hatte man sich auf ein Kaffeekränzchen eingestellt.

»Nebenan gibt es zwei weitere Räume?«

»Mein Büro und das von Herrn Richter. Er kommt einmal die Woche vorbei, um mir mit der Buchführung zu helfen. Sein Büro ist allerdings nicht größer als ein Abstellraum.«

»Macht nichts. Die Kollegin und ich führen die Befragung in getrennten Zimmern durch.«

»Aber drüben isch es lang net so gemütlich«, wandte Christl Häberle, eine Mittsechzigerin mit kurzen silbergrauen Kringellocken und einem mädchenhaft runden Gesicht, erschrocken ein.

»Dann bleiben wir beide hier.«

»Wir drei«, beharrte sie und blinzelte die Landfrau neben sich hilfesuchend an.

»Christl und Anita gibt's nur im Doppelpack«, erwiderte die Rothaarige und rückte ihre Brille zurecht.

Selin schaltete sich ein. »Frau Krämer, richtig? Wenn Sie mich bitte nach nebenan begleiten würden?« Anstandslos erhob sie sich und warf den beiden Landfrauen von der Tür aus einen vielsagenden Blick zu. Keine von beiden reagierte.

»Ich seh doch so schlecht, und Anita hört ein bissle schwer.«

Anita Vetter nickte. Wo ihre Freundin rund und rosig aussah, war ihr Gesicht wettergegerbt und ihre Erscheinung hochgeschossen und drahtig.

»In Ordnung.« Vielleicht brachten sich die beiden gegenseitig zum Reden. Franke ließ sich von Frau Häberle eine Tasse Kaffee einschenken und setzte das Lächeln auf, mit dem er seine Mutter früher um den Finger gewickelt hatte. Manchmal jedenfalls.

Bei der rosigen Christl, wie er sie in Gedanken nannte, wirkte es offenbar. »Vielleicht Flachswickel frisch aus dem Ofen ... ähm ... also, aus unsrem Küchenherd, mein ich. Unser Holzofen isch ja –«

Sie verstummte, als Anita Vetter ihr ungefragt ein Stück Gebäck auf den Teller legte. »Was wollen Sie wissen?«

»Erzählen Sie bitte, was sich am gestrigen Mittwochmorgen ereignet hat.«

»Wir wollten unser Holzofenbrot backen, wie jeden Mittwoch, aber als wir beim Backhaus angekommen sind, war schon die Polizei da.« Frau Vetter zuckte mit den Schultern, anscheinend war die Angelegenheit für sie erledigt.

»Wann können wir unser Backhaus wieder benutzen? Auf unserem Mai-Hock gibt's immer Bätscher aus dem Holzofen, und für den Käsmarkt am darauffolgenden Wochenende backen wir immer Käsweckle. Wenigstens isch unser Kirschblütenfest schon rum ...«

»Die Kollegen der Spurensicherung werden noch eine Weile brauchen.« Die Polizeiarbeit nahm nun einmal keine Rücksicht auf Feste und Backpläne.

»Die Spurensicherung«, erwiderte Christl Häberle andächtig, »denen würde ich gern mal über die Schulter schauen.«
Anita Vetter stieß sie an und deutete auf die Flachswickel.
»Hoffentlich müssen wir net bis zum Weihnachtsmarkt warten.«
Franke ging nicht weiter auf ihre Vorhaltungen ein. »Wie viele Brote backen Sie denn jeden Mittwoch?«
»Der Teig reicht genau für dreiundzwanzig.«
»Für jede Landfrau eins.«
»Und eins für Klaus-Dieter.«
»Klaus-Dieter? Sie meinen Herrn Richter?«
»Ha, joa.«
»Holzofenbrote zu backen ist recht anstrengend, oder nicht? Wie lange braucht man dafür?«
»Wir fangen immer früh zu schaffen an«, erwiderte Anita Vetter, als habe er ihr Faulenzerei unterstellen wollen.
»Des macht allerdings net jeder im Verein.«
»Ach, nein?«
»Diese Woche hätten uns Irina und Barbara beim Backdienst helfen sollen, aber der Irina ging's net gut, und Barbara hat nach ihr geschaut.«
Der Kommissar schrieb die Namen in sein Notizbuch. Aus dem Augenwinkel bemerkte er, wie Anita Vetter ihre Freundin mit dem Ellenbogen anstieß, woraufhin sich diese verschluckte.
»Die beiden kommen entweder zusammen oder gar net«, bemerkte Frau Vetter missbilligend.
Franke hob eine Augenbraue, erwiderte aber nichts. Er würde Verena Gross nach den Adressen der beiden Landfrauen fragen, die ebenfalls Backdienst gehabt hätten.
»Zu viert isch es natürlich leichter. Die Schüsseln mit dem Sauerteig sind schwer und auch des Holz für den Ofen.«
»Des gute Holz.«
»Und den Sauerteig mussten wir wegwerfen.«
Den Ofen hatten sie am Abend vorher vorbereitet. Christl

Häberle war sich sicher, dass sie das Backhaus danach wieder abgeschlossen hatten, Anita Vetter jedoch nicht. Der einzige Schlüssel dafür hing in der Küche der Landfrauen im Erdgeschoss. Wer der Tote war und wie er in ihr Backhaus gekommen war, konnten sie sich nicht erklären.

»Ist Ihnen am Dienstagabend etwas Ungewöhnliches aufgefallen?«

»Gar nix. Alles war wie immer. Wir haben den Holzofen fertig gemacht, und dann sind wir zum Strickkurs.«

Klang das nicht ein bisschen einstudiert? Er blickte sie über seine Kaffeetasse an, aber die Befragte ließ keinerlei Unsicherheit erkennen.

Christl Häberle nahm hastig einen Bissen und konnte nur zustimmend nicken.

Franke wurde den Gedanken nicht los, dass ihm die Landfrauen Theater vorspielten. Verschwiegen sie ihm etwas, oder mauerten sie aus Prinzip?

Man durfte sich von der behäbigen Fassade nicht täuschen lassen. Die beiden waren weder ahnungslose Landpomeranzen noch tüttelige alte Damen. Sie verheimlichten ihm etwas, und er ließ sie vorerst damit durchkommen. Ohne irgendeinen Anhaltspunkt zum Toten konnte er sie schwerlich in Widersprüche verwickeln. Seine Erfahrung sagte ihm, dass es ohnehin nicht das letzte Gespräch war, das er mit den Landfrauen führte.

***

Der Junge ging geduckt durch das Wohngebiet, in dem alle Straßen Vogelnamen hatten. Aus dem Augenwinkel hielt er nach den Bewohnern Ausschau, aber auf der Straße war niemand zu sehen. Er hoffte, dass um diese Zeit nicht viele Leute zu Hause waren, aber man wusste nie.

In einem Vorgarten stand ein riesiges Trampolin mit Netz drum herum, in einem anderen ein Baumhaus, so richtig mit

Strickleiter und allem. Davon hatte er als Kind nur träumen können.

Er zog seine Schildkappe tiefer ins Gesicht und blickte stur nach unten, bis er den betonierten Weg am Ortsrand von Dettingen erreichte.

Links ging es zum Wanderweg rauf zur Teck. Nur zwei Wanderer mit Hund nahmen an einem Wochentag diesen Weg. Sie befanden sich bereits hinter der Biegung und bemerkten ihn garantiert nicht. Mit seinen Kumpels war er selbst schon mehrmals zur Burg hochgelaufen, eher zum Saufen als zum Wandern, aber er mochte die grünen Hügel und den Wald, der einen auf dem Weg zur Spitze schier verschluckte.

Er wandte sich nach rechts und ging den Weg hinunter zur Hauptstraße. Zu seiner Rechten lagen gepflegte Einfamilienhäuser hinter dichten Hecken verborgen. Sehr gut. Er konnte sie nicht sehen und sie ihn nicht.

Endlich hatte er es geschafft. In seinem Rucksack steckte ein Umschlag mit achttausend Euro für seinen »Kumpel Florian«. Natürlich hatte er diesen »Florian« nie im Leben getroffen, aber das wusste dessen wohlhabende, kinderlose Tante, bei der er das Geld abgeholt hatte, ja nicht.

So oft hatte er in den letzten drei Wochen alte Leute angerufen, und keiner war drauf reingefallen. Aber die alte Frau hatte ihm gleich geglaubt. Als er sie dann im Türrahmen stehen sah, mager und ein bisschen tüttelig, hatte sich zwar sein Gewissen gemeldet, aber er konnte jetzt schlecht einen Rückzieher machen. Seine Chefin wusste schließlich, dass er das Geld holen wollte, und wäre nicht begeistert, wenn er Muffensausen bekam. Oder schlimmer noch, sie würde denken, dass er das Geld eingesteckt hatte, und deswegen Schulzi auf ihn hetzen. Auf den Muskeldummi hatte er keinen Bock.

Eigentlich war die alte Dame ganz nett gewesen, sie hatte ihm Kaffee und Kekse geben wollen und ihn förmlich angefleht, »Florian« auszurichten, dass er sich doch bald mal wieder melden solle.

»Leck mich doch«, murmelte er in den Kragen seines Hoodies, um die Erinnerung an das traurige Runzelgesicht der Alten abzuschütteln. Immerhin lebte sie in einem schönen Haus mit Blick auf die Alb. Im Gegensatz zu ihm. Er hatte nicht mal ein Auto und auch niemanden, der ihm einfach mal achttausend Euro für eins zuschoss. Bestimmt würde sie das Geld nicht mal vermissen. Und warum gab sie es auch einfach einem Fremden? Wenn sie es ihm so leicht machte ...

Plötzlich durchzuckte ihn ein Gedanke, bei dem sich seine Eingeweide zu verflüssigen schienen. Er fühlte sich, als müsste er dringend aufs Klo. War es nicht viel zu glatt gelaufen? Im Gehen schaute er über seine Schulter, aber da war niemand. Trotzdem konnte es eine Falle sein. Folgte ihm jemand von der Polizei?

Der Junge zog seine Kappe fast bis zur Nase herunter und stolperte weiter. Der Weg führte vorbei an blühenden Obstbäumen und Wiesen, auf denen sich die ersten Butterblumen zeigten. Für deren unaufdringliche Schönheit hatte er im Moment jedoch überhaupt keinen Sinn.

Er verließ den Weg, lief über den Wanderparkplatz bis zur Schlossberghalle, wo sein Bus abfuhr. Der kam erst in zwanzig Minuten, weshalb er die wenigen Meter zum Fußballplatz ging und scheinbar interessiert ein paar Jugendlichen bei ihren Aufwärmübungen zusah. Zwischendurch schaute er sich immer wieder um.

Als die Linie 173 endlich kam, ließ er alle anderen einsteigen, suchte sich als Letzter einen Platz und atmete auf.

Verstohlen zog er den Umschlag halb aus dem Rucksack und blickte hinein. Achttausend Euro! So viel Kohle hatte er noch nie besessen, geschweige denn in den Händen gehalten. Schnell packte er den Umschlag wieder ganz unten in den Rucksack.

Die Fahrt dauerte nur fünfzehn Minuten. Als der Bus

planmäßig an der Polizeiwache in Kirchheim hielt, zuckte er kurz zusammen. Am Bahnhof in Kirchheim stieg er aus und machte sich auf den Weg zur Chefin. Er freute sich schon auf ihr Gesicht, wenn er mit seiner Beute heimkäme. Die Luft im Büro war von Zigarettenrauch geschwängert, dass es nicht mehr schön war. Mühsam unterdrückte er ein Husten.

»Wo warst du so lange?«, fauchte ihn 's Kätzle an, als er die Tür hinter sich schloss. Sie war schon den ganzen Tag richtig kratzbürstig. Aber immerhin war Schulzi nicht hier.

»Ich habe das Geld«, sagte er beschwichtigend, holte den Umschlag aus dem Rucksack und gab ihn ihr.

Sie zählte alles akribisch nach und gab ihm seinen Anteil von vierhundert Euro. »Wurde auch langsam Zeit«, knurrte sie.

Ein bisschen enttäuscht steckte er die grünen Scheine ein, seine Chefin würdigte ihn keines Blickes. Sie klebte schon wieder am Handy und fluchte: »Geh ran, du Heini, oder du kannst was erleben!«

Das sagte sie heute nicht zum ersten Mal. Seit er am späten Vormittag das Büro verlassen hatte, telefonierte sie anscheinend wie verrückt. Es musste ein privater Anruf sein, wenn sie ihr eigenes Handy benutzte und nicht den Festnetzanschluss, von dem sie sonst anriefen. Und es war nicht der Muskeldummi, den sie anrief, denn der ließ die Chefin nie warten und nahm immer gleich beim ersten Ton ab.

Der Junge ließ sich in Schulzis Sessel fallen und rückte seine Kappe zurecht. Vierhundert Euro sind eigentlich nicht viel für drei Wochen Arbeit und das Risiko, dachte er sich. Was sollte er mit vierhundert anfangen? Die eine Hälfte schuldete er seinem Kumpel, und die andere Hälfte würde ihm seine Mutter abnehmen, die konnte es riechen, wenn jemand Kohle in der Tasche hatte.

Er schreckte auf, als 's Kätzle plötzlich aufsprang und ihr ramponierter Bürostuhl gegen die Wand krachte.

»Herrgott noch mal, den kralle ich mir persönlich«, krächzte seine Chefin, während sie sich eine Zigarette anzündete. »Was sitzt du da rum? Mach dich nützlich und komm mit!«

Menschen in den besten Jahren

Franke blickte stirnrunzelnd an der modernen Glasfassade empor, in der sich die gegenüberliegenden Fachwerkhäuser mit roten Geranien spiegelten. Silke hätte darin vielleicht ein interessantes Motiv gesehen. Auf ihn wirkte das Gebäude wie ein riesiger glänzender Stinkefinger inmitten der kleinstädtischen Idylle. Aber er war schließlich nicht zum Sightseeing nach Kirchheim gekommen.

Bei der Ortspolizei war am frühen Morgen eine Vermisstenmeldung eingegangen –»Vincent Kern, 56, circa 1,75 m« –, und die Kommissare hatten sich umgehend auf den Weg gemacht. In dem hochmodernen Geschäftsgebäude am Altstadtring befand sich das Büro seiner monatlich erscheinenden Zeitschrift.

»FünfzigPLUS. Das Anzeigenblatt für Menschen in den besten Jahren‹«, las seine Kollegin den Schriftzug im Schaufenster vor.»Schön zu wissen, dass unsere besten Jahre noch vor uns liegen.«

»Hm«, machte Franke, der regelmäßig von seiner Tochter daran erinnert wurde, dass er alt und peinlich war.

Durch ein nüchternes Treppenhaus gelangten sie in den ersten Stock und über einen langen Gang schließlich zur Redaktion von»FünfzigPLUS«. Dort wurden sie bereits erwartet und stellten sich vor.

»Bitte kommen Sie doch herein. Ich bin Renate Bächle«, erwiderte eine schick frisierte Frau, die bereits in den besten Jahren war.

»Sie sind Herrn Kerns Sekretärin?«

»Redaktionsassistentin«, korrigierte sie freundlich und wies auf eine gemütliche Sitzecke.»Möchten Sie vielleicht einen Kaffee?«

»Ja, gerne«, sagte Franke und schaute sich um. Das Sofa

und die Möbel aus Kirschholz verströmten eine warme, einladende Atmosphäre, was bei Interviews sicher von Vorteil war. An den Wänden hingen rustikal gerahmte Titelseiten der Zeitschrift. Vor den bodentiefen Glasfenstern verhinderten üppige, gut gepflegte Grünpflanzen, dass beim Hinausblicken Schwindelgefühle aufkamen, und auf dem Couchtisch befanden sich ein Teller mit verschiedenen einzeln abgepackten Keksen sowie Exemplare der aktuellen Ausgabe.

Frau Bächle kam mit einem Tablett aus der kleinen Teeküche. »Ich hatte gedacht, Sie schicken vielleicht eine Streife vorbei, aber dass gleich die Kriminalpolizei kommt ...« Sie hatte sich beim Kaffeekochen offensichtlich Gedanken gemacht.

»Herr Kern ist Ihr Chef?«

Sie nickte, und ein Lächeln flog über ihr Gesicht. Kern musste ein guter Vorgesetzter sein.

»Wie kommt es, dass Sie ihn vermisst gemeldet haben und nicht seine Familie?«

»Oh, der Vincent, also Herr Kern, ist alleinstehend. Geschieden. Seine Ex-Frau ist mit seinem Sohn und ihrem neuen Mann nach Linz gezogen.«

»Verstehe. Besucht er seinen Sohn vielleicht?«

»Nein, das glaube ich nicht. Er hätte mir auf jeden Fall Bescheid gesagt, wenn er mitten in der Woche wegfährt.«

»Wann haben Sie ihn das letzte Mal gesehen?«

»Das muss am Dienstagnachmittag gewesen sein.«

»Hier im Büro?«

»Ja.«

»Hat Ihnen Herr Kern erzählt, ob er an dem Tag nach Weilheim wollte?«

»Nein.« Sie erhob sich. »Aber ich kann in seinem privaten Terminkalender nachschauen.«

Während die Redaktionsassistentin im Büro ihres Chefs verschwand, schlug Selin die erste Seite von »FünfzigPLUS« auf.

»Attraktiv«, meinte sie und zeigte auf ein Foto über der Rubrik »Editorial«, in der Kern seine Leser mit ein paar launigen Worten zur Frühlingszeit auf die aktuelle Ausgabe einschwor. »Schwer vorzustellen, dass er seit seiner Scheidung ganz allein ist.« Sie blätterte durch die Zeitung. »Was haben wir denn hier? Kennen wir das nicht?«

»Interessanter Zufall.« Auf einem Foto war das Fachwerkhaus der Weilheimer Landfrauen abgebildet, und unter dem Text stand »Fotos von Linda Miller« und »Interview von Vincent Kern«.

»Ihr Chef führt die Interviews selbst?«, fragte Selin erstaunt, als Kerns Assistentin zurückkam.

»Nur wenn er Zeit hat. Er kümmert sich natürlich ums Geschäftliche, aber er geht auch gern persönlich zu den Leuten und schwätzt mit ihnen.«

Frau Bächle hielt ihnen einen Tischkalender hin. »Herr Kern hatte am Dienstagabend nichts vor.«

»Vielleicht ist er spontan irgendwohin gefahren?«

»Schon möglich.«

»Darf ich?«, fragte Franke und streckte die Hand nach dem Kalender aus. Viele Termine standen nicht darin. »Herr Kern hatte ein Interview für Mittwochvormittag geplant? Wo und mit wem?«

»Mit einem Haus für betreutes Wohnen für Demenzerkrankte. Er wollte sie in der nächsten Ausgabe vorstellen.«

»War er dort?«

»Nein, aber es kommt vor, dass ihm etwas anderes dazwischenkommt. Linda hat das Interview und ein paar Fotos gemacht.«

»Linda?«

»Frau Miller. Sie ist unsere Redakteurin und begleitet Herrn Kern meistens. Deshalb hatte ich mir erst keine Gedanken gemacht.«

»Und wann haben Sie angefangen, sich Sorgen zu machen?«, hakte Selin nach.

Frau Bächle wies auf den Terminkalender. »Gestern Nachmittag hatten wir einen Termin mit einem neuen Anzeigenkunden. Um die kümmert sich Herr Kern immer persönlich. Der Kunde war auch da, aber Vincent nicht. Er hat auch nicht abgesagt. So was ist noch nie vorgekommen.«

»Auf Ihren Chef ist Verlass«, stellte Franke fest. Es klang ganz so, als hätten sie ihren Toten gefunden.

»Außerdem war der Termin sehr wichtig. Es geht um eine Kette von Autohäusern, die langfristig mit uns zusammenarbeiten will, um mit Herrn Kerns Hilfe Menschen in den besten Jahren als Kunden zu gewinnen.«

»Eine Menge Geld hing von dem Termin ab?«

»Ja. Herr Kern hätte sie nie und nimmer versetzt, ohne mich zu informieren.«

»Kann es nicht sein, dass er den Termin einfach vergessen hat?«

»Nein, er ist wirklich sehr gewissenhaft. Außerdem reagiert er nicht auf meine Anrufe wie sonst immer. Um die Gespräche mit den Anzeigenkunden kümmert er sich immer selbst, worüber Linda und ich ehrlich gesagt sehr froh sind. Das Anzeigengeschäft ist hart. Zahlungsverzug, ausbleibender Werbungserfolg, und manche Kunden denken, wir würden andere Unternehmen besser dastehen lassen. Aber es gibt nun mal nicht nur *einen* Pflegedienst oder *einen* Bestatter, der mit der Hilfe von ›FünfzigPLUS‹ die alten Leute auf sich aufmerksam machen will.«

»Aber Herr Kern hat alles im Griff?«

»Ja, er ist immer sehr zuvorkommend und charmant. Niemand kann ihm wirklich böse sein. Entschuldigung.« Sie zog ein Taschentuch hervor und betupfte sich die Augenlider.

»Sie mögen Ihren Chef wohl sehr?«, meinte Selin mitfühlend.

»Oh, ja! Ich bin Vincent, also Herrn Kern, so dankbar. Ohne ihn hätte ich den Sprung zurück in den Beruf nicht so leicht geschafft. Ich habe vier Kinder großgezogen, müssen

Sie wissen. Vorher habe ich Arzthelferin gelernt, aber nach so einer langen Pause will einen ja keiner mehr, und viel Berufserfahrung hatte ich auch nicht. Ich hatte mich damals für alles Mögliche beworben, aber nur Herr Kern hat mir eine Chance gegeben. Er hat mir sogar den Computerkurs bezahlt und –«

Sie kam nicht dazu, weitere Vorzüge ihres Vorgesetzten aufzuzählen, denn eine junge Frau stürmte herein.

»Guten Tag«, grüßte sie und steuerte auf eine Tür linker Hand zu.

Kerns Assistentin erhob sich rasch. »Linda, die Kriminalpolizei ist hier.«

»Kriminalpolizei? Du hast Vincent also nicht erreicht?« Frau Bächle schüttelte den Kopf.

»Aber warum kommt dann gleich die Kriminalpolizei?«

Franke konnte direkt sehen, wie es in ihrem Kopf ratterte und die Erkenntnis schließlich einschlug wie ein Blitz.

»Hat es mit dem Toten in Weilheim zu tun?« Der Knochenfund im Holzofen hatte bereits den Weg in die Lokalpresse gefunden.

»Oh, mein Gott! Daran habe ich gar nicht gedacht.« Frau Bächle wurde ganz bleich.

»Setzen Sie sich bitte.«

Linda Miller setzte sich neben Kerns Assistentin und drückte ihr leicht den Unterarm.

»Ich sehe mich in Herrn Kerns Büro um«, meinte Franke und nickte Selin zu. Die Kollegin würde die Befragung der beiden Frauen weiterführen.

Vincent Kerns Räume zeugten vom Individualismus ihres Besitzers. Ein massiver dunkler Schreibtisch samt ledernem Bürostuhl, an den Wänden moderne Bilder, echte Gemälde, keine Drucke. Auf dem Schreibtisch lag ein Brieföffner mit Horngriff, daneben stand ein Aschenbecher aus Bleiglas und darunter ein Papierkorb in Form eines Elefantenfußes. Bestimmt keine Massenware und nicht billig. Allerdings wirkte das Büro eher wie das Sammelsurium eines Antiquitäten-liebhabers. Franke hatte jedoch von Antiquitäten absolut keine Ahnung, vom Traditionsservice seiner Mutter einmal abgesehen.

Er fischte einen Asservatenbeutel aus seiner Jackentasche, denn im Aschenbecher befand sich eine halb aufgerauchte Zigarre. Der Stummel musste schnellstmöglich für einen DNA-Abgleich ins Labor.

Sessel und Schreibtisch waren zum Fenster ausgerichtet, sodass man einen schönen Blick auf die Dächer Kirchheims hatte und dahinter auf die Hügel der Schwäbischen Alb. Bestimmt kein schlechtes Gefühl für Vincent Kern, wenn er Zigarre rauchend seine Arbeit erledigt hatte.

In einem massiven Regal hinter Kerns Schreibtisch steckten Aktenordner. Die Rücken waren beschriftet mit »Anzeigen«, »Rechnungen«, »Sonderaktionen«, alles mit Jahreszahl. Keine Lücken. Kern war allem Anschein nach nicht nur verlässlich, sondern auch ordentlich. Die ältesten Ordner gingen zurück bis ins Jahr 2017. So lange gab es »FünfzigPLUS« also schon. Zeit genug, sich Feinde zu machen? Und wenn ja, welche? Enttäuschte Anzeigenkunden vielleicht? Unzufriedene Geschäftspartner? Und wie passten die Weilheimer Landfrauen ins Bild? Mit einem abschließenden Blick verließ Franke das Büro.

Frau Bächle war mittlerweile vollkommen in Tränen aufgelöst, und Linda Miller sah aus, als wäre sie lieber anderswo.

»Frau Miller, würden Sie bitte noch einmal wiederholen, was Sie mir gerade erzählt haben?« Selins Stimme war sachlich, aber Franke kannte sie lange genug, um eine Spur Aufregung zu erkennen.

»Ich war gestern noch länger im Büro, um Fotos für unsere Anzeigenkunden zu bearbeiten. Gegen sechs hatte ich komischen Besuch von zwei Leuten, eine Frau und ein junger Mann, die ich noch nie im Büro gesehen habe. Sie wollten zu Herrn Kern.«

»Sie haben keine Namen genannt?«

»Nein.«

»Was wollten sie?«

»Keine Ahnung. Sie haben eine Weile gewartet, und dann hat die Frau einfach Renates Ablage durchwühlt, ohne auf meine Proteste zu reagieren. Sie hat auch ein paar Ordner aus dem Regal gezogen und darin geblättert. Ich dachte schon, sie würde anfangen zu randalieren, aber anscheinend hat sie nicht gefunden, was sie gesucht hat. Daraufhin ist sie ziemlich sauer geworden und glücklicherweise wieder gegangen. Ich habe alles wieder aufgeräumt, damit Renate nicht beunruhigt ist.«

»Können Sie die Frau beschreiben?«

»Kleiner als ich, vielleicht so Mitte vierzig, aschblondes schulterlanges Haar, hat ganz furchtbar nach Zigarettenrauch gestunken.«

Selin notierte alles.

»Und der Mann?«

»Ziemlich jung, sein Gesicht habe ich nicht gesehen, weil er so eine Schildmütze hatte. Groß, aber dünn.« Sie zuckte mit den Schultern. »Vielleicht sollte ich Frau Bächle lieber nach Hause bringen?«

Franke nickte. Kern war ihre erste heiße Spur, aber hier konnte man vorerst nichts mehr machen. Wenn der DNA-Abgleich positiv ausfiel, mussten sich die Kollegen um die Akten kümmern.

»Würden Sie bitte das Büro abschließen und vorerst niemanden hineinlassen?«

Frau Bächle wurde noch blasser und gab nur ein ersticktes Schluchzen von sich, während sie sich verabschiedeten.

»Das muss ja ein toller Chef gewesen sein. Ich habe schon Angehörige von Mordopfern befragt, die weniger Tränen vergossen haben«, sagte Selin.

»Du denkst, Kern ist unser Toter?«

»Ein verlässlicher Geschäftsmann, der einfach so einen wichtigen Termin sausen lässt? Es kann natürlich sein, dass er in einem Anfall von Midlife-Crisis auf und davon ist. Aber ich glaube, ich weiß, wo wir ihn finden. Besser gesagt, seine Überreste.«

Auf dem Weg nach draußen gab seine Kollegin Kerns Daten durch, um sein Handy zu orten und die Ortspolizei Ausschau nach seinem Wagen halten zu lassen.

»Wollen wir die Landfrauen zu Vincent Kern befragen? Vielleicht haben sie noch ein paar Flachswickel, in deren Genuss gestern nur du gekommen bist?«

»Ein paar knackige Infos wären mir lieber gewesen. Wir sollten erst den DNA-Abgleich abwarten.«

»Schade«, seufzte Selin und zog einen Flunsch. »Aber ist vielleicht besser, wenn ich meinen Stress nicht ständig mit Zucker kompensiere.«

»Du hast also keine Lust auf Eis?« Er zeigte auf die Eisdiele quer über der Straße.

»Hm ... Also Eis geht in den Dessertmagen, dafür ist immer Platz.«

»Geht auf mich.«

»Danke. Dass ich es heute überhaupt geschafft habe, das Haus zu verlassen, ist ein absolutes Wunder. Erst wollten wir nicht aufstehen, Bananen fürs Frühstück waren alle, und dann hatten wir eine Krise, weil unsere Lieblingstrinkflasche noch im Geschirrspüler war.«

»Tabea hat mir in dem Alter auch Geduld beigebracht.«

»Jetzt nicht mehr, so als Teenager?«

»Ist eine andere Art von Geduld.«

»Tja, nächste Woche kann mein Mann ein bisschen Geduld lernen«, erklärte sie und nahm ihr Eis entgegen.

»Salzkaramell und Zitrone? Bist du sicher?« Franke verzog das Gesicht. Seit Jahren blieb er Vanille und Erdbeere treu. Nicht besonders aufregend, aber man wusste, woran man war. Sie verließen die italienische Eisdiele, und er musste wieder an Venedig und Silke denken.

Selin schleckte genüsslich. »Mir ist übrigens etwas aufgefallen, als du in Kerns Büro warst. Kann natürlich sein, dass ich es mir nur einbilde.«

»Schieß los.«

»So was sagt man als Polizist nicht! Als die Redakteurin, Linda Miller, zum ersten Mal erwähnt hat, sie sei länger im Büro geblieben, da hat Frau Bächle sie komisch angeschaut. Als wäre sie überrascht.«

»Hm.« Franke speicherte die Info ab.

Auf dem Rückweg machten sie einen Abstecher zu Vincent Kerns Haus.

»Würstlesberg«, las Selin die Bezeichnung auf dem Verkehrsschild vor. »Das klingt nicht besonders sexy.«

Die Straßen waren eng, also parkte der Kommissar vor einem italienischen Restaurant mit Biergarten, dessen Sonnenschirme noch eingeklappt waren. Der April war seinem Ruf dieses Jahr gerecht geworden.

Sie umrundeten das Lokal und bogen rechts in eine Sackgasse ein. »Der Name ist vielleicht nicht sexy, aber ich würde trotzdem sofort in jedes dieser Häuser ziehen.«

Franke konnte sich ein gequältes Lächeln nicht verkneifen. Alte Villen hinter gusseisernen Toren, großzügige Doppelgaragen, gestapeltes Kaminholz in gepflegten Unterständen und Balkone, so groß wie der Vorgarten seines Zuhauses, säumten ihren Weg.

»Hätte nicht gedacht, dass ein Anzeigenblatt für Senioren so viel Geld abwirft«, murmelte er beim Anblick von Kerns moderner Stadtvilla. Wenn er mit Tabea nicht zurück in sein Elternhaus gezogen wäre, hätte er sich nie ein Haus in Stuttgart oder Umgebung leisten können.

Kern wohnte ganz am Ende der Gasse, die in eine Obstwiese überging, und blickte hinunter auf Kirchheim. Beste Lage mitten in der Natur, aber bis in die Stadt war es nur ein Katzensprung. Sie wanderten durch den modernen Garten, der nicht hinter einer mannshohen Hecke verborgen lag wie die anderen Grundstücke.

»Wir haben den falschen Beruf«, seufzte seine Kollegin, während sie den massiven Türklopfer betätigte. Sie selbst lebte mit ihrem Mann und ihrer kleinen Tochter in einer Drei-Zimmer-Wohnung in Feuerbach. »Wenigstens hat er keinen Pool, das würde mich vollends deprimieren.«

»Im Keller vielleicht?«

»Warum musstest du etwas erwidern?«

»Scheint keiner zu Hause zu sein.« Im Briefkasten steckten drei Ausgaben des Teckboten. »Ich glaube, wir müssen nicht auf die Ergebnisse der DNA-Analyse warten, um unseren Knochenmann zu finden.«

✲✲✲

Linda hetzte ins Büro ihres Chefs. Sie hatte nicht viel Zeit. Renate wusch sich gerade das Gesicht und hatte in ihrem aufgelösten Zustand den Büroschlüssel liegen gelassen. Das war die Gelegenheit. Fahrig riss sie die Ordner aus dem Regal. Sie hoffte, dass sich dahinter vielleicht ein kleines Büchlein oder Ähnliches verbarg. Nichts, zurück damit. Renate durfte nichts mitbekommen.

Die Schreibtischschublade war abgeschlossen. Vergeblich checkte sie den ganzen Kram, der Kerns Schreibtisch bevölkerte. Auch unter der Tischplatte war kein Schlüssel versteckt. Verdammt! In einem letzten Versuch nahm sie die Bilder ab und schaute hinter die Rahmen. Nichts.

Zu spät, um unter dem Teppich nachzuschauen. Renate drückte die Eingangstür auf, und Linda schlüpfte außer Atem in ihr eigenes Büro nebenan. Sie hörte, wie Renate Kerns Tür zuzog und abschloss. Mist!

Brezeln und Betrüger

»Katrin, schau mal!«, grüßte Lara fröhlich.
Leider konnte Katrin ihrer jungen Kollegin diesen einfachen Gefallen nicht tun. Erstens war es kurz vor halb sechs – am Morgen – und zweitens bereits der dritte Tag, an dem sie sich derart früh aus dem Bett gequält hatte. Wie hielten das die anderen Menschen jahrelang aus? Warum war Lara so fröhlich? Wieso machte der Bäcker an einem Samstag überhaupt so früh auf? Die Kunden würden heute ausschlafen, warum gönnte man ihr das nicht? Verstimmt glättete sie die grobe Leinenschürze über ihrem feuerroten Chiffonkleid mit Schmetterlingsärmeln und richtete ihre Frisur.
Lara kannte keine Gnade. Sie pflanzte sich vor Katrin auf, machte einen Kussmund und deutete darauf.
Katrin wusste beim besten Willen nicht, was von ihr erwartet wurde.
»Ich habe Lippenstift dran.«
Was für Lippenstift?, dachte Katrin perplex. »Sieht toll aus«, log sie, nur um ihre Ruhe zu haben.
»Und Wimperntusche auch. Siehst du?«
»Super. Ist das etwa braune Wimperntusche?«
Lara nickte begeistert.
Die Jugend von heute, dachte Katrin und befühlte unwillkürlich ihre dick getuschten tiefschwarzen Wimpern.
»Du bist immer so toll geschminkt, und ich wollte es mal ausprobieren. Bei mir zu Hause schminkt sich keiner, und ich bin fast nur mit Jungs befreundet«, erklärte Lara und wirkte nun fast ein bisschen schüchtern.
»Tatsächlich?« Katrin hätte es nie für möglich gehalten, dass sich jemand ausgerechnet an ihr ein Beispiel nahm. Endlich schaffte sie es, sich ein wenig Enthusiasmus abzuringen. »Du siehst einfach fabelhaft aus, wie ... das blühende Leben!«

Das hatte zwar eher etwas mit ihrer jugendlichen Frische und Unbekümmertheit zu tun als mit der Schminke, aber sie brachte es nicht übers Herz, der jungen Frau zu sagen, dass man das, was sie da im Gesicht hatte, nicht als Make-up bezeichnen konnte. Da musste sie sich abends nicht mal abschminken.

Lara zog sich mit einem zartrosa Pflegestift die Lippen nach. Katrin züngelte automatisch an ihren Zähnen entlang auf der Suche nach potenziellen knallroten Flecken. Als sie sich vor einer halben Stunde hastig geschminkt hatte, war sie kaum lebendig gewesen. Der Drang, sich wieder ins Bett zu legen, hätte sie fast überwältigt. Nur weil ihre Freundin Eva viel mehr arbeitete als sie und dabei auch noch schwanger war, hielt sie das alles durch.

»Wollen wir dann mal?«, fragte sie laut, als der Ofen seinen Piepton von sich gab. Abwechselnd zogen sie die Bleche heraus und befüllten die Auslage mit Tafelwecken, Laugenstangen und Vollkornbrötchen. Wenigstens straffe ich dabei meine Oberarme, dachte Katrin. Wie sollte sie diese harte und eintönige Arbeit nur auf Dauer aushalten?

Außerdem nagte eine andere Erkenntnis an ihr. Brötchen verkaufen war zwar äußerst ehrbar, damit würde sie Eva und ihre Familie nicht in Verlegenheit bringen. Aber insgeheim vermisste sie den Glamour und Nervenkitzel ihres früheren Lebens. Die Berliner Bars waren einfach ihre natürliche Umgebung. Das entspannte Ausschauhalten bei einem Martini oder Aperol, bis ein Kribbeln im Nacken ihr das richtige Männeropfer ankündigte. Die Entscheidung, es anzusprechen, oder besser noch: von ihm angesprochen zu werden, und dann im Bruchteil einer Sekunde die richtige Strategie auszuwählen, um es einzufangen ...

Punkt sechs klingelte das Glöckchen über der Eingangstür, und ein attraktiver Mittfünfziger baute sich vor der Theke auf. Was die Schlafgewohnheiten ihrer Bäckerkunden anging, hatte sie sich wohl gründlich geirrt. Schlichtes, aber teures weißes Hemd, Brillengestell von Hugo Boss, und die Haare lässt er sich nicht zum Sparpreis schneiden, bilanzierte sie.

»So früh wach, und das am Wochenende?«, versuchte sie es aus alter Gewohnheit mit einem kleinen Flirt.

»Wer sagt, dass ich geschlafen habe?«, gab er mit einem anziehenden Lächeln zurück und reichte ihr einen Mehrwegkaffeebecher über die Theke.

Katrin blinzelte überrascht und war sofort hellwach.

»Dann brauchen Sie einen besonders starken«, sagte sie über ihre Schulter hinweg, während sie seinen Kaffee in den Becher ließ.

»Den kann ich immer brauchen.«

Sie manövrierte seine Laugenstange mit Salami in eine Tüte und schenkte ihm als Antwort ein einladendes Lächeln. Aus dem Augenwinkel bemerkte sie, wie Lara ihren Flirt gespannt verfolgte.

Er bezahlte mit Karte, was Katrin eine zusätzliche Welt an Informationen eröffnete. »Auf Wiedersehen, Herr Wegener«, verabschiedete sie ihn und blickte ihm tief in die Augen. Das nächste Mal, wenn es eines gäbe, würde sie es mit seinem Vornamen probieren.

»Auf Wiedersehen, Katrin«, raunte er mit Blick auf das Schildchen, das jede Verkäuferin an der Schürze trug.

Katrin lugte aus dem Ladenfenster und sah zufrieden dabei zu, wie er in einen dunkelgrauen BMW mit Esslinger Kennzeichen stieg. Nicht das allerneueste Modell, aber trotzdem teuer. Dieser Mann wusste die feinen Dinge des Lebens zu schätzen, genau wie sie. Das Autokennzeichen und der Mehrwegbecher sagten ihr, dass er aus der Gegend stammte und öfter beim Scholderbeck vorbeischaute. Gute Voraussetzungen …

Du weißt, wo du mich findest, Herr Wegener, dachte sie, während sie sich im Geiste bereits ihren nächsten Flirt zurechtlegte.

Energisch schüttelte sie den Kopf. Was trieb sie hier? Schon allein um Evas willen durfte sie in Weilheim keine Männer ausnehmen!

Bei den nächsten Kunden unterließ sie das Flirten. Um sich vom immer gleichen Hin und Her des Backwarenverkaufs abzulenken, sondierte sie dennoch deren potenzielle Finanzlage. Wofür konnte sie den gut situierten Landeiern am Ende ein bisschen Geld abknöpfen? Auf völlig legale Weise natürlich.

Zum Nachdenken kam sie allerdings kaum, denn der Strom der Frühstücker riss gar nicht mehr ab. »Super, Katrin. Du musst gar nicht mehr in der Preisliste nachschauen«, flüsterte Lara, als sie gerade fünf Brezeln in eine Tüte steckte. Katrin kam der Gedanke, dass sich ihre junge Kollegin vielleicht über sie lustig machte. Die jedoch strahlte sie an, zückte erneut ihren Labello und zog sich blitzschnell die Lippen nach, bevor sie sich dem nächsten Kunden zuwandte.

Laras Kompliment ehrte sie, aber Preise auswendig zu lernen war für Katrin immer einfach gewesen. Nur hatten diese bisher immer mehrere Stellen vor dem Komma gehabt. Sie kassierte von der nächsten Kundin vier Euro vierzig für ein Dinkelfermentbrot und wandte sich dem Nächsten in der Schlange zu. Irgendwie kam ihr der hoch aufgeschossene Mann mit dem schütteren Haar bekannt vor. Er verlangte ein halbes rustikales Landbrot, geschnitten, und legte eine Ausgabe des Teckboten auf die Theke. Katrin erhaschte einen Blick auf die Titelseite. »Rätsel um Toten in Weilheimer Backhaus«. Da fiel ihr ein, wo sie den Kunden schon einmal gesehen hatte. Im Haus der Landfrauen, als sie fast der Polizei in die Arme gelaufen wäre. Wie hieß er gleich noch?, sinnierte sie, während sie das halbe Brot in die Schneidemaschine legte. Bei derart unscheinbaren Männern war es immer so schwer, den Namen zu behalten. Er hingegen schien sich überhaupt nicht an sie zu erinnern, was Katrin ein bisschen kränkte.

Der namenlose Unscheinbare bestellte noch einen Nusswickel, und gedankenverloren tippte sie die Preise in die Kasse ein.

»Sie haben den Preis für das Brot einfach halbiert!«, empörte sich der Mann, statt die sieben Euro achtzig einfach auf die Theke zu legen.

Was willst du sonst für ein halbes Brot bezahlen?, dachte Katrin irritiert und überlegte, wie sie ihn diplomatisch darauf aufmerksam machen könnte.

»Du musst das halbe Brot wiegen und nach Gewicht abrechnen«, flüsterte Lara an ihrer Schulter.

»Oh, natürlich«, erwiderte Katrin und erinnerte sich wieder. »Ich erledige das sofort«, meinte sie zu dem Typen anstelle einer Entschuldigung. So weit kam es noch, dass sie bei so einem mausgrauen Männerblümchen zu Kreuze kroch! Der Unscheinbare nickte nur, offenbar zufrieden, dass nun alles seine Richtigkeit hatte. Er verabschiedete sich höflich, aber Katrin ärgerte sich dennoch.

Als die Glocke der Peterskirche elf Uhr schlug, besserte sich ihre Stimmung etwas. Der Strom der Kunden ließ merklich nach. Bald war sie mit Brötchenverkaufen fertig und konnte sich wieder ins Bett legen. Halleluja!

Auch Lara wurde zusehends aufgedrehter. Sie flitzte zwischen Theke und Backofen hin und her, begrüßte überschwänglich jeden Kunden und sah öfter hinaus auf die Straße.

Zumindest eine Gemeinsamkeit haben wir, dachte sich Katrin, musste aber feststellen, dass Lara gar nicht wegen des nahenden Feierabends aufdrehte. Vielmehr hatte sie auf jemanden gewartet. Ihre Wangen verfärbten sich verdächtig rot, als ein blonder schlaksiger Junge mit Pickel neben der Nase die Bäckerei betrat. Katrin merkte genau, wie Lara beim Abrechnen trödelte, damit der nächste Kunde bei Katrin landete und sie das Heddele bedienen konnte. Das Wort hatte ihr Eva beigebracht.

Weckle, Schneggenudl, Heddele, meine Schwäbischkenntnisse sind eigentlich gar nicht übel, ging es Katrin durch den Kopf.

»Hallo«, presste Lara hervor. Ganz offensichtlich wollte sie noch etwas sagen, klappte den Mund aber unverrichteter Dinge wieder zu.

»Hi, Lara. Die Kakaomilch und 'ne Butterbrezel. Brauchst du nicht einpacken.« Er legte das abgezählte Geld auf die Theke, steckte sich die Brezel in den Mund und verschwand mit einem genuschelten »Tschau«.

Lara zupfte bedröppelt an ihrer Schürze, und Katrin tat das arme, kleine Mäuschen plötzlich leid. Ganz offensichtlich war ihre junge Kollegin in den Pickligen verschossen. Sie dachte daran, wie nett Lara seit drei Tagen zu ihr war, und sie musste sich eingestehen, dass sie gern Zeit mit dem Mädchen verbrachte. Es war nur eben sehr früh, um das Beste aus ihrer kollegialen Beziehung herauszuholen. Auch wenn Katrin selbst nicht viel sagte, hörte sie dem Geplapper ihrer jungen Kollegin beim Aufbacken und Einräumen eigentlich gern zu. Aus Laras Geschichten konnte sie sich zusammenreimen, wie eine normale Jugend aussah, die sie selbst nie gehabt hatte.

Also gab sie sich einen Ruck und knuffte Lara leicht in die Seite. »Hast du nach Feierabend schon was vor?«

Lara schüttelte den Kopf und sah sie unsicher an.

»Gut. Dann laufen wir rüber zum ›Müller‹, dort kaufe ich dir richtige Schminke und danach erzähle ich dir, wie du jeden Jungen um den Finger wickelst.«

»Echt? Wie denn?«

»So viel Zeit haben wir leider gerade nicht. Der Nächste bitte.«

»Supi. Ich überlege mir solange Fragen!«

Katrin unterdrückte ein Seufzen. Sie hatte so das Gefühl, dass der Mittagsschlaf ausfallen würde.

***

»Bist du sicher?«, fragte Lara und beäugte skeptisch ihre himbeerfarbenen Lippen im Spiegel neben dem Make-up-Regal. »Ich sehe gar nicht aus wie ich selbst.«

»Genau das ist der Punkt. Und wenn du nach Hause kommst, probierst du die hier aus. ›Mega Volume Super Black‹. Für deinen perfekten Augenaufschlag.« Lara senkte leicht den Kopf und rollte beim Aufschauen wimpernklimpernd die rechte Schulter, so wie es ihr Katrin beigebracht hatte.

Sie war wirklich ein Naturtalent. »Denk daran, du musst dich nicht komplett verstellen. Nur ein bisschen verwandeln, damit dich Patrick als junge Frau wahrnimmt, nicht nur als Kumpel«, gab ihr Coach Katrin mit auf den Nachhauseweg. Wäre doch gelacht, wenn sie ihren Pickelprinzen nicht ruckzuck einwickelte!

Katrin fühlte sich trotz Schlafmangel voller Energie. Der Drogeriebesuch mit Lara hatte sie zwar um ihr Nickerchen gebracht, dafür aber auf die zündende Geschäftsidee. Es war so einfach wie genial – etwas, das ihr nicht nur in die Wiege gelegt worden war, sondern worin sie auch zwanzig Jahre Erfahrung vorzuweisen hatte: anderen Frauen beibringen, Männer um den Finger zu wickeln! Und wenn die schon einen Mann hatten? Kein Problem. Dann würde sie ihnen beibringen, das Beste aus sich herauszuholen, um das Feuer in der Ehe weiter anzufachen. Katrin konnte es gar nicht erwarten, die Weilheimer Frauen in männermordende Glamourgirls zu verwandeln. Nun, »männermordend« war vielleicht kein guter Slogan in der derzeitigen Situation, grübelte sie.

»Autsch!« Das Weilheimer Kopfsteinpflaster hatte sie wieder einmal überlistet. Katrin rieb sich fluchend den schmerzenden Knöchel. Immerhin hatten ihre High Heels keinen Schaden genommen. Wenn bald genug Frauen in Stöckelschuhen unterwegs waren, würde man die Weilheimer Gassen vielleicht vernünftig asphaltieren …

Lara konnte sich mit ihrem mageren Lehrlingsgehalt

natürlich keinen Beziehungscoach leisten. Katrin hatte ihr die Schminke bezahlt und sogar Miese gemacht. Aber sie wusste ja, wo sie zahlende Kandidatinnen finden konnte. Was hatte Verena gesagt? »Wenn ich so toll aussehen würde wie Sie, würde ich auch Lippenstift tragen.« Oder so ähnlich. Nichts leichter als das! Wo die etwas mausgraue Verena war, da waren auch andere Frauen, die Katrins Rat sicher gut gebrauchen konnten. Und wenn sie erst einmal jede einzelne Landfrau fit gemacht hatte, würde die Mundpropaganda in Weilheim den Rest besorgen.

Statt zu ihrem Bett stöckelte Katrin also Richtung Landfrauenhaus, um ... ja, was? Die Frauen auszuhorchen wie einst ihre Männeropfer und ihre geheimen Wünsche zu ergründen? Dieses Mal würde es nicht ausreichen, ihnen nur etwas vorzugaukeln. Katrin musste liefern, anstatt einfach mit ihrem Geld abzuhauen. Und das würde sie! Kein besonders ausgefeilter Plan, aber sie hatte schon immer ihrer Intuition vertraut.

Der Gedanke, bald nicht mehr so früh aufstehen zu müssen, beschleunigte ihre Schritte. Keine Polizeiautos, stellte sie erleichtert fest, als sie am Landfrauenhaus ankam. Laut Titelseite im Teckboten, die sie während einer Kundenflaute überflogen hatte, gab es keine neuen Infos zum Toten im Ofen. Also ermittelte die Polizei hoffentlich anderweitig.

Als sie eintrat, fand sie das Innere des Hauses verlassen vor. Im Gegensatz zu ihrem ersten Besuch wirkte es seltsam unordentlich. So als hätte jemand alles angefasst und nicht wieder an den richtigen Platz gestellt. Sie erklomm die Treppe und hörte über das Klacken ihrer Absätze ein trauriges Schniefen, gefolgt von Naseputzen.

Auf der Eckbank saß die gleiche Landfrau mit den kinnlangen weißgrauen Haaren, die sie beim ersten Mal hier angetroffen hatte. Wie war gleich ihr Name?

Sie schien Katrin nicht zu bemerken, obwohl sich diese nicht eben leise näherte, und starrte auf ein Regal, in dem vorher allerlei alte Küchengeräte gestanden hatten. Katrin stellte fest, dass die Hälfte der Sachen fehlte. Eindeutig stimmte etwas nicht. Was war vorgefallen?

»Hallo«, grüßte sie mit einer sanften Stimme, die ursprünglich für ihre traurigen, da alkoholisierten, Männeropfer gedacht war.

Die Dame zuckte zusammen, als wäre sie angeschrien worden. »Grüß Gott«, erwiderte sie und betupfte sich mit einem Taschentuch, das schon völlig zerknüllt war, die Augen.

Braucht hier etwa jemand einen Coach?, frohlockte Katrin, bereit, ihre Krallen in eine der Landfrauen zu schlagen. »Ich wollte eigentlich zu Verena.«

»Sie ist oben«, sagte die Frau und deutete mit dem Kopf zur Leitertreppe. »Mit dem Kommissar und seiner Kollegin.«

»Die Polizei ist da?« Katrin konnte einen schrillen Unterton nicht ganz unterdrücken. Genau über ihr? Sämtliche Überlebensinstinkte gaben roten Alarm. Statt aber die Treppe hinunterzustürzen wie bei ihrem ersten Besuch, holte sie tief Luft. Schließlich war die Polizei nicht ihretwegen ihr. Trotzdem wollte sie keine Begegnung oder gar Befragung riskieren.

»Was will die schon wieder?« Katrins Gedanken rasten. Zu ihren Fluchtgedanken gesellte sich ein altbekanntes Gefühl – Nervenkitzel.

Die Frau stopfte das zerfledderte Taschentuch in ihre Strickjacke und zog ein neues aus der Verpackung. »Heute Morgen haben sie alles durchsucht und unsere Gerätschaften konfisziert.« Sie zeigte auf die geplünderten Regale. »Jetzt reden sie mit Verena. Ich hätte ihr gern einen Tee gemacht, aber wir dürfen in der Küche nichts anfassen ... Wenigstens steht ihr Klaus-Dieter zur Seite.« Tränen erstickten ihre Worte, und sie presste das Tuch gegen die Augen.

»Die arme Verena«, meinte Katrin und hatte wirklich ein bisschen Mitleid. Wenn einen die Polizei in der Mangel hatte, war Klaus-Dieter sicher nicht der Bodyguard, den man sich an seiner Seite wünschte. Sie lauschte angestrengt, doch oben tat sich nichts. »Ich bin übrigens Katrin«, fügte sie hinzu und streckte die Hand aus.

Die Landfrau ergriff sie und bemühte sich sichtbar um Fassung. »Elli. Ich warte besser unten. Meine Freundin Maggie will mich gleich abholen. Machen Sie es sich ruhig solang bequem.«

»Ich begleite Sie besser, Sie zittern ja.« Katrin war es gewohnt, sich nicht abwimmeln zu lassen und die schwachen Momente ihrer Opfer auszunutzen. Das galt jetzt für ihre zukünftigen Klientinnen.

»Sie sind ja so nett. Wir könnten unter den Kastanien vor der Peterskirche auf meine Freundin warten.«

»Eine sehr gute Idee.« Von dort aus würde sie einen Blick auf die Kommissare werfen können, wenn sie das Haus verließen.

Weil der Scholderbeck schon zuhatte, holte sie bei der Konkurrenz einen Kräutertee für Elli und einen schwarzen Kaffee mit drei Päckchen Zucker für sich. Danach platzierte sie sich so auf der Bank, dass sie vom Stamm der Kastanie halb verdeckt wurde, die Eingangstür des Landfrauenheims trotzdem gut im Blick hatte.

»Das ist furchtbar nett von Ihnen.« Zittrig stellte Elli den Teebecher auf der Parkbank ab und schnäuzte sich. »Es ist ja alles so schrecklich ...«

»Verena wird das Verhör ... also die Befragung schon meistern.«

»Ja, das wird sie. Verena ist so stark und intelligent, im Gegensatz zu mir ...«

Etwas schien Elli zu bedrücken, mehr als die bloße Anwesenheit der Polizei. Katrin musterte sie von der Seite. Anfang fünfzig, modisch gekleidet und frisiert, aber nicht in einer Weise, die automatisch alle Blicke auf sich zog. Eher wie eine Frau, die mitten im Leben stand. Katrin fragte sich, was sie wohl beruflich machte und ob sie sich eine Lebensberatung leisten konnte.

»Sie wirken auch stark und intelligent.«

»Nein. So einen Dummkopf wie mich gibt's nur ein Mal.« Welche Dummheiten konnte so jemand Solides schon gemacht haben? Vielleicht eine Affäre angefangen, von der ihr Mann Wind bekommen hatte? An Ellis Hand steckte kein Ehering. Dann ging es vermutlich um Geld.

»Nur weil man vielleicht etwas Dummes macht, heißt das längst nicht, dass man dumm ist«, tastete sich Katrin vorsichtig vor. Sie hatte schließlich eine Menge dumme Dinge getan, obwohl sie sich selbst für ziemlich gewieft hielt.

»Wenn einen diese Dummheit achttausend Euro kostet, dann schon!«

Es geht doch immer ums Geld, dachte Katrin selbstzufrieden.

»Achttausend Euro?«

Elli ging nicht darauf ein, aber Katrin hatte den Eindruck, dass sie sich etwas von der Seele reden wollte. Es musste nur vorsichtig aus ihr herausgekitzelt werden.

Sie drückte Elli den Teebecher in die Hand. »Gibt es nicht eine Möglichkeit, das Geld zurückzubekommen?«

»Pffft, ich glaube nicht, dass mir die Betrüger es zurücküberweisen.«

Beim Wort »Betrüger« zuckte Katrin unmerklich zusammen. So sahen also ihre Opfer aus, nachdem sie den Betrug bemerkt hatten. Kein schöner Anblick. Sie hatte sich ihre Männeropfer immer wütend vorgestellt oder wie sie kopfschüttelnd den Preis für ihr kleines Abenteuer in Kauf nahmen. Aber niemals traurig, hoffnungslos und voller Selbstzweifel. Sie wand sich unbehaglich auf der bequemen Sitzbank, und ihr Kaffee schmeckte trotz des vielen Zuckers plötzlich bitter.

»Und wissen Sie, was das Schlimmste ist?«

Wollte Katrin das wissen?

»Dass ich gewusst habe, wie sie die Leute reinlegen. Der Vincent hatte uns vor solchen Trickbetrügern gewarnt!«

»Vincent?«, wiederholte Katrin. Die Landfrau sagte das so, als müsste sie diesen Vincent kennen. Die Beraterin zu spielen war viel anstrengender, als mit einem reichen Typen zu flirten. Unangenehme Selbsterkenntnisse inklusive.

»Vincent Kern. Der Arme!«, schluchzte Elli und presste das Taschentuch gegen ihren Mund.

Katrin brachte aus ihr heraus, dass dieser Vincent Kern Herausgeber der Zeitung »FünfzigPLUS« gewesen war und in einem seiner Berichte vor der berüchtigten Kirchheimer Enkeltrickbande gewarnt hatte. Und nun hatte sich herausgestellt, dass er der Tote im Ofen der Landfrauen war. Deshalb hatte die Polizei das Vereinshaus durchsucht und alle Landfrauen noch einmal vernommen.

»Aber warum sollte eine von euch Herrn Kern umbringen? Kanntet ihr ihn denn persönlich?«

»Er war damals bei uns, um einen Artikel über unser Vereinsheim zu schreiben. Weil wir doch Spenden dafür sammeln.«

Katrin konnte sich an den Artikel erinnern, den sie beim Bäcker überflogen hatte. So hatte sie überhaupt den Weg zu Verena und den Landfrauen gefunden. Das Ganze schien schon eine Ewigkeit her zu sein, dabei waren gerade einmal vier Tage vergangen. Betrüger, ein Mord – so viel zur idyllischen Provinz! Vielleicht war sie hier nicht so verkehrt, wie sie gedacht hatte.

»Er war so nett und hat uns persönlich vor Betrügern gewarnt. Wir mussten ihm versprechen, niemandem Geld zu geben und stattdessen sofort die Polizei anzurufen. Aber …«

»… aber man denkt ja nicht, dass es einem selbst passiert?«

Wie oft hatte Katrin von dieser Einschätzung profitiert …

»Ja, leider. Wäre ich mal vorsichtiger gewesen.«

»Darf ich fragen, wie sie es angestellt haben? Nur damit ich vorbereitet bin, falls jemand bei mir anruft.« Katrin war neugierig, was die Kollegen so trieben. Oder besser gesagt, Ex-Kollegen, schließlich war sie keine Betrügerin mehr, sondern Bäckereiverkäuferin und zukünftige Beraterin.

»Lachen Sie mich auch nicht aus?« Katrin schüttelte so vehement den Kopf, dass die silbernen Ohrringe gegen ihren Hals schlugen. Nicht einmal über ihre Männeropfer hatte sie gelacht, schließlich sorgten sie für ihren Lebensunterhalt.

»Ein Mann hat mich angerufen, angeblich ein Arzt im Krankenhaus von São Paulo. Er hat gemeint, meine Tochter habe einen Unfall, und sie müssten sofort operieren. Aber erst soll ich ihnen Geld überweisen.«

»Ein Arzt aus São Paulo?« Wie konnte man eine besorgte Mutter aus der schwäbischen Provinz mit einem brasilianischen Doktor reinlegen?

»Maria, meine Tochter, arbeitet für Daimler in Brasilien. Sie spricht Portugiesisch, wegen ihrem verstorbenen Vater, müssen Sie wissen.«

»Brasilien ist weit weg, und bei so etwas würde jeder in Panik geraten.«

»Ich habe versucht, sie anzurufen. Mehrmals. Aber Maria ist nicht ans Handy gegangen. Irgendwann habe ich es nicht mehr ausgehalten, die Bank ist gleich gegenüber … und da habe ich das Geld schnell überwiesen.«

»Ihre Tochter ist aber in Ordnung, oder?«

»Ja, ihr geht es Gott sei Dank gut. Ihr Handy hatte sie nicht dabei, weil es in der Werkshalle nicht erlaubt ist. Das habe ich gewusst, aber in meiner Vorstellung war sie verletzt und hilflos, da bin ich einfach durchgedreht vor Sorge.«

»Das kann ich gut verstehen«, schwindelte Katrin. Nie im Leben würde sie irgendjemandem einfach so achttausend Euro abtreten. Ihrer Gewohnheit nach war es immer umgekehrt. Aber armen, älteren Damen Schauergeschichten erzählen und ihr hart erarbeitetes Geld einstecken, so tief war sie nie gesunken.

»Haben Sie versucht, das Geld zurückzubekommen?«
»Keine Chance.«
»Und was sagt die Polizei?«
Elli druckste herum.
»Waren Sie etwa nicht dort?« Katrin konnte nicht glauben, dass jemand, der auf diese Weise betrogen worden war, keine Anzeige erstattete. Bei ihren Männeropfern war das etwas anderes gewesen. Die hatten wenigstens Spaß mit ihr gehabt und wollten bloß nicht, dass ihre Frauen davon erfuhren. Aber die arme, ahnungslose Elli?

»Ich will nicht, dass es herauskommt. Ich schäme mich so.«

»Aber das ist doch nicht Ihre Schuld!«

»Das sagt Maggie auch. Aber trotzdem. Ich arbeite als Zahnarzthelferin gleich hier um die Ecke, und ich will nicht, dass mein Chef und die Patienten es erfahren. Das Getratsche mag ich mir gar nicht vorstellen. Nein! Jetzt muss ich eben wieder anfangen zu sparen. Ich wollte über Weihnachten unbezahlten Urlaub nehmen und drei Monate bei Maria wohnen, wissen Sie? Wir sehen uns doch so selten.« Sie blinzelte ein paar Tränen weg und trank einen Schluck Tee.

Er musste mittlerweile völlig kalt sein, genau wie Katrins Kaffee. Ihr war ohnehin die Lust daran vergangen. Sie hatte nie daran gedacht, dass das Geld, das sie den reichen Typen abgenommen hatte, letztlich auch deren Familien fehlte. Hatte sie damit vielleicht ein tütteliges Omalein benachteiligt, weil ihr Sohn kein Geld mehr fürs feine Pflegeheim hatte, oder eine hoffnungsvolle Tochter, die doch nicht aufs Ballettinternat durfte, weil Papa plötzlich die erste Rate nicht zahlen konnte? Angewidert schüttete sie den Rest Kaffee in den Rosenbusch neben der Bank und warf den Becher in den Mülleimer. Wenn sie das schlechte Gewissen, das sie so überraschend zwickte, doch auch dort entsorgen könnte!

»Da kommt ja Maggie«, rief Elli. Sie putzte sich entschieden die Nase, erhob sich und winkte.

Ein pastellblauer Renault Twingo fuhr die Gasse entlang und kam mit einem Ruck vor dem Landfrauenhaus zum Stehen. »Magdalenas mobile Fußpflege«, besagte der Schriftzug auf der Tür. Daneben befand sich ein Fuß mit Augen und flammend roten Haarspitzen.

Das ist also Maggie, dachte Katrin, als die Fahrerin ausstieg. An den stämmigen Beinen sah Katrin eine enge Jeans mit Strasssteinen. Die Frau mit den rot gefärbten Haaren und der blauen Hornbrille war ihr beim ersten Besuch bei den Landfrauen aufgefallen.

»'tschuldige«, rief Maggie in ihre Richtung. »Meine letzte Patientin wollte mich nicht gehen lassen. Du weißt ja, die alten Leutchen wollen immer noch ein bissle schwätzen.«

Ihre letzte Bemerkung machte Katrin nachdenklich. Sie stellte sich vor, und Maggie entgingen die rot geweinten Augen ihrer Freundin nicht.

»Ich habe Katrin von meiner Dummheit erzählt.«

»Und sie meint hoffentlich auch, du sollst zur Polizei gehen!«

Katrin nickte ein wenig bedröppelt und kam sich vor wie eine Heuchlerin, die sie ja auch war.

Elli schüttelte den Kopf. »Das geht nicht, und jetzt ist es schon zwei Wochen her …«

»Ich habe vielleicht eine Idee«, sagte Katrin. Wenn sie ihr schlechtes Gewissen schon nicht loswurde, konnte sie es wenigstens ein wenig besänftigen.

Elli und Maggie sahen sie neugierig an.

»Sie haben eine Fußpflege?« Katrin wies auf das Auto, und Maggie nickte. »Als Fußpflegerin behandeln Sie oft diabetisches Fußsyndrom? Durchblutungsstörungen? Pilzbefall?«

»Sie kennen sich aus?«

»Ich war mal in der Fußpflege tätig.« Das war nur eine halbe Lüge, denn offiziell war sie im Fußpflegesalon ihrer Schwester Steffi angestellt gewesen. Eine bodenständige Tarnung für den Fall, dass die Polizei doch einmal bei ihr klingelte und wissen wollte, wie sie ihr Geld verdiente. »Damit will ich sagen, dass viele Ihrer Patienten ältere Menschen sind. Und es könnte doch sein, dass einer von ihnen einen Anruf bekommt ...«

»... von jemandem, der Geld will?«, ergänzte Maggie.

»Und was wollen wir dann machen?« Ihre Freundin war von der Idee anscheinend nicht angetan.

»Wir könnten versuchen, Ihr Geld wiederzubekommen.«

»Das machen wir!«, erwiderte die Rothaarige enthusiastisch. »Entweder das, oder du gehst sofort zur Polizei.«

»Also gut, wir können es ja versuchen.«

»Klasse! Von der Polizei habe ich genug. Die haben mich heute nach meinem Alibi gefragt, dabei hatte ich ihnen gemeldet, dass unser Backhaus aufgebrochen wurde«, empörte sich Maggie.

»Von mir wollten sie auch wissen, wo ich am Dienstagabend war.«

»Sind sie noch dadrin?«

»Bei Verena.«

»Dann sollten wir vielleicht auf Verena warten.«

»Das kann ich doch übernehmen«, warf Katrin ein. »Ich wollte sie fragen, ob sie nach der ganzen Aufregung etwas trinken will.«

»Darüber freut sie sich sicher!«

Katrin gab Maggie ihre Handynummer, und diese versprach, sich zu melden, wenn sie von Patientinnen einen heißen Tipp bekäme. Das war Katrins Gelegenheit, sich bei den Landfrauen beliebt und ihre Vergangenheit wiedergutzumachen. Sicher konnte sie sich besser in einen Betrüger hineinversetzen als jeder Polizist.

Wie aufs Stichwort öffnete sich die Tür des Fachwerkhauses, und ein Mann und eine Frau traten heraus. Schnell rutschte sie hinter die Kastanie. Der Kommissar und seine Kollegin liefen die Gasse entlang in ihre Richtung. Sieht ganz sympathisch aus, dachte Katrin. Sehr bodenständig in den dunkelblauen Jeans und den schwarzen Sneakers. Grau durchzog seine dunklen Locken, für die bald ein Haarschnitt fällig war. Mit sympathischen und soliden Männern hatte sie als ehemalige Betrügerin am wenigsten Erfahrung. Die Kommissare waren nun ganz in ihrer Nähe. Katrin ging hinter den Rosenbüschen auf dem Kirchenvorplatz in Deckung.

»... Dienstbesprechung gleich Montag früh ...«, hörte sie ihn sagen. Angenehme Stimme, aber sein energisches Kinn und die Augen, mit denen er die Umgebung im Blick behielt, zeigten seine harte Seite. Wenn sie sich eine Vernehmung mit ihm vorstellte, lief ihr ein Schauer über den Rücken, und zwar kein angenehmer.

Hinter der Fassade

Die Kommissare bogen in die Hauptstraße ein, und Katrin erhob sich mit knackenden Knien. »Mist!«, entfuhr es ihr. Ein Flatterärmel ihres roten Kleides hatte sich in den Rosendornen verheddert. Mühevoll löste sie den Stoff und rieb über die Löcher. Weilheim unterließ es auch weiterhin nicht, ihre Garderobe zu zerstören. Liebend gern hätte sie dem Busch einen Tritt versetzt, ließ es aus Angst um ihre guten Schuhe aber bleiben.

Sie drehte dem kleiderfeindlichen Gebüsch resolut den Rücken zu und marschierte erneut zum Vereinshaus. Hoffentlich ließ sich Verena zu einem kühlen, vorzugsweise alkoholischen Getränk überreden.

Als Katrin das Fachwerkhaus betrat, hörte sie als Erstes Klaus-Dieters Stimme, die sie an einen heulenden Motor erinnerte.

»... unglaubliche Frechheit, man sollte sich beim Polizeipräsidium beschweren ... Das musst du nicht auf dir sitzen lassen ...« So ging es in einer Tour.

Katrin überlegte, ihren Kundenkreis zu erweitern, indem sie unbeholfenen Männern beibrachte, dass man eine Frau nicht durch Brüllen tröstete, sondern indem man ihr einfach die Schulter zum Ausweinen anbot, es musste auch keine breite sein.

Zum zweiten Mal stöckelte sie hinauf, aber an der Leitertreppe ins Dachgeschoss war Schluss. »Verena, bist du da?«

Die Vorsitzende erschien am oberen Absatz, mit wirren Locken und gehetztem Blick. »Hallo, Katrin, was machst du denn hier?«

»Wollte nur fragen, wie es dir geht. Als ich das letzte Mal hier war, ist plötzlich alles drunter und drüber gegangen. Ist es wieder ungünstig?«

»Überhaupt nicht.«

Hinter Verena tauchte Klaus-Dieter auf und musterte sie mit hochrotem Kopf.

»Du siehst aus, als könntest du ein Glas vertragen.«

»Das könnte ich wirklich. Aber keinen Eiweiß-Eistee!« Verena straffte im Heruntergehen die Schultern und setzte eine gefasste Miene auf.

Katrin lächelte ihr aufmunternd zu.

Verena wandte sich nach oben, und einen Moment lang hatte Katrin Sorge, dass sie Klaus-Dieter einladen würde. Doch die Landfrau verabschiedete sich nur fahrig, woraufhin ihr Finanzberater wie ein trauriger Labor-Beagle hinter ihr herblickte.

Schon zum zweiten Mal in einer Woche verbrachte Katrin ihren Abend im Gasthof »Zur Post«. Nahm sie etwa ihre Berliner Gewohnheiten wieder auf? Ihr gegenüber blickte Verena gedankenverloren in ihr Glas. Sie waren recht früh dran und saßen allein auf der Terrasse. Der späte Nachmittag war überraschend mild, und man hatte einen idyllischen Blick auf die Limburg, wo die Obstbäume um die Wette blühten. Ein perfektes Postkartenmotiv, das so gar nicht zu den Polizeiermittlungen passte.

Es würde einiges an Alkohol brauchen, um die Stimmung zu heben. Wenn wir bei Weißweinschorle bleiben, werden wir nie betrunken, dachte Katrin. Nicht einmal dieser großzügige, alkoholkranke Architekt auf Dauerentzugsversuch, dessen Muse sie eine Zeit lang gewesen war, hätte darin Alkohol geschmeckt. Sie verscheuchte ihn aus ihren Gedanken, bevor sich die Vergangenheit in ihrem Kopf breitmachen konnte.

Stattdessen konzentrierte sie sich auf ihre neue Bekannte.

»Willst du vielleicht darüber reden?«, fragte Katrin etwas hölzern. Normalerweise fiel sie nicht mit der Tür ins Haus, aber Verena war keines ihrer Männeropfer, und Flirten war keine Option.

»Die Polizisten machen nur ihre Arbeit.« Verena wollte wohl weder trinken noch reden.

Katrin war erleichtert. Zwar hatte sie Erfahrung im Trösten ihrer Männeropfer, aber denen hatte sie nie zugehört, um bei Problemen zu helfen, sondern um den einfachsten Weg zu ihrem Portemonnaie zu finden. Frauen zu trösten, darin hatte sie wenig Erfahrung. Wenn Eva in ihrer Gegenwart weinte, dann meistens aus Freude. Oder …

Oder sie erzählt mir nicht, wenn sie traurig ist, erkannte Katrin betroffen. Der Schluck Weinschorle verwandelte sich in ihrem Mund zu Essig. Am liebsten wäre sie sofort aufgesprungen, um zu ihrer Freundin zu laufen und sie zu fragen, ob alles in Ordnung sei. Sie schluckte die saure Flüssigkeit herunter und beschloss, besonders nett zu ihrer neuen Bekanntschaft zu sein, als könnte sie so die mangelnde Aufmerksamkeit ihrer Freundin gegenüber wettmachen. »Ist sicher alles nur Routine.«

»Bestimmt. Zumindest hoffe ich das.«

Katrin dachte schon, Verena würde wieder in brütendem Schweigen versinken, aber dann schüttelte sie energisch den mausbraunen Lockenkopf. »Ach, es nützt ja alles nichts!« Sie hob ihr Glas und nahm einen gezierten Schluck. Dann blickte sie Katrin an und runzelte die Stirn, als könnte sie nicht glauben, dass sie wirklich da war. »Ich bin jedenfalls froh, dass du dich nicht von der Polizei vertreiben lässt.«

Wenn du wüsstest, dachte Katrin.

»Dich erschreckt so leicht nichts, oder? Das finde ich bewundernswert.«

Sie konnte ja nicht wissen, dass Katrin jede Nacht aufschreckte, weil ihr Stalker sie im Traum gefunden hatte. Dass sie in ihrer orientierungslosen Panik nicht wusste, wo sie war, bis ihr wieder einfiel, dass sie jetzt bei ihrer Freundin wohnte. Und dass das Gefühl der Sicherheit, das ihr Eva und Weilheim bei Nacht gaben, sich tagsüber in eine zermürbende Mischung aus Ruhelosigkeit und Langeweile verwandelte.

Doch Katrin war schon immer gut darin gewesen, anderen etwas vorzumachen. Also lächelte sie und lehnte sich zurück. »Man muss alles nehmen, wie es kommt«, orakelte sie nichtssagend.

»Ja, ich wünschte mir nur, alles wäre schon vorbei.«

»Bis jetzt hat die Polizei nichts gefunden, oder?«

»Nein. Jedenfalls hoffe ich das.«

»Gibt es etwas zu finden?«

»Nein!«

Außer einer Leiche in eurem Holzofen, dachte Katrin.

»Ich kann mir nicht vorstellen, dass eine meiner Landfrauen irgendetwas gemacht haben soll ... Also das glaube ich nicht.«

Katrin fragte sich, ob sie vielleicht einen Verdacht hatte. Schließlich war sie die Vorsitzende des Vereins. Unauffällig musterte sie ihr Gegenüber. Vorhin hatte Verena Schwäche gezeigt, aber nun ließ sie sich nichts anmerken. Was ging in ihr vor? Was trieb sie an? Was wünschte sie sich insgeheim? Ihren Männeropfern hätte Katrin längst unauffällig Antworten entlockt.

Lag es daran, dass Verena ein sehr zurückhaltender Mensch war, oder daran, dass sie kein Mann war? Katrin fühlte sich herausgefordert. Sie wollte Verenas Fassade durchdringen und sich dahinter umsehen. Um sie leichter für ihr zukünftiges Business einspannen zu können und ... um mit Verena befreundet zu sein.

Irgendetwas lag der Frau auf der Seele. Wollte sie insgeheim darüber reden und traute sich nur nicht, wie zuvor Elli? Katrin war sich nicht sicher.

»Ich komme mir so nutzlos vor«, sagte Verena.

»Wieso das denn?«

»Ich bilde mir ein, ich müsste in dieser Situation irgendetwas tun. Aber mir fällt nichts ein.«

»Weiß die Polizei etwas Neues?«

»Sie wissen jetzt, wer der Tote ist. Vincent Kern.«

»Und den habt ihr gekannt?«

»Nun, ja …«

»Elli hat gemeint, dieser Vincent Kern wäre ein netter Typ gewesen.«

»Ja, alle Damen waren ganz hingerissen von ihm, vor allem die älteren.« Verena blickte in ihr Glas. Zufall, oder wollte sie Katrin nicht in die Augen schauen?

»Dein Typ war er nicht?«

»Mein Typ? Was hat das damit zu tun?« Verena verlagerte mehrmals das Gewicht, nur um dann zu ihrer Ausgangsposition zurückzukehren. Wollte sie nicht über Vincent Kern sprechen, oder behagte ihr das Thema Männer im Allgemeinen nicht? Das wurde immer spannender!

»Nichts«, winkte Katrin ab. »Welchen Eindruck hattest du von ihm?«

»Wir sind uns nur auf professioneller Ebene zum Interview begegnet. Er hatte diese Zeitung ›FünfzigPLUS‹, darin stand ein Artikel über uns. Hat uns viele Spenden für unser Vereinsheim eingebracht. Die Pacht für unser Haus läuft aus, und die Eigentümer wollen es verkaufen. Wir haben zwar das Vorkaufsrecht, aber lange nicht genug Geld. Noch so eine Sache, bei der ich etwas tun sollte …«

»Vincent Kern hat also erfolgreich die Werbetrommel für euch gerührt.«

»Es sind fast dreißigtausend Euro an Spenden zusammengekommen, von Privatleuten und Betrieben und nicht nur aus Weilheim. Auch drei Dörfer weiter sind die Leute auf uns aufmerksam geworden, und das heißt schon was.«

»Seine Zeitung hat eine hohe Reichweite?«

»Das kann man wohl sagen.«

»Es wäre demnach gut gewesen, euch jemanden wie diesen Kern warmzuhalten, oder?«

Verena hob eine Augenbraue. »So warm nun auch wieder nicht.«

Katrin riss erstaunt die Augen auf. Solch einen trockenen, dunklen Humor hätte sie Verena gar nicht zugetraut.

»Entschuldige, das war geschmacklos. So ein Ende wünsche ich selbstverständlich niemandem. Manchmal rutschen mir Dinge raus ...«

»Ihn stört dein Witz nicht mehr.«

Verena flüchtete sich in Förmlichkeit. »Herr Kern wollte jedenfalls noch weitere Artikel über einzelne unserer Mitglieder schreiben.«

»Ach ja? Über wen denn?« Katrin freute sich über die Gelegenheit, unauffällig Informationen über die anderen Landfrauen zu sammeln. Bei aller Freundschaft durfte sie ihr Business nicht ganz aus den Augen verlieren.

»Oh, zum Beispiel über Christl und ihren Traum vom Landfrauen-Café oder Elli und ihre Arbeit im portugiesischen Verein. Dann waren da noch Barbara und Irina und ihre Weltreise.«

»Waren? Sind die beiden nicht mehr dabei?«

»Sie sind heute Morgen aus dem Verein ausgetreten. Angeblich, weil sie lieber reisen wollen, aber ich glaube, dass die negative Aufmerksamkeit der letzten Tage sie abgeschreckt hat. Ein paar passive Mitgliedschaften sind auch schon gekündigt worden, aber das fällt nicht so ins Gewicht. Ich hoffe nur, dass uns nicht noch mehr Frauen verlassen.«

»Alles in allem heißt das, dass euch ein toter Vincent Kern weit weniger nützt als ein lebender, oder?«

»Na ja, wenn du es so ausdrücken willst ...«

»Das ist doch eine gute Nachricht! Ihr hattet kein Motiv, ihn umzubringen.«

»Nein.«

Katrin hatte den Eindruck, dass da noch etwas war. »Du kennst die anderen Landfrauen natürlich am besten. Vielleicht ist dir etwas aufgefallen?«

»Das wollte die Polizei auch wissen, aber da ist nichts!«

»Natürlich nicht.«

»Lass uns nicht die ganze Zeit von mir reden. Erzähl mir lieber, was dich nach Weilheim verschlagen hat.«

Katrin fühlte sich ein bisschen überrumpelt, erzählte ihr jedoch eine harmlose Version der Ereignisse. Sie sparte nicht an Komplimenten über das idyllische Leben am Fuß der Alb, lobte Butterbrezeln und Maultaschen und beklagte sich darüber, dass sie einfach keine Wohnung fand.

»Wenn du nicht mindestens in zweiter Generation in Weilheim wohnst, sind die Leute skeptisch. Ich komme ursprünglich aus Esslingen, aber mein Mann wollte damals, dass wir nach Kirchheim ziehen.«

Katrin schielte auf Verenas schlanke Hände, sah keinen Ehering und war überrascht. Eine Scheidung hätte sie einer Frau wie ihr nicht zugetraut.

Verena schien ihren Blick bemerkt zu haben. »Mein Mann ist vor ein paar Jahren gestorben.«

»Oh, das tut mir leid.«

»Muss es nicht, mir tut es auch nicht besonders leid. Also, das klingt jetzt sehr herzlos ... Ich rede wirklich Unsinn. Das kommt davon, dass ich nicht oft etwas trinken gehe. Ich bin wohl schon etwas beschwipst.«

Von Weinbrause? »Ich glaube eher, du brauchst was Stärkeres.« Katrin verrenkte sich den Hals nach der Kellnerin und bestellte zwei Zwetschgenschnäpse.

»Des isch ein ganz Feiner aus Hepsisau«, erklärte die junge Frau und stellte zwei Gläser vor ihnen ab.

»Zum Wohl.« Verena nahm einen winzigen Schluck.

Katrin war weniger zaghaft. Der fruchtige, warme Duft kitzelte in ihrer Nase, und der Zwetschgenschnaps rann ihr wohlig brennend die Kehle hinunter. Es muss nicht immer Schampus sein, dachte sie melancholisch, und vor ihrem inneren Auge erschien Berlin. Dort war es an einem Samstagabend nicht so idyllisch.

Sie gab einige harmlose Anekdoten von ihren Männeropfern zum Besten, wobei sie den Opferteil wegließ. Damit brachte sie Verena zum Schmunzeln und lenkte das Gespräch wieder von sich weg. Es war schon dumm, wenn man eine betrügerische Vergangenheit hatte und aufpassen musste, was man sagte.

Verena erzählte, dass ihr Sohn in Stuttgart studiere, als Erster in der Familie. »Nico ist ein toller Junge, obwohl er es nicht immer leicht hatte.« Sie lächelte nervös, als hätte sie zu viel verraten. »Ich hätte auch gerne studiert, aber meine Eltern wollten davon nichts hören.«

»Es ist nie zu spät«, erwiderte Katrin und ärgerte sich gleich über ihre Phrasendrescherei.

»Nein, der Zug ist abgefahren. Bei den Landfrauen lerne ich auch viel Neues, und es sind immer Leute um mich herum. Ich bin nie allein.«

Katrin glaubte ihr nicht ganz. Verena schien nicht nur das verpasste Studium zu bedauern. Sie hatte ein untrügliches Gespür für Leute entwickelt, die sich einen Partner wünschten.

»Ja, aber mit einem Mann an seiner Seite ist alles schöner«, seufzte sie. Eigentlich hatte Katrin mit der Bemerkung ihre neue Bekanntschaft ein wenig aus der Reserve locken wollen. Stattdessen wurde eine seit Langem begrabene Erinnerung in ihr wach. Sie musste an das eine Männeropfer denken, bei dem sie erwogen hatte, es beruflich vom Haken zu lassen und es privat mit ihm zu versuchen. Aber sie war sehr jung gewesen und ein bisschen verliebt, und es war lange her. Was wohl aus Christoph geworden ist?, sinnierte sie und hätte die Erinnerung gern mit einem zweiten Zwetschgenschnaps heruntergespült. Bestimmt war er längst glücklich verheiratet, Vater zweier Kinder und hatte den Tierfutterhandel seiner Eltern übernommen.

»Warum kommst du nicht zu uns? Einige von uns sind verwitwet. Anita, Irina und Barbara waren nie verheiratet. Wir unterstützen uns gegenseitig, und bei uns ist jeder willkommen. Das klingt kitschig, aber es stimmt.«

»Muss man als Landfrau nicht kochen und backen können, Butter stampfen oder –«

»Unser Butterfass ist nur Dekoration. Das benutzen wir

höchstens, wenn wir Kinder zu Besuch haben. Wir zeigen ihnen, wie die Menschen früher gelebt haben.«

Katrin dachte daran, dass sie zum dritten Mal Patentante wurde und wie die Zeit unbarmherzig verging. Sie verscheuchte die Schwermut und tat begeistert, als Verena von den Projekten der Landfrauen berichtete. Der Landfrauenverein war sein eigenes kleines Business. Sie erfuhr, dass Klaus-Dieter eine zentrale Rolle beim Beschaffen der finanziellen Mittel spielte. Er half dem Verein, Steuern zu sparen und Fördergelder zu beantragen. Wer auf jedes Gramm Brot achtet, ist dafür genau der Richtige, lästerte Katrin stumm. Dann fiel ihr ein, dass sie jemanden wie Klaus-Dieter auch für ihr eigenes Business gut gebrauchen könnte.

»Er hat ganz traurig geguckt, als ich dich vorhin entführt habe.«

»Ja.«

»Und fleißig ist er. Er ist genauso oft im Verein wie du.«

»Das ist eine Ausnahme wegen dem, was passiert ist. Sonst kommt er nur einmal die Woche.«

»Aber du bist jeden Tag da. Der Verein ist dein Leben.«

»Kann man so sagen. Seit Nico ausgezogen ist ...«

»Du wünschst dir jemanden, mit dem du dein Leben teilen kannst?«

»Ja.« Verena spielte nervös mit ihrem Schnapsglas und sah ganz unglücklich aus.

Katrin fühlte sich in ihrem Element. Zeit, ihre Fähigkeiten als Beziehungscoach unter Beweis zu stellen. »Hast du vielleicht ein Auge auf Klaus-Dieter geworfen?«

»Ähm ...«

»Würdest du lieber mit ihm was trinken gehen?«

»Also ... ähm ...«

»Ah, dachte ich's mir doch. Lass mich raten: Er ist zu schüchtern, dich zu fragen, und du denkst, du musst warten, bis er dich einlädt.«

»Eigentlich ...«

»Aber warum soll man als Frau nicht die Initiative ergreifen?«

»Ich möchte wirklich nicht …«

»Verstehe. Du möchtest erobert werden. Dann muss man Klaus-Dieter mal ein bisschen Dampf machen. Hör zu: Wenn ich das nächste Mal vorbeikomme, werde ich ihm unauffällig ein paar Tipps geben, und er wird dich im Nullkommanix –«

»Nein, bitte nicht!« Die Gäste an den anderen Tischen drehten sich zu ihnen um. »Ich meine, es ist sehr nett von dir, dass du dir Gedanken machst. Aber ich würde lieber nicht noch einmal mit Klaus-Dieter ausgehen.«

»Ach so! Ihr hattet schon ein Date?«

»Er ist ein sehr netter Mann, wirklich. Ohne ihn müssten wir einen Steuerberater bezahlen«, meinte Verena, als wäre das ein Grund, sich Hals über Kopf zu verlieben. »Aber, aber …«

»Es hat einfach nicht gefunkt.«

»Nein.«

»Du musst dich deshalb nicht schlecht fühlen.«

»Doch. Ich komme mir so gemein vor. Er ist wirklich sehr, sehr nett. Und aufmerksam. Er weiß, wie ich meinen Kaffee mag, interessiert sich dafür, was ich gerade lese, und letztens hat er mir einen Nusswickel vom Bäcker mitgebracht, obwohl ich ihm nie erzählt habe, dass es mein Lieblingsstückle ist. Er hat sicher feine Antennen und gibt sich wirklich Mühe. Jede Frau kann sich glücklich schätzen über sein Interesse, aber … aber er ist …«

»… einfach langweilig.«

Verena nickte, und ihre Augen wurden feucht. »Ich sollte nicht so undankbar sein, schließlich bin ich selbst ziemlich langweilig … Und ich weiß selbst, wie wunderlich ich mich verhalte. Und ich will auch nicht allein sein, aber Klaus-Dieter erinnert mich immer daran, wie glanzlos mein Leben ist, und manchmal ertrage ich ihn kaum.« Mit zitternden Händen entfaltete sie eine Serviette und betupfte ihre Augen.

Katrin tat sie auf einmal furchtbar leid. Selbst ihr Leiden war so unscheinbar. Keine Wimperntusche, die dramatische schwarze Sturzbäche hinterließ, kein herzzerreißendes Aufschluchzen, kein dramatischer Griff ans Herz. Verena war genauso allein wie sie selbst, aber sie hatte wenigstens das Glück, aufregend genug zu sein, sich selbst interessante Gesellschaft zu leisten. Was hatte Verena?

Ein Gefühl, das sich mit Laras Lippenstift-Abenteuer das erste Mal angedeutet hatte, keimte nun zur vollen Blüte. Sie wurde gebraucht! Das war mal etwas Neues.

»So, Verena. Ich bestelle uns jetzt noch einen Schnaps, und dann unterhalten wir uns über Männer.«

Verena nickte folgsam. Katrin war wie elektrisiert. Sie würde Verena komplett umkrempeln und ein Vorzeigeprojekt aus ihr machen! Und wenn sie danach nicht von Leuten überrannt wurde, die sie für ihre Beratung bezahlen würden, dann hatte sie es nicht anders verdient, als um fünf Uhr morgens kleine Bio-Brötchen zu backen!

Die Erinnerung an den Kommissar mit dem energischen Kinn verpasste ihrer Euphorie einen Dämpfer. Ihm musste sie aus dem Weg gehen. Nicht auszudenken, wenn ihre Vergangenheit durch irgendeinen dummen Zufall hier ans Licht käme.

Soko »Holzofen«

Thomas Franke ordnete in guter altmodischer Manier Fotos und einen Stadtplan von Weilheim am Whiteboard, während seine Kollegin den Beamer aufbaute. Wie jedes Mal vermisste er das ramponierte Korkbrett, das jemand ausgetauscht hatte, während er mit Tabea und seiner Mutter Urlaub auf Kreta gemacht hatte. Die Pinnadeln durch das Fotopapier und den Kork zu treiben, hatte seiner Arbeit etwas hemdsärmelig Praktisches verliehen. Daran reichte das Klacken der Magnete auf dem Board einfach nicht heran. Zum Schluss schrieb er »Soko Holzofen« über die Bildersammlung.

Im Zentrum strahlte Vincent Kern. Ein Kollege hatte das Foto, das über seinem monatlichen Grußwort in »Fünfzig-PLUS« abgedruckt war, vergrößert. Der Mann wirkte tatkräftig, mit einem gewinnenden Lächeln und einem jugendlichen Charme trotz seiner sechsundfünfzig Jahre. Rechts daneben hing ein Bild des Vereinshauses mit den Weilheimer Landfrauen. War Kern dort ermordet worden, und war eine der Frauen die Täterin? Sein Auto war unweit des Hauses gefunden worden, und laut Aussage von Verena Gross war er am Dienstagabend, also vor seinem Verschwinden, bei ihr gewesen, um weitere Interviews und Spendenaktionen für den Verein zu besprechen. Ihre Aussage war schlüssig, aber Franke hatte das Gefühl, dass sie ihm nicht alles erzählt hatte. Hatte sie etwas bemerkt, das sie ihm nicht sagen wollte? Sie war die Vorsitzende des Vereins, und die anderen Landfrauen hatten sie während ihrer Befragungen in den höchsten Tönen gelobt. Wollte Verena Gross eine der ihren schützen? Fakt war auch, dass sie von allen Landfrauen das schwächste Alibi hatte, jedoch kein Motiv.

Selin Demiray ließ derweil zwei Milchkaffee aus dem Vollautomaten, den Franke seinem Team spendiert hatte. Die

Lebensqualität aller hatte sich wesentlich verbessert, seit er den schwach bitteren, gefühlt immer lauwarmen Kaffee aus der Teeküche nicht mehr ertragen musste.

»Hast du was dagegen, wenn ich mir ein Stück nehme? Hatte keine Zeit fürs Frühstück.« Noch bevor er antworten konnte, hatte sich Selin eines der süßen Stückle geschnappt.

Die Kollegen trudelten ein, und Franke begann ohne Umschweife mit der Besprechung, bevor am Ende Kommissar Heiko Kronmüller noch anfing, sich über seine Ex-Frau zu beschweren, oder Kommissarin Constanze Schiller es schaffte, den Parkkiller von Kornwestheim ins Spiel zu bringen, der ihr vor drei Jahren ins Netz gegangen war.

Den Anfang machte Kommissar Stefanos Demetrios. Sehr patenter Ermittler, fand Franke, aber er legte so viele Redepausen ein, dass Franke sich beherrschen musste, nicht die Sätze des Kollegen zu beenden. Demetrios hatte das Privatleben von Vincent Kern durchleuchtet und mit dessen Ex-Frau telefoniert. Sie hatte seinen Tod gefasst aufgenommen und wissen wollen, ob ihr Mann Schulden hinterlassen habe.

Interessant, dachte Franke.

Das mit den Schulden hatte Demetrios der Ex-Frau natürlich nicht beantworten können. Zwischen den Zeilen wollte er herausgehört haben, dass sie sich wegen Kerns Frauengeschichten von ihm getrennt hatte. So weit nichts Ungewöhnliches. Da die Frau mit ihrem Sohn seit sieben Jahren in Österreich wohnte, war es unwahrscheinlich, dass sie nach so langer Zeit zurückgekommen war, um ihren Ex-Mann in Weilheim zu erschlagen und danach zu verbrennen.

»Wäre interessant zu wissen, was das Opfer über seine Ex-Frau zu sagen gehabt hätte«, warf Kronmüller unnötigerweise ein. Ihm waren alle Ex-Frauen grundsätzlich suspekt, angeführt von seiner eigenen.

Franke ging nicht darauf ein. »Die Telefonlisten hast du auch überprüft?«

Demetrios nickte gemächlich. »Nichts Auffälliges, außer ... ähm ...«

»Außer was?« Selin tappte ungeduldig mit dem Fuß gegen das Tischbein.

»... außer, der mit Abstand häufigste Anruf in der Redaktion.«

»Und wer war das?«

»Immer mit der Ruhe. Der Anruf kam ... ähm ... von einer Firma für Haushaltsauflösungen namens ›Sülzle & Sohn‹.«

»Soweit ich in Erfahrung gebracht habe, ist das ein größerer Anzeigenkunde«, warf Kronmüller ein. »Also nicht ungewöhnlich, dass die Firma bei Kerns Blatt anruft.«

»Die Anrufe haben ... äh ... am Donnerstag vor Kerns Tod angefangen sich zu häufen. Durchschnittlich ... ähm ... zehn Anrufe am Tag. Kern hat sich anscheinend nicht die Mühe gemacht, seinen Anzeigenkunden zurückzurufen. Das ist schon ein bisschen seltsam.«

Das fand Franke auch.

»Was sagt denn der Bericht der Spurensicherung?«, richtete er das Wort an die Kollegin Schiller. In Vernehmungen setzte er sie weniger gern ein, weil sie die Tendenz hatte, den Zeugen aus Übereifer Worte in den Mund zu legen. Aber was die Auswertung von Spuren anbelangte, konnte er sich über ihre Gründlichkeit nicht beschweren.

Jetzt hob sie fast entschuldigend die Hände. »Jede Menge Fingerabdrücke von Vincent Kern im Vereinsheim, aber er war auch mehrmals dort, nicht wahr?«

»Zuletzt am Abend seines Todes.«

»Dann ist es nicht verwunderlich. Keine Spuren von Blut, weder im Haus noch auf den beschlagnahmten Küchengeräten.«

»Die Mordwaffe könnte im Holzofen entsorgt worden sein«, warf Selin ein.

»Wäre naheliegend. Laut Obduktionsbericht war der Schlag zwar heftig und hat zum Tod geführt, aber es muss nicht unbedingt viel oder überhaupt Blut ausgetreten sein. Trotzdem wäre es möglich, dass er im Vereinshaus ermordet worden ist.«

»Aber wir wissen es nicht mit Sicherheit?«, vergewisserte sich Franke.

»Nein. Im Haus von Vincent Kern habe ich nach einer ersten Inaugenscheinnahme nichts Auffälliges gefunden. Allerdings war da ein Doppelbartschlüssel am Bund des Opfers, den ich bisher nicht zuordnen konnte. Vielleicht ist es ein alter Schlüssel, vielleicht hat er irgendwo eine Laube oder ein anderes Domizil, zu dem solch ein altmodischer Schlüssel passen würde. Aber auch das ist Spekulation.«

»Bleiben wir bei dem, was wir haben. Irgendwelche Erkenntnisse aus den Geschäftsunterlagen?«

Kronmüller meldete sich zu Wort. Franke war sich sicher, dass sein Kollege das ganze Wochenende über Kerns Unterlagen gebrütet hatte, um nicht an seine Ex-Frau denken zu müssen. Nicht sehr gesund, aber gut für den Fall.

»Sowohl Privat- als auch Geschäftskonto ist ausreichend gedeckt. Keine Schulden, soweit ersichtlich. Zwei Dinge sind mir aufgefallen.« Kronmüller trank einen Schluck Kaffee, wohl eher wegen der dramatischen Pause als zum Befeuchten seiner Stimmbänder. »Erstens war das Anzeigenblatt nicht Kerns erstes Unternehmen. Er hat Anfang der Neunziger mit Busreisen für Schulklassen angefangen, dann war er Inhaber einer Modelagentur, anschließend hat er in Ferienwohnungen im ehemaligen Jugoslawien investiert, und ein Beratungsunternehmen für mittelständische Betriebe hatte er auch.«

»Hat sich wohl ausprobiert.« So ein Hansdampf in allen Gassen war Franke suspekt, aber das war vermutlich seine altmodische Berufseinstellung. Er hatte als Polizist angefangen und würde als solcher in Rente gehen.

»Scheint, als wäre er hinter der schnellen Mark her gewesen und später hinter dem schnellen Euro«, fasste Kommissarin Schiller seine Gedanken in Worte. »Solche Typen lassen bei ihren Geschäften häufig Kollateralschäden zurück. Wäre sicher nicht verkehrt, da ein bisschen weiterzubohren.«

»Meine Abende sind gerettet!«, frohlockte Kronmüller mit einem gequälten Lächeln.

»Und zweitens?«, fragte Selin, die wie immer keine Nerven für irgendwelches Geplänkel hatte.

»Angefangen mit Kerns Investmentunternehmen gab es in Bezug auf seine Geschäfte übermäßig harte, aber erfolglose Überprüfungen durch das Finanzamt.«

»Waren die irgendetwas auf der Spur?«

»Gut möglich. Auch dem sollten wir weiter nachgehen.«

»Selin soll dir bei den Unterlagen helfen.« Franke hätte sie lieber im Außeneinsatz dabeigehabt, aber im Moment war es für sie einfacher, Akten durchzusehen. Damit konnte sie zur Not eine Nachtschicht zu Hause einschieben. Selin warf ihm ein dankbares Lächeln zu.

»Ich würde mich gern noch einmal in der Redaktion und im Haus von Vincent Kern umsehen«, meinte Kommissarin Schiller.

»Mach das. Wir behalten die Landfrauen im Blick, aber wir sollten uns vor allem ein umfassenderes Bild von Vincent Kern machen.« An Demetrios gewandt fuhr Franke fort: »Nimm mit dem Betrugsdezernat Kontakt auf, ob der Name Vincent Kern schon mal aufgetaucht ist. Es würde mich nicht wundern.«

Seine Kollegen raunten ihre Zustimmung.

»Ich mache mich auf den Weg zu dieser Firma für Haushaltsauflösungen und frage sie, was sie von Kern wollten. Das schein mir akut der naheliegendste Ansatzpunkt.«

Er beendete die Dienstbesprechung. Als er allein im Raum war, griff er zum Telefon und rief Silke an. Sie nahm nicht ab, obwohl sie montags erst spät in den Unterricht musste. Vielleicht hatte sie eine Vertretungsstunde?

Franke plagte das schlechte Gewissen. Sie hatten am Wochenende einen Ausflug nach Basel machen wollen, wo gerade mehrere zeitgenössische Fotokünstler ausgestellt wurden. Aber dann war ihm der neue Fall dazwischengekommen, und weil er samstags gearbeitet hatte, war er am Sonntag zu Hause geblieben. Er hatte erst Mathe mit Tabea gelernt und sich gefreut, als seine Tochter einen gemeinsamen Filmabend vorgeschlagen hatte. Also war er schnell zur Tanke gefahren, um Chips und Cola zu besorgen, und sie hatten sich einen japanischen Trickfilm angesehen, in dem es um nicht besonders kinderfreundliche Themen gegangen war.

Heute Morgen war Tabea dann wieder als kratzbürstiger Teenager die Treppe heruntergekommen, was die Erinnerung an den gemütlichen Abend nur umso schöner machte.

Silke hatte sich mit einem Anruf und dem Versprechen, die Ausstellung nachzuholen, zufriedengeben müssen.

Franke gab das Telefonieren auf und machte sich auf den Weg nach Weilheim. Wenn er sich dort beeilte, konnte er Silke nach ihrer letzten Stunde überraschen und das verpatzte Wochenende mit einem Abendessen wiedergutmachen.

***

»Wusste ich doch, dass ich dich hier finde«, murmelte 's Kätzle. In einer unberechenbaren Branche voller böser Überraschungen musste man sich voll auf seine Mitarbeiter verlassen können. Leider.

Der Neue schlug sich passabel und muckte nicht auf, war aber nicht mit dem Herzen dabei. Würde nicht lange durchhalten. Bald müsste sie wieder jemanden einarbeiten und erst mal einen geeigneten Mitarbeiter finden. Zum Kotzen!

Aber war sie selbst noch mit dem Herzen dabei?

War Schulzi mit dem Herzen dabei? Allem Anschein nach nicht. Sie hatte immer versucht, die Geschäfte überschaubar und so unauffällig wie möglich zu halten. War nie in eine der großen Enkeltrick-Banden eingestiegen. Hatte sich an Leute und Orte gehalten, die sie kannte. Weniger Gewinn, aber auch weniger Risiko. Schulzi pflichtete ihr selbstverständlich bei, aber hielt er sich noch daran? Um das herauszufinden, lauerte sie ihm vorm Fitnessstudio auf.

Er stand am geöffneten Kofferraum seines Wagens, umgeben von Typen in Trainingshosen und Muskelshirts. Vom Spargeltarzan bis zum Schwarzenegger-Double war alles dabei. Ein Griff in den Kofferraum, Hände wurden geschüttelt, dann der nächste.

»Du, Seggl, geht's nicht noch auffälliger?« 's Kätzle steckte sich eine Zigarette an und schlich scheinbar seelenruhig los. Als sie in Schulzis Blickfeld trat, zerstreute sich das Pumperrudel, und er pfefferte die Kofferraumklappe herunter, dass man es wahrscheinlich noch am anderen Ende von Kirchheim krachen hörte.

»Chefin!«

»Schulzi.« Ohne ein weiteres Wort ließ sie sich auf den Beifahrersitz fallen, nahm einen tiefen Zug aus ihrer halb aufgerauchten Zigarette und zündete sich gleich eine neue an.

»Wohin, Chefin?« Schulzi startete den Wagen.

Sie ließ ihn ein bisschen zappeln. Schweißperlen traten auf seine Stirn. »Hart trainiert, was?«

»Bin schließlich Bodyguard.«

»Ach ja?«

»Klar.«

»Hab dich ein paarmal nicht erreicht.«

»Kleine Angelegenheit, um die ich mich kümmern musste.«

»Hatte die Kleinigkeit mit unseren Geschäften zu tun?«

Statt einer Antwort spielte Schulzi mit dem Gaspedal.

»Ist vielleicht was im Kofferraum, was da nicht reingehört?«

»Nur 'n bissle Kram, den ich loswerden muss …«

Sie gab das Spielchen auf. Schulzi verdiente eine Chance, seine Loyalität unter Beweis zu stellen.

»Kümmere dich drum. Aber erst fährst du zum Würstlesberg.«

Schulzi heizte vom Parkplatz und durch den Verkehr, fuhr zu dicht auf, ließ die Reifen kreischen und beschimpfte die Dummheit der anderen Verkehrsteilnehmer.

»Sollen uns die Bullen anhalten? Komm mal runter.«

Sofort trat er auf die Bremse und fuhr halbwegs anständig weiter, während sein Kiefer mahlte und seine Knöchel weiß hervortraten. Unaufgefordert parkte er in einer Parallelstraße.

»Woher weißt du, zu wem ich will?«

»Ist mein Job, Chefin. Nach dem Artikel in seinem Wurstblatt schuldet er uns was.«

Käseblatt, dachte 's Kätzle. Ihr Bodyguard hatte es eher mit Fleisch wegen der Proteine. Sie überlegte, ihn allein zu Vinnies Villa zu schicken, aber Worte waren nicht seine Stärke. Doch er hatte recht, Vincent Kern schuldete ihnen etwas, und sie würde nicht klein beigeben.

Sie bemerkte einen silbernen Daimler in Kerns Auffahrt.

»Hat der gute Vinnie schon wieder eine neue Karre?«

»Nicht neu, gebraucht. Ist nicht das aktuelle Modell.«

»Dann gehört es nicht Vinnie. Stuttgarter Kennzeichen, soso.«

»Wir sollten abhauen. Mir gefällt das nicht.« Schulzis Rücken war komplett nass geschwitzt, und er wischte sich die Stirn.

»Willst du Vinnies neuen Kumpel aus Stuttgart nicht kennenlernen?«

»Klar.« Schulzi ließ demonstrativ die Knöchel knacken, rührte sich aber nicht vom Fleck.

's Kätzle verlor die Geduld und stürmte zur Haustür. Ihr Bodyguard setzte ihr nach und hämmerte gegen die Tür, was seine Muskeln hergaben.

»Nicht gleich übertreiben.« Sie gab ihm ein Zeichen, und er trat außer Sichtweite.

Eine Frau im schwarzen Hosenanzug öffnete die Tür. Dem Kätzle fiel auf, dass sie Einweghandschuhe trug. Ließ Vinnie seine Putzfrau im Business-Look antanzen? Warum wunderte sie das nicht? Die Erkenntnis kam schnell und heftig. Zivilbullen! Hatte Schulzi das gewusst?

»Ja, bitte?«

Welche Strategie war jetzt die richtige? Ihr Kopf war leer. Sie hoffte, dass Schulzi, der neben ihr schwitzte wie ein Wasserfall, mit dem Bizeps zuckte und die Fäuste ballte, nicht die Nerven verlor.

»Wer sind Sie?«

Verdammte Scheiße! »Putzfrau«, nuschelte 's Kätzle und deutete mit der Hand auf sich. Im Gegensatz zu der Zivilbullette ging sie durchaus als eine solche durch. Der Gedanke ärgerte sie gewaltig, dabei hatte sie ganz andere Probleme. Wie konnten sie sich schnellstmöglich verdrücken?

»Sprechen Sie Deutsch?«

Sie schüttelte den Kopf, und ein Hoffnungsschimmer erschien am Horizont.

»Wie ist Ihr Name?«

Sie regte sich nicht. Schulzi duckte sich und verschwand hinterm Haus. Hoffentlich ließ er sich etwas einfallen.

»Kommen Sie bitte herein.« Die Bullentussi zeigte in den Flur und setzte ein Lächeln auf, das auf eine ausländische, schwarzarbeitende Putzkraft wohl beruhigend wirken sollte.

»Herr Kern? Wo?«

»Kommen Sie doch herein, dann –« Weiter kam sie nicht, denn im Haus ging die Alarmanlage los.

's Kätzle nutzte das Überraschungsmoment und rannte los. Nicht über die Straße, sondern über die Obstwiese nebenan zum Wäldchen oberhalb der Häuser. Was machten die Bullen in Vinnies Villa? Die Zivilbullen noch dazu. Das musste was Größeres sein.

Schulzi wartete schon am Auto und hielt ihr die Tür auf.

Er behielt die Nerven und fuhr angepasst Richtung Hauptstraße.

Sie fragte sich, woher er so gut über Vinnies Alarmanlage Bescheid wusste. War es Glück, oder war er schon mal hier gewesen? Gut möglich, denn Kern hatte Schulzi damals im Fitnessstudio aufgegabelt. Wollte ihn anheuern, aber 's Kätzle ließ sich ungern ihre Mitarbeiter ausspannen. Fuhr ihr Bodyguard etwa mehrgleisig? Sie mochte es gar nicht, wenn man ihr etwas verheimlichte. Ein ernsthaftes Personalgespräch stand bevor.

Tränen und Verdächtige

Katrins Handy klingelte. Sie schnellte im Bett hoch und riss sich die Schlafmaske von den Augen. Das Display zeigte ihr die Weilheimer Vorwahl an. Sie atmete dreimal tief durch und ging ran.

»Grüß Gott, hier isch die Frau Durscht. I ruf wege dr Wohnung oa.«

Katrin verstand nur Bahnhof. »Äh, wie bitte?«

»I han elle Leit wiedr wegschicke missa. Bis zehne kann i Ihne die Wohnung zeiga.«

»Äh, in Ordnung.« Es ging um die Uhrzeit.

»Se meldet sich oifach bei Durscht.«

Dorsch? »Ähm ... ja?« Katrin fragte sich, warum eine wildfremde Frau zu ihr über Dorsche sprach.

»Bis dann, ade.«

Einen Moment lang ärgerte sie sich, denn am Montag hatte sie frei und konnte ausschlafen. Wer wagte es, sie so früh anzurufen?

Sie holte ihr kleines rotes Buch hervor und glich die Nummer ab. Natürlich! Es ging um die Wohnung im vierten Stock Ecke Teckstraße und Georg-Kandenwein-Straße. Was hatte die Frau gesagt? Zehn Uhr, genau. Und Dorsch war ihr Name! Katrin schlug sich an die Stirn und blickte auf ihr Handy, das anzeigte, dass es Viertel nach neun war.

Sie rief ein Taxi, schlüpfte in ein relativ unauffälliges Kleid aus königsblauer Baumwolle, bürstete ihre blonde Mähne und knetete etwas Haarschaum hinein. Der Taxifahrer blickte sie ungläubig an, als sie ihm die Adresse durchgab. Anscheinend war es bei den Weilheimern nicht üblich, sich für Fahrten innerorts ein Taxi zu nehmen. Gut zwei Minuten später wusste sie auch, warum, denn länger dauerte die Fahrt nicht. Sie waren gerade einmal auf die Hauptstraße

Richtung Egelsberg gefahren und rechts abgebogen. Katrin bezahlte und gab ihm ein großzügiges Trinkgeld, was ihr einen zweiten ungläubigen Blick einbrachte. Du bisch hier net in Berlin, raunte eine Stimme in ihrem Kopf. Seit wann dachte sie in einer Fremdsprache? Sie tuschte rasch ihre Wimpern fertig, zog sich die Lippen nach und versuchte, sich zu orientieren. Ihre vielen Spaziergänge mit Eva hatten sie noch nicht hierhergeführt. Meistens war sie gezwungen worden, in ungeeignetem Schuhwerk die Limburg hinaufzuklettern.

Die Wohnung befand sich in einem der wenigen Hochhäuser, die trotz der wohlmeinenden Begrünung kaum in die idyllische Ansammlung von Einfamilienhäusern mit gepflegten Vorgärten passten. Genauso wenig wie Katrin in die schwäbische Provinz. Zum ersten Mal fühlte sie sich nicht fehl am Platz.

Auf den Klingelschildern suchte sie vergeblich nach dem Namen Dorsch. Mist! Das kommt davon, wenn du irgendwo hinziehst und die Sprache nicht sprichst.

Die Haustür ging auf, und ein junger Mann in zu engen Jeans, mit Sonnenbrille und einer eindrucksvollen schwarzen Haartolle trat heraus. Sie versperrte ihm den Weg zur Straße und fragte, ob im Haus eine Frau Dorsch wohne.

»Nein, eine Frau Dorsch wohnt hier nicht«, antwortete er mit einem italienischen Einschlag in der Stimme.

Sie versuchte es auf anderem Wege. »Wissen Sie, ob hier im Haus eine Wohnung frei ist?«

»Die vom Gambrinus.«

»Gambrinus?«

»Er ist in eine kleinere Wohnung gezogen. In Stuttgart-Stammheim, wissen Sie?«

»Und die Wohnung ist frei?« Bestimmt war es schon nach zehn.

»Klingeln Sie einfach bei der Frau Durst.« Der junge Mann zeigte auf das betreffende Klingelschild über den Briefkastenschlitzen.

»Ah.« Katrin ging langsam ein Licht auf, und sie bedankte sich.

Schwäbischlektion Nummer eins: Dorsch gleich Durst.

»Ja?«, kam es durch die Gegensprechanlage. Katrin stellte sich vor und wurde eingelassen.

»Bis ganz nach hinta!«, rief jemand, als sie sich hilflos in dem verzweigenden Gang umblickte. Gehorsam lief Katrin den Gang entlang. Um die Ecke waberte Rauch. Sie blieb stehen und schnupperte. Zigarillos, entschied sie und ging weiter.

Dort, wo der Rauch am undurchdringlichsten schien, begrüßte sie eine mollige Frau in einer tief ausgeschnittenen Blümchenbluse und Minirock. An der Hand prangten mehrere Ringe mit echten Klunkern. Katrin mochte sie sofort.

»Se hört man scho von dr Ferne«, begrüßte die Frau sie und zeigte auf Katrins silberne Pumps.

Sie nickte und lächelte zaghaft. Eva musste ihr Nachhilfe in Schwäbisch geben.

»Die Schuhe sin super. I hen's gern, wenn i die Nachbarsleit komma ond geha hör.«

»Frau Durst, ja?«, erkundigte sich Katrin nur der Sicherheit halber.

»Ha joa. Kommet Se doch rei!«

Katrin betrat die rauchgeschwängerte Wohnung und sah sich um. Erstaunlich gut geschnitten, viel Licht und ein wunderschöner Blick auf die Berge. Allerdings war die Wohnung nicht leer geräumt. Überall standen abgewohnte Möbel herum, es war lange nicht aufgeräumt worden, und die Auslegeware hatte auch schon bessere Zeiten gesehen.

»Mir hen an schönere Blick als d' Nachbarn. Die sehet nur Beddon.«

»Da haben Sie recht«, antwortete Katrin. Sie hatte zwar nichts verstanden, aber Miene und Stimmlage ihres Gegenübers wiesen eindeutig darauf hin, dass Frau Durst auf Zustimmung aus war.

»Ähm, hier hat bis vor Kurzem jemand gewohnt?«, versuchte Katrin, das Gespräch auf die Unordnung zu lenken.

»Dr Herr Gambrinus. Sehr netter Herr. Isch Flaschner. Hot hier im Haus elles repariert. Was machet Se so?«

»Wie bitte?«

»Wo arbeitet Se?«

»Oh, beim Scholderbeck in Weilheim. Gleich gegenüber der Kirche«, ergänzte Katrin, um sich einen seriösen Anstrich zu geben. Sie war sich allerdings nicht sicher, ob das die richtige Strategie war.

»Ha! Doa bringet Se nach dr Arbeit des alte Brot mit ond die siaße Stickle, oder ette?«

Katrin nickte zaghaft.

»Prima! Des lass mr ons schmecka.«

»Die Wohnung ist aber nicht möbliert, oder?«

Frau Durst lachte rau auf und ertränkte ihren Zigarillo in einem Wasserglas auf dem Wohnzimmertisch. Der Anzahl der Zigarillo-Stummel zufolge waren schon zwei Dutzend Leute zur Wohnungsbesichtigung da gewesen. Katrin machte sich nicht allzu große Hoffnungen. Es war sicher nicht die beste Adresse, aber sie fühlte sich seltsamerweise richtig hier.

»Des elles kommt weg ond dr Bode krieget Se au neu.«

»Holt Herr Gambrinus seine Möbel noch?«

»Die braucht er in seiner neue Bleibe net. Zwölf Quadratmeter in Stuttgart-Stammheim«, lachte Frau Durst und berichtete ausführlich über ihren ehemaligen Mieter. Katrin reimte sich aus ein paar Wortfetzen zusammen, dass der Mann Flaschner gewesen war, wie Evas Mann, und dass er in den Wohnungen nach dem Rechten gesehen hatte. Nur leider hatte er die anderen Mieter dabei ausgeraubt, und das konnte ihnen Frau Durst irgendwann nicht mehr schönreden. Jetzt saß er anscheinend im Gefängnis. Zum Glück für Katrin, denn wenn sie Frau Durst richtig verstand, bekam sie die Wohnung.

»Jede Donnerstag isch kloine Kehrwoch, ond oimal em Monat isch große.«

»Ich freu mich drauf!« Worauf genau hatte sie nicht verstanden, aber das war egal. Sie hatte endlich eine Wohnung! Katrin konnte es immer noch nicht glauben, als sie nach Zigarillo riechend wieder auf die Straße trat.

Als sie ein Taxi rufen wollte, fiel ihr Blick auf eine Bushaltestelle, die treffend mit »Hochhaus« betitelt war. Zögernd ging sie darauf zu. Der Umzug würde nicht billig werden, also war es vielleicht besser, ein bisschen Geld zu sparen und den Bus zu nehmen. Die Linie 177 fuhr zurück Richtung Weilheimer Altstadt, aber Katrin würde eine Dreiviertelstunde warten müssen. Fassungslos starrte sie auf den Fahrplan, als könnte sie ihn dadurch ihren Wünschen anpassen. Fuhr der Bus nur einmal pro Stunde? In ihrer Brust machten sich klaustrophobische Gefühle breit. Von hier kam man nicht so leicht weg. Weit hatte sie es eigentlich nicht. Neben der Hauptstraße verlief ein asphaltierter Weg für Spaziergänger und Radfahrer, den sie nehmen konnte. Skeptisch blickte sie auf ihre Pumps von Aquazzura. Wollte sie das ihren Lieblingen wirklich antun?

Da bog die Linie 173 Richtung Kirchheim um die Kurve, und Katrin beschloss, mitzufahren und ihre neue Wohnung mit einem Bummel durch die nächstgrößere Stadt zu feiern. Im Bus zog sie das kleine rote Buch aus ihrer Handtasche und hakte Punkt eins – »Wohnung finden« – ab. Dafür ergänzte sie die Liste um den Punkt »Auto kaufen«. Keinesfalls sollte sie der Bus in ihrer Bewegungsfreiheit einschränken!

Was dann folgte, war das scheinbar endlose Geruckel über die Dörfer, das Katrin das volle Ausmaß ihrer provinziellen Existenz bewusst machte. Bissingen, Nabern, Dettingen ... Da hätte sie auch auf den Bus nach Weilheim warten können! Allerdings war sie sauer auf sich selbst, nicht auf den Bus. Denn je näher sie Kirchheim kam, desto dümmer schien es ihr, beim Taxi zu knausern, nur um ihr Geld in den Läden zu verpulvern. Es gab viele Modeläden und eine Parfümerie, die Schuhläden nicht zu vergessen, und Katrin befand sich in einer Stimmung zum Geldausgeben.

Da stoppte der Bus an einer roten Ampel und spiegelte sich in einem verglasten Geschäftsgebäude. Ein Schriftzug erregte ihre Aufmerksamkeit: »FünfzigPLUS. Das Anzeigenblatt für Menschen in den besten Jahren«. War das nicht die Zeitung von dem Typen aus dem Ofen? Froh über die Ablenkung, drückte sie den Halteknopf und sprang auf. Warum nicht versuchen, etwas über diesen Vincent Kern herauszufinden? Das würde sie vom Shoppen abhalten, und ihr Ausflug nach Kirchheim war vielleicht doch nicht umsonst gewesen.

Um ihre Schuhe zu schonen, nahm sie den Fahrstuhl und machte sich auf die Suche nach der Redaktion. Dabei hätte sie fast die Tür von »FünfzigPLUS« ins Gesicht bekommen, denn eine junge Frau stürmte heraus, schwer bepackt mit einer Laptoptasche und einem Karton. Bevor Katrin etwas sagen konnte, war sie schon im Treppenhaus verschwunden. Sie schlüpfte durch die halb offene Tür in die Geschäftsräume.

Eine Frau mit rot geweinten Augen sah zu ihr auf und putzte sich hastig die Nase. »Es tut mir leid, aber wir nehmen derzeit keine Aufträge für Anzeigen oder Interviewanfragen an.«

Katrin gab sich ahnungslos. »Oh, das ist aber schade. Wann ist es denn wieder so weit?«

»Das kann ich Ihnen leider nicht sagen …« Ihre Stimme brach, und sie betupfte sich heftig die Augen.

»Geht es Ihnen gut? Brauchen Sie vielleicht Hilfe?«

»Nein, es geht schon.«

»Ist Herr Kern vielleicht zu sprechen?«

Die Frau, vermutlich Kerns Sekretärin, schüttelte vehement den Kopf. »Herr Kern ist … leider verstorben. Entschuldigen Sie bitte. Ich bin gleich wieder da.« Sich die Hand vor den Mund haltend stürzte sie nach draußen.

Katrin sah sich um. An einer der Türen war ein polizeiliches Siegel angebracht, das war vermutlich Vincent Kerns Büro. Schade, sie hätte wirklich gern einen Blick hineingeworfen. Die Geschäftsräume eines Mannes sagten einem viel über dessen Persönlichkeit. Der kleine, unpersönliche Raum daneben war nicht versiegelt. Sie betrachtete den leer geräumten Schreibtisch, schaute im dazugehörigen Rollcontainer nach, fand aber nur ein paar Büromaterialien und jede Menge Kekskrümel. Ob hier die junge Frau gearbeitet hatte, die ihr entgegengekommen war?

Sie ging zurück in den Empfangsbereich. Hier war alles sachlich eingerichtet. In einem Regal lagen gedruckte Exemplare von »FünfzigPLUS« chronologisch geordnet. Katrin stellte sich Vincent Kern als potenzielles Männeropfer vor. Was hätte sie selbst in der Absicht, Kern ein bisschen Geld abzuluchsen, getan? Natürlich hätte sie herausfinden wollen, womit er sich beschäftigte. Sie fischte die Ausgaben der letzten sechs Monate aus dem Regal und stopfte sie in ihre Tasche.

Das Telefon in Kerns Büro klingelte. Nach drei Tönen sprang es um, und der Anschluss auf dem Empfangstisch gab ein durchdringendes Tuten von sich. Kerns Sekretärin stürmte herein und nahm schnell ab. »Redaktion ›FünfzigPLUS‹, Sie sprechen mit Frau Bächle. Leider muss ich Ihnen mitteilen ...«

Von ihrer Position aus konnte Katrin hören, wie aufgebracht der Anrufer war. Selbst als ihn die Sekretärin über den Tod Vincent Kerns informierte, ließ er sich nicht abwimmeln.

»Ich muss Sie bitten, nicht mehr anzurufen. Ade, Herr Sülzle.« Verärgert knallte sie den Hörer auf den Apparat. »Also, die Leute heutzutage. Es tut mir wirklich leid. Aber ich muss weiter unsere Anzeigenkunden anrufen und Ihnen mitteilen, dass Herr Kern ...«

In dieser Verfassung würde sie von Kerns Sekretärin nicht

viel erfahren, also verabschiedete sie sich. Wer weiß, wie oft der Bus hier vorbeikommt, dachte sie und hoffte das Beste.

✳✳✳

Es war nach Mittag, als Katrin wieder in Weilheim war. Sofort stiefelte sie zur Flaschnerei Gscheidle, wo Eva für ihren Mann das Büro machte, um ihr von der guten Nachricht zu erzählen.

»Du willst ins Hochhaus ziehen?«

Katrin war ein bisschen enttäuscht. »Ich dachte, du freust dich, dass ihr bald mehr Platz für das Baby habt.«

»Aber deswegen musst du doch nicht ausziehen!«

»Und außerdem wollt ihr auch mal unter euch sein.«

Eva schaute sie ganz schuldbewusst aus ihren großen bernsteinfarbenen Augen an. »Wir haben dir doch nicht das Gefühl gegeben, das fünfte Rad am Wagen zu sein?«

»Überhaupt nicht! Ich bin doch so froh, dass ich bei euch wohnen darf. Ihr habt mich gerettet. Ja, wirklich!«

»Jetzt übertreibst du aber.«

»Ja, das ist so meine Art, aber ohne euch wäre ich irgendwo versumpft, versackt und sang- und klanglos untergegangen.«

»Wenn überhaupt, dann wärst du mit einem Knall untergegangen, den man bis Weilheim gehört hätte. Aber wir freuen uns wirklich, dass du zu uns gekommen bist. Ohne dich ist mein Leben manchmal ganz schön eintönig.« Sie wischte sich eine Träne aus dem Augenwinkel. »Entschuldige, die Hormone.« Sie rieb sich den Bauch. »Und gegessen habe ich heute auch noch nicht.«

»Das geht ja gar nicht! Schließ die Bude ab und lass uns etwas zu beißen finden.«

»Noch fast zehn Minuten bis zur Mittagspause. Aber was soll's, lass uns gehen!«

»Das macht mein schlechter Einfluss«, grinste Katrin.

Sie holten sich Leberkäswecken und gefüllte Blätterteigteilchen beim Metzger und setzten sich unter die Kastanie vor der Peterskirche.

»Solltest du das nicht der Polizei überlassen?«, fragte Eva, als Katrin von ihrem Ausflug nach Kirchheim berichtete.

»Das alles gehört zu meinem Marketingplan«, verkündete Katrin und umriss in groben Zügen ihr Berater-Business sowie ihre Absicht, mit Verenas Hilfe die Landfrauen als Werbeträger einzuspannen.

»So was kann auch nur dir einfallen. Bestimmt hilft dir Verena, auch ohne dass du dich in die Ermittlungen einmischst. Wie geht es ihr denn damit?«

»Sie lässt sich nicht viel anmerken.«

»Nein. Die Arme. Wenn ich dem Gerede meiner Kursteilnehmer glauben kann, hat sie schon einiges mitgemacht.«

»Und alle wissen darüber Bescheid?«

»Tja, das ist hier so.«

»Zumindest scheint sie glücklich verwitwet zu sein.«

Eva blickte ihre Freundin erstaunt an, als hätte sie nicht erwartet, dass Verena mit ihr über Privates reden würde.

»Manchmal kann ich gar nicht fassen, wie viel Glück ich mit Ghobard habe. Was manche Frauen mitmachen müssen ...«

Sie schüttelte den Kopf, ging aber nicht näher darauf ein. Stattdessen zog sie eine der Ausgaben von »FünfzigPLUS« aus Katrins Handtasche. »Willst du in ›FünfzigPLUS‹ Werbung für dein Business machen?«

»Keine schlechte Idee. Eigentlich wollte ich nur ein bisschen mehr über Vincent Kern erfahren. Hattet ihr mit ihm und seiner Zeitung zu tun?«

»Nie. Die Flaschnerei läuft von selbst, wie die meisten Handwerksbetriebe. Wir haben derzeit mehr Aufträge, als wir erledigen können.«

»Er scheint bei allen beliebt gewesen zu sein, und trotzdem hat ihn jemand umgebracht. Nur zu dumm, dass der Mörder die Leiche den Landfrauen angehängt hat.«

»Ja, das ist schlimm. Das sind doch meistens ältere Damen,

die zusammen Brot backen und Festle organisieren, damit sie nicht so allein sind. Vielleicht ist es gut, dass du sie ein bisschen unterstützt.«

»Hast du Lust, die Zeitungsausgaben mit mir durchzusehen?«

»Irgendetwas Bestimmtes?«, wollte Eva wissen, als sie zu blättern anfing.

»Weiß nicht. Wenn dir etwas auffällt, das vielleicht ungewöhnlich für die Gegend hier ist ...«

Katrin las sich Vincent Kerns Begrüßungsworte aufmerksam durch, konnte aber keine persönliche Note entdecken. Meistens bezog er sich auf Feiertage, Jahreszeiten oder etwas, das seiner Zielgruppe gerade am Herzen lag. Neben Anzeigen gab es viele Artikel, deren Kuschelfaktor es mit den Arztromanen aufnehmen konnte, die die Leser von »FünfzigPLUS« nach Katrins Ansicht konsumierten – »Leben im Mehrgenerationenhaus«, »Senioren helfen im Tierheim« oder »Wanderwege für Senioren«. Am interessantesten fand Katrin die Kategorie »Mein liebstes Erinnerungsstück«. Darin stellte ein distinguierter Senior die Uhr seines Vaters vor. Außerdem sammelte er seltene alte Uhren, seine letzte hatte er gerade in Chamonix erworben. Gern wollte er Kontakt mit anderen Uhrenliebhabern aufnehmen, Briefe zu seinen Händen an die Redaktion waren erbeten. Katrin konnte das Geld zwischen den Zeilen förmlich riechen. Hätte sie inzwischen nicht den Beruf gewechselt, wäre Gerald Berger aus Frickenhausen ihr nächstes Opfer geworden. Ein bisschen Sehnsucht nach den guten alten Zeiten flammte in ihr auf, aber es reichte ein Blick auf Eva, die unbewusst ihren Bauch hielt, um das Feuer im Keim zu ersticken.

Auf der nächsten Seite fiel ihr ein Artikel auf, der die Welt in weniger rosigen Tönen erscheinen ließ. Vincent Kern ging hart mit einigen öffentlichen Einrichtungen ins Gericht, die für Behinderte und ältere Menschen nur schwer zugänglich waren. Der Ton war ein bisschen selbstgefällig, aber es war richtig, diese Zustände anzuprangern.

Interessiert blätterte Katrin durch das nächste Heft und stieß auf die Warnung vor dem Enkeltrick, wovon ihr Elli erzählt hatte. Gut geschrieben, mit viel Verständnis für die gutgläubigen Senioren und mit einer Portion Verachtung für die Betrüger. Katrin war unangenehm berührt und blätterte schnell weiter. Ein Artikel über die Familie Sülzle, die seit 1963 eine Haushaltsauflösung betrieb, inzwischen in der dritten Generation, fiel ihr ins Auge. Der Name kam ihr bekannt vor. War das nicht der wütende Anrufer in der Redaktion gewesen? Auf der letzten Seite gab es außerdem eine riesengroße Anzeige, die faire Preise, gründliches Aufräumen und einen respektvollen Umgang mit dem Eigentum der Verstorbenen durch »Sülzle & Sohn« pries.

Katrin blätterte in den anderen Ausgaben, und in jeder einzelnen wurden die Sülzles über den grünen Klee gelobt. Welchen Grund hatten sie, Vincent Kerns Sekretärin am Telefon zu terrorisieren?

»Das hier könnte interessant sein«, unterbrach Eva ihren Gedankengang. Sie zeigte Katrin einen Artikel, in dem Vincent Kern die betrügerischen Praktiken eines Pflegedienstes aufdeckte. Angeblich hatte dieser ambulante Leistungen abgerechnet, sie aber gar nicht erbracht, und war grob fahrlässig mit demenzkranken Patienten umgegangen. In der darauffolgenden Ausgabe konnte er berichten, dass die Angehörigen dank seines Artikels den Medizinischen Dienst der Krankenkassen informiert hatten, der den Pflegedienst nun kontrollierte.

»Mit dem Bericht hat er bei seiner Zielgruppe sicher Pluspunkte gesammelt, sich bei dem Pflegedienst aber nicht unbedingt beliebt gemacht.«

»Meinst du, deswegen bringen die ihn um?«

»Warum nicht? Ein guter Ruf ist in der Provinz doch alles, oder?«

»Absolut!«, bestätigte Eva.

Katrin zückte ihr rotes Büchlein und stellte unter der Überschrift »Verdächtige« eine neue Liste zusammen:

Haushaltsauflösungen Sülzle & Sohn
Pflege und Begleitung mit Beate
Bürgerbüro Kirchheim

»Ich hätte nicht gedacht, dass du ein Listen-Mensch bist.« Katrin schlug die Seite mit ihrer To-do-Liste auf. »Zwei Punkte habe ich schon abgehakt, siehst du? ›Wohnung finden‹ und ›Job finden‹. ›Wohnung in Berlin kündigen‹ ist so gut wie erledigt.«

»An ›im Haushalt nützlich machen‹ kannst du auch einen Haken setzen.«

»Findest du?«

»Deine Omelette mit Lachs und Hüttenkäse ist einfach göttlich.«

»Hm, meine Fähigkeiten im Brötchenschmieren haben sich auch stark verbessert …«

»›Eine Bekanntschaft schließen (ernsthaft)‹«, las Eva den letzten Punkt vor. »Das wird nicht einfach werden. Ghobard und ich sind vor über zehn Jahren hierhergezogen, und für manche sind wir immer noch Reigschmeggde.«

»Ich setze meine Hoffnungen in Verena«, erwiderte Katrin und grinste. Sie wusste auch schon, was sie als Nächstes mit ihrer neuen Bekannten unternehmen wollte. Die Frage war nur, ob Verena bei ihrer geplanten Undercover-Aktion mitmachen würde.

Lumpensammler

Katrin krallte sich am Haltegriff in Verenas schrottreifem Ford Fiesta fest, als diese zackig auf das Gelände von »Sülzle & Sohn« abbog und im spritzenden Kies zum Stehen kam. Das Gelände der Haushaltsauflösung, die Vincent Kern in seinem Blatt vorgestellt hatte, befand sich in einem Industriegebiet Richtung Autobahn.

»So einen Fahrstil hätte ich dir nicht zugetraut.«

»Tja ... Ich musste immer Vollzeit arbeiten, weißt du, auch als Nico noch klein war, weil mein Mann ... na ja ... egal. Ich musste eben immer schnell sein. Sieht man meinem kleinen Freddie auch an.«

Während der fünf Minuten Fahrt hatte Katrin einiges über Verena gelernt, allerdings hätte sie nicht gedacht, dass die ansonsten ziemlich nüchterne Frau zu den Leuten gehörte, die ihren Autos Namen gaben.

Der kleine, ramponierte Freddie fiel auf dem Hof von »Sülzle & Sohn« jedenfalls nicht groß auf. Fundstücke aus Haushaltsauflösungen türmten sich, so weit das Auge reichte. Es gab flache Unterstände für Holzmöbel, Keramikfiguren und Vasen, Lumpen und Altmetall, ein wahres Labyrinth aus Hinterlassenschaften, die kein Angehöriger mehr wollte. Ein deprimierender Anblick, der bei Katrin ein flaues Gefühl im Magen hinterließ.

Würden ihre Sachen auch auf einer besseren Müllhalde wie dieser landen, wenn es sie einmal nicht mehr gäbe? Wer würde ihre Perücken und Paillettenkleider, die Souvenirs von Reisen mit ihren Männeropfern und was sonst noch haben wollen? Wenigstens ließen sich ihr Schmuck und ihre Handtaschensammlung zu Geld machen. Würde sich Eva darum kümmern? Katrin überkam das Bedürfnis, ein Testament zu machen.

Verena schien ihr Unbehagen bemerkt zu haben. »Wenn dir unwohl ist, fahren wir einfach zurück.«

»Nein, lass uns reingehen. Die Sülzles scheinen derzeit Kundschaft zu haben.« Sie wies auf einen silbernen Daimler, der neben ihnen auf dem provisorischen Parkplatz stand. »Dann sind sie eine Weile beschäftigt, und wir können uns ungestört umsehen. Wer weiß, was wir finden.«

Wollte sie das wirklich wissen? Seit sie aus der vernachlässigten Wohnung ihrer Eltern ausgezogen war und Geld verdiente, mussten alle ihre Anschaffungen neu und so teuer wie möglich sein. Sie hasste Flohmärkte, Secondhand-Läden oder Tauschzirkel, und das Gelände der Haushaltsauflösung kam ihr vor wie der Vorhof zur Hölle.

»Bleiben wir bei unserer ... Geschichte?« Verena nestelte an ihrem Haar und biss sich auf die Unterlippe.

»Wir sind Schwestern, unser Vater ist schon lange tot und unsere Mutter hat bis zum Ende alles gehortet. Jetzt muss ihr Haus ausgeräumt werden.« Die Geschichte hatte sich Katrin ausgedacht, basierend auf ihren eigenen Erinnerungen. Ihre Mutter war in ihrem Fernsehsessel gestorben, umgeben von Abfall, das letzte Glas Apfelschnaps noch zwischen den Fingern.

Sie verscheuchte die Erinnerungen an eine Vergangenheit, die über zehn Jahre zurücklag, und öffnete die Beifahrertür.

»Du denkst wirklich, wir gehen als Schwestern durch?«

»Warum nicht?«

»Na ja ...« Verena blickte vielsagend an sich herunter und dann zu Katrin.

»Schwestern können doch verschieden sein.«

»Eher wie Tag und Nacht. Du bist in der Welt herumgekommen und hast etwas aus deinem Typ gemacht und ich ... na ja.«

»Du meinst, ich bin das schwarze Schaf und du die Vernünftige, die sich um unsere Mutter gekümmert hat? So ist es jedenfalls bei uns Schimmelpfennigs. Meine Schwester Steffi

ist verheiratet und hat ihr eigenes Fußpflegestudio, während ich ... es nicht ganz so geradlinig gemacht habe.«
»Die Vernünftige, das bin ich wohl.«
»Eva ist auch sehr vernünftig, das mag ich am meisten an ihr.«
Verena blickte sie skeptisch an.
»Sie ist mein Fels in der Brandung!« Während ihrer Jugend und später als Trickbetrügerin hatte sie selten mit ehrlichen, bodenständigen und wohlmeinenden Menschen zu tun gehabt. Ihre Eltern hätten für eine Flasche Schnaps ihren spärlichen Besitz, ihre Kinder und ihre Würde verkauft. Und manche ihrer Männeropfer lechzten geradezu danach, dass sie ihnen etwas vorgaukelte. Manchmal war sich Katrin wie ein Vampir vorgekommen, der Evas Ausgeglichenheit förmlich in sich einsaugte, um sein chaotisches Inneres zu besänftigen. Verena war ihrer besten Freundin in dieser Hinsicht ähnlich.

Sie stiegen aus und schlossen leise die Autotüren.

»Hoffentlich finden wir etwas, das uns weiterhilft«, flüsterte Verena, als sie sich vorsichtig einen Weg durch das Labyrinth aus Gerümpel bahnten.

Am anderen Ende des Hofes befand sich ein Container mit großen Fenstern an allen Seiten. Katrin kniff die Augen zusammen, um einen Blick ins Innere zu erhaschen. Sie sah einen großen Kerl, vielleicht Mitte zwanzig. Er hielt die Arme vor seiner Arbeitskluft verschränkt und zuckte vor nervöser, fast aggressiver Energie, die nur darauf wartete, sich zu entladen.

Unwillkürlich stellten sich ihr die Nackenhaare auf. Es war einer jener Typen, denen man auf dem Fußweg instinktiv auswich. Rasch zog sie Verena hinter einen Turm versiffter Matratzen, bevor jemand sie bemerkte. An den fleckenübersäten Betteinlagen vorbei spähte sie in den Container. Neben dem furchteinflößenden Typen befanden sich noch zwei weitere Männer darin. Von einem sah sie nur die Glatze mit ein paar dünnen grauen Haarsträhnen. Sie nahm an, dass es sich um Sülzle senior handelte, und der Jüngere war vermutlich sein Sohn. Ein weiterer Mann stand mit dem Rücken zum Fenster. Der Anblick der ausgeprägten Schultern in einem ordentlichen dunkelgrauen Pulli kam Katrin bekannt vor. Verenas Kopf tauchte neben ihr auf. »Kommissar Franke ist bei ihnen. Du hattest einen guten Riecher. Sollen wir wieder gehen?«

»Jetzt würde ich erst recht gern Mäuschen spielen.«

»Wozu denn noch? Die Polizei ist doch schon –«

Aber da war Katrin bereits unterwegs. Ihr Jagdinstinkt war geweckt. Allerdings entsprach der Hof der Sülzles so gar nicht ihrem gewohnten Revier, und sie verfluchte sich für ihren Mangel an praktischem Schuhwerk. Ihre silbernen Pumps waren beim Ducken und Anschleichen wirklich kontraproduktiv. Auf Umwegen schaffte sie es zum Container und watschelte im Entengang und mit eingezogenem Kopf unter ein Fenster. Es hing schief in den Angeln, und sie konnte ein paar Wortfetzen aufschnappen. So gut es ging, richtete sie sich darunter ein. Schwer bemüht, ihre teuren Schuhe zwischen zwei Pfützen, in denen Zigarettenstummel schwammen, zu positionieren. Um die Ecke wehte der Geruch von abgestandenem Bier.

»… mir hen nur gschäftlich mit dm Kern z'tu ket. Wie oft wellet Se des no höra?«, knarzte die Stimme eines älteren Mannes in einem Tonfall, als wäre die Polizei schwer von Begriff.

Das kommt bei Kommissar Franke sicher super an, dachte Katrin und spitzte die Ohren. Allerdings erschwerten ihre mangelhaften Sprachkenntnisse den Lauschangriff erheblich. Zwar konnte sie dem Kommissar und seinen Fragen einwandfrei folgen, aber die Sülzles hätten auch auf Mandarin statt Schwäbisch antworten können, dann hätte sie genauso viel verstanden.

»Gab es Probleme in Ihrem geschäftlichen Verhältnis?«, wollte der Kommissar gerade wissen.

Als Antwort hörte sie den älteren Sülzle brummen:»Wellet Se ons da was unterstelle?«

»Man ruft gewöhnlich nicht mehrmals täglich bei seinem Geschäftspartner an, wenn es keine Probleme gibt.« Katrin drückte sich gegen die Wand des Containers und reckte den Hals Richtung Fenster. Aber das half nicht viel dabei, die Antwort aufzuschnappen.

Aus dem Augenwinkel nahm sie Bewegung wahr. Verena hatte sich halb hinter dem Matratzenstapel hervorgewagt und zeigte erst auf sich und dann auf Katrin. Diese überlegte kurz, ob sie an Verena übergeben sollte. Schwäbisch war ihre Muttersprache. Schließlich schüttelte sie den Kopf und bedeutete ihr, hinter dem Matratzenstapel zu bleiben. Der braune Lockenkopf zog sich zurück.

Katrin atmete auf. Vor ihrem geistigen Auge war eine Episode aus Berlin aufgetaucht. Eva hatte sie nach ihren Zwischenprüfungen dort besucht, und Katrin hatte sie in einen der Clubs geschleppt. Auf dem späten Heimweg war ihnen eine Gruppe Männer bedrohlich nahe gekommen, erst im U-Bahnhof hatte Katrin sie abhängen können. Eva hatte damals gewitzelt, Sprint sei schon immer ihre Lieblingsdisziplin gewesen. Der Ernst der Lage war ihr offenbar nicht klar gewesen.

Verena sollte sich im Hintergrund halten. Derweil genoss Katrin selbst den Nervenkitzel und das Gefühl der Überlegenheit. Es war ein bisschen, wie ihre ahnungslosen Männeropfer auszuhorchen. Sie lernte den Kommissar mit jeder seiner Fragen etwas besser kennen, während sie selbst für ihn unsichtbar blieb. Das Fenster ging auf, und ein glimmender Zigarettenstummel landete in ihrem Schoß. Angewidert schnipste sie ihn weg und suchte nach Brandlöchern.

»… mir misset jetzt schaffe!«

»Haben Sie eigentlich viele Aufträge?«, fragte Kommissar Franke beharrlich, anscheinend unbeeindruckt von den ausweichenden Antworten seines Verdächtigen. Im Gegensatz zu Katrin war er zweisprachig unterwegs. Der jüngere Mann hatte noch kein Wort gesagt.

»Kann net klage.«

»Sie sammeln also auch Sachen aus den Haushaltsauflösungen? Ich hatte angenommen, Sie entsorgen einfach alles.« Gute Frage. Katrin ließ den Blick über den ausgedehnten Hof schweifen. Die Sülzles schienen alles zu sammeln, was man noch irgendwie verwerten konnte. Ob sich etwas Wertvolles darunter befand, das sie womöglich nicht als solches erkannten? Mehr als eines ihrer Männeropfer hatte sie durch die Antiquitätenläden der Metropolen geschleift, und Katrin hatte ein gutes Auge entwickelt.

»Ich will Ihren Hof nicht durchsuchen, sondern mich nur …«

Mist! Jetzt hatte sie die letzte Frage versäumt. Außerdem schliefen ihr Waden und Hinterteil ein. Sie verlagerte das Gewicht, geriet ins Schwanken und musste sich mit der Hand in einer Pfütze abstützen. Den Ärmel ihres blauen Kleides zierte nun ein garstiger Schmutzrand mit Bieraroma. Ganz toll!

Der Kommissar versuchte inzwischen, die Sülzles einzukreisen, und wiederholte seine Fragen, aber die Antworten des Alten fielen immer gleich ausweichend aus. Hatte er etwas zu verbergen, oder war es die harte Schale des Einheimischen, der sich aus Prinzip nicht mit einem Bullen aus Stuttgart unterhielt?

Und was war mit dem jungen Sülzle? Wusste er etwas und war schlau genug, den Mund zu halten? Oder hatte ihm der Alte einen Maulkorb verpasst? Hatte er selbst Dreck am Stecken?

Nachdem er hatte wissen wollen, wo sich die Sülzles am vergangenen Dienstagabend aufgehalten hatten, verabschiedete sich der Kommissar. Sie hatten den Abend zusammen verbracht. Es hatte Spätzle mit Linsen und etwas gegeben, das Katrin nicht verstand, und dann wollten sie ferngesehen haben. Ein beschaulicher Dienstagabend in der Provinz – oder wollten sie sich vielleicht gegenseitig decken?

Katrin watschelte um den Container außer Sichtweite und wäre fast mit einem Einkaufswagen voll leerer Bierflaschen kollidiert. Da öffnete sich schon die Tür. Sie presste sich gegen die hintere Wand des Containers und versuchte, nicht durch die Nase zu atmen. Die Schritte des Kommissars entfernten sich rasch, aber die Sülzles mussten noch in der Nähe sein.

»Du bleeder Seggl!« Der Alte schien dem Jüngeren die Leviten zu lesen.

Die Stimmen wurden schwächer, und Katrin lugte um die Ecke. Verdammt! Ihr blieb fast das Herz stehen. Die beiden näherten sich dem Haufen Matratzen, hinter dem sich Verena versteckte. Katrin hoffte, dass sie die Nerven behielt oder zumindest eine gute Ausrede parat hatte, sollte man sie dort entdecken. Die beiden Männer verschwanden außer Sichtweite.

Kurz darauf sah sie Verenas Hinterteil. Den langen Körper geduckt und den Kopf zwischen die Schultern gezogen, umrundete sie rückwärts den Matratzenstapel. Ihre Haut glänzte blass, und sie schob sich die Locken aus dem Gesicht, während sie sich hektisch umsah.

Katrin nahm Blickkontakt mit ihr auf und wies Richtung Auto. Auf kürzestem Wege und so unauffällig wie möglich traten sie den Rückzug an. Verenas Hand zitterte, als sie den Schlüssel ins Zündschloss steckte, aber kurz darauf schoss sie aus der Einfahrt und bog auf die Straße ab.

»Was haben sie gesagt?«, fragte Katrin, während sie sich am Haltegriff festklammerte.

Verena trat auf die Bremse, als sie den Ortseingang erreichten, und schüttelte den Kopf. Erst als sie vorm Haus der Gscheidles zum Stehen kam, hatte sie sich so weit gesammelt, dass sie auf Katrins Frage antworten konnte.

»Der alte Sülzle hat seinen Sohn gefragt, ob der den Kern umgebracht hat.«

»Du meine Güte! Und?«

»Der hat es natürlich abgestritten. Aber wenn dir der eigene Vater zutraut, dass du ...«

»Vielleicht könnten wir der Polizei einen anonymen Tipp zukommen lassen.«

»Ich weiß nicht ... Das war außerdem nicht alles.«

»Erzähl!«

»Der junge Sülzle hat gemeint, er hat versucht herauszufinden, wo Vincent Kern ›das Zeug versteckt‹.«

»Das Zeug?«

»Ja, seine Worte waren ›'s Glump‹. Anscheinend war er der Ansicht, Herr Kern hätte ihnen nicht genug bezahlt.«

»Wieso sollte er die Sülzles bezahlen? Ist es nicht eher umgedreht? Sie müssen ihn bezahlen, damit er Werbung für sie macht?«

»Sehe ich genauso. Was haben sie eigentlich dem Kommissar erzählt?«

Katrin war es ein bisschen peinlich, als sie Verena gestehen musste, so gut wie nichts verstanden zu haben.

Das brachte Verena zum Lachen. »Wir sind schon zwei Gurken, was?«

»Immerhin hast du etwas herausgefunden.«

»Und was machen wir nun?«

»Vielleicht sollten wir vorerst gar nichts tun. Immerhin ist der Kommissar schon an den Sülzles dran, und ihr Alibi war nicht unbedingt überzeugend, so viel habe ich zumindest verstanden.«

Verena wirkte erleichtert. Offenbar hatte sie kein Verlangen, dem Kommissar erneut gegenüberzutreten. Und wie hätten sie ihren Lauschangriff erklären sollen?

»Die Sülzles geben doch viel bessere Verdächtige ab als meine Landfrauen, findest du nicht? Vielleicht haben wir Glück, und die Polizei gibt unseren Holzofen bald wieder frei.«

»Ja, hoffentlich.« Katrin behielt den Gedanken für sich,

dass es eigentlich logischer für die Sülzles wäre, eine Leiche auf ihrem eigenen Grundstück zu verstecken oder zu entsorgen statt im Holzofen der Landfrauen. Aber was nützte es, Verena die gerade gewonnene Hoffnung gleich wieder zu nehmen?

* * *

Thomas Franke hatte eine Runde durch das Industriegebiet am Rand von Weilheim gedreht und parkte schließlich in der Auffahrt der Total-Tankstelle. Von hier aus hatte er die Einfahrt der Firma »Haushaltsauflösungen Sülzle & Sohn« im Blick. Die beiden Männer hatten eindeutig etwas zu verbergen.

Während er noch überlegte, sie observieren zu lassen, rief er auf der Zulassungsstelle an und gab das Kennzeichen eines türkisen Ford Fiesta durch. Der verbeulte Kleinwagen kam ihm von seinen Besuchen bei den Landfrauen her bekannt vor, und er bezweifelte, dass in Weilheim zwei davon unterwegs waren.

»Interessant«, murmelte der Kommissar, als ihm die Mitarbeiterin Namen und Anschrift der Besitzerin des Fiesta durchgab.

Was wollte Verena Gross bei den Sülzles? Vielleicht brauchte sie Hilfe beim Entrümpeln? Seine Gedanken wanderten wieder zu einer möglichen Observierung, doch am Ende würden die Kollegen den Sülzles tagelang hinterherfahren, dabei aber nichts oder nicht viel herausfinden. Auch eine Hausdurchsuchung würde einen immensen Einsatz bedeuten, bei einer relativ geringen Chance, etwas zu finden.

Die Sülzles hatten zahlreiche Gelegenheiten, belastendes Material rasch und unauffällig zu entsorgen, sofern es überhaupt welches bei ihnen zu finden gab.

Er entschied, dass es am effektivsten wäre, Vater und Sohn einzeln zur Vernehmung einzubestellen, falls Hinweise auftauchten, dass sie etwas mit dem Mord zu tun hatten. Die Anrufe der Sülzles nach Kerns Tod sprachen allerdings dagegen. Der Mörder hätte gewusst, dass er Kern nicht erreichen würde, und ein ausgeklügeltes Ablenkungsmanöver traute er den Sülzles eigentlich nicht zu. Es war natürlich möglich, dass nur einer den Mord begangen hatte und der andere davon nichts wusste ...

Von dem Vater-und-Sohn-Gespann hatte er jedenfalls nicht viel erfahren. Vincent Kern war wegen der Anzeigen auf sie zugekommen, nicht umgekehrt, und hatte ihnen einen guten Deal präsentiert. Sonst machten sie keine Werbung für ihren Betrieb. Keine Flyer, keine Plakate, die Sülzles schienen sich komplett auf die Anzeigen in »FünfzigPLUS« zu verlassen. Dabei gab es rund ein halbes Dutzend ähnlicher Betriebe im Umkreis.

Das hatte ihm Selin durchgegeben. Während er auf dem Weg nach Weilheim gewesen war, hatte sie ungefragt zusätzliche Informationen eingeholt. Sie hatte noch einmal mit Vincent Kerns Sekretärin telefoniert. Frau Bächle waren weder Vater noch Sohn Sülzle geheuer, aber ihr Chef schien gut mit beiden ausgekommen zu sein. Zumindest bis vor ein paar Wochen, als dieser ihr plötzlich aufgetragen hatte, sämtlichen Haushaltsauflösungsfirmen in der Umgebung ein Angebot für Anzeigen in »FünfzigPLUS« zukommen zu lassen. Anscheinend wollte er die Monopol-Stellung der Sülzles in seinem Blatt auflösen, wovon Vater und Sohn offenbar nicht begeistert gewesen waren. Aber hatten sie Kern deswegen umgebracht? Sie waren nicht vorbestraft, hatten lediglich einige Strafzettel für zu schnelles Fahren und Parken im Halteverbot.

Es könnte sich lohnen, in den umliegenden Betrieben zu fragen, ob jemandem etwas Ungewöhnliches aufgefallen war, dachte der Kommissar. Aber so gern er herausfinden würde, ob die Sülzles etwas zu verbergen hatten, alle beweisträchtigen Spuren führten zu den Landfrauen. Wieso sollten die Sülzles eine Leiche zu deren Holzofen nach Weilheim bringen, wenn sie diese auf ihrem eigenen Gelände viel unauffälliger verschwinden lassen konnten?

Franke kam allerdings nicht weiter zum Nachdenken, denn aus der Einfahrt der Sülzles schoss der verbeulte Ford Fiesta auf die Straße. Instinktiv drehte er den Zündschlüssel um und setzte ihm nach. Während er sich beim Anfahren anschnallte, war der kleine Flitzer schon fast an der Hauptstraße. Die Ampel vor der L 1200 schaltete von Grün auf Gelb, und statt anzuhalten, flitzte Verena Gross darüber.

»Jaja, ohne Blaulicht keine rote Ampel.« Franke setzte ihr trotzdem nach.

Die Gefahr einer Verfolgungsjagd bestand jedoch nicht, denn das Ortseingangsschild war schon in Sichtweite. Außerdem fuhr Verena Gross gerade so flott, dass sie keine anderen Teilnehmer im Straßenverkehr gefährdete und bei einer Geschwindigkeitskontrolle kein Bußgeld bezahlen musste. Bei einem Fahrsicherheitstraining würde sie sicher Spitzenwerte bekommen. Diesen rasanten Fahrstil hätte er ihr jedenfalls nicht zugetraut, was wieder einmal zeigte, wie wenig er über sie wusste. Gaukelte sie ihm ihre Tugendhaftigkeit nur vor? Gab sie sich wortkarg, aus Angst, etwas auszuplaudern? Verbarg sie etwas vor ihm, wie die Sülzles? Und wer saß da neben ihr im Auto?

Franke musste zugeben, dass er den leichten Nervenkitzel genoss. Schon viel zu lange war er nicht mehr an einer Verfolgung beteiligt gewesen.

Wieder einmal fiel ihm auf, wie idyllisch Weilheim gelegen war. Die Schwäbische Alb schien zum Greifen nah, und es sah aus, als würde sie schützend ihre grünen Arme um das Städtle legen. Seiner Mutter würde es hier sicher gut gefallen.

Als sie an der Grundschule vorbeifuhren, hielt sich Verena Gross an die Geschwindigkeitsbegrenzung. Danach gab sie wieder Gas und bog schwungvoll nach links in ein Wohngebiet ein.

Der blaue Fiesta hielt schließlich vor einem Reihenhaus mit Garten. Franke fuhr daran vorbei und hielt ein paar Häuser weiter. Während er sich die Adresse notierte, wurde die Beifahrertür geöffnet. Im Rückspiegel sah er eine Blondine in einem leuchtend blauen Kleid aussteigen und in dem Haus verschwinden. Er wusste, wo er sie schon einmal gesehen hatte. Sollte er hineingehen und sie befragen? Den Überraschungseffekt ausnutzen? Die Blondine machte allerdings nicht den Eindruck, als würde sie sich davon überrumpeln lassen. Zumal er nicht einmal ihren Namen kannte.

Er beschloss, es für heute gut sein zu lassen und erst einmal alle neuen Informationen zu sortieren, die ihm seine Kollegen liefern würden.

»Wir sehen uns später zur Befragung«, murmelte er und wendete. In Stuttgart begann eine andere Blondine bald ihre letzte Unterrichtsstunde. Diese hatte er in den vergangenen Tagen sträflich vernachlässigt, und wenn er sich beeilte, konnte er Silke nach dem Unterricht überraschen.

Tatsächlich gab es auf der A 8 Richtung Stuttgart trotz mehrerer Baustellen keinen Stau. Er freute sich darauf, Zeit mit Silke zu verbringen. Bei der Gelegenheit würde er sie fragen, was sie von Venedig hielt.

»Ha!«, rief er, als er in die Straße von Silkes Berufsschule einbog. Heute war nicht nur der Autobahngott auf seiner Seite, sondern auch der Parkplatzgott. Direkt vor dem Eingang schlängelte sich ein gelber Punto aus der Lücke, in die Franke sogleich den Daimler zwängte. Er hatte sogar noch Zeit, die Adresse durchzugeben, die er sich in Weilheim notiert hatte.

Beim Ding-Dong-Ding der Pausenklingel sprang er aus dem Wagen, um am Fuße der Treppe auf Silke zu warten. Ein Schwall Berufsschüler ergoss sich aus dem Gebäude, und er musste sich in einen Kirschlorbeer drücken, um nicht überrannt zu werden. Der Strom riss ab, und er sah die Lehrer zu ihren Parkplätzen eilen. Von Silke keine Spur. Hatte er ihren Stundenplan durcheinandergebracht? Franke wandte sich seinem Wagen zu, als seine Freundin aus der Tür trat. An ihrer Seite ein groß gewachsener Typ im Jogginganzug. Nico, der Sportlehrer, dachte er.

Der hatte den Arm um ihre Hüften geschlungen, und Silkes Körper ging mit seinen Bewegungen mit, die verrieten, wie vertraut die beiden miteinander waren.

Unwillkürlich presste Franke die Lippen aufeinander, während sich Kälte in seiner Brust ausbreitete. Silke entdeckte ihn und erstarrte in ihrer Bewegung. Schuldbewusst streifte sie die Hand des Sportlehrers von ihrer Taille und blickte ihm in die Augen.

»Was ist?«, fragte der Typ ahnungslos.

»Nichts.« Er nickte seiner Ex-Freundin zu und ging zu seinem Wagen. Mehr Zeit für den Fall und die mysteriöse Blondine in Weilheim, dachte er grimmig.

Ich weiß, wo du wohnst!

Katrins Schicht hatte vor zehn Minuten geendet. Trotzdem drückte sie sich hinter der Bäckertheke herum. Penibel kontrollierte sie, ob alle Schildchen mit den betreffenden Gebäckstücken übereinstimmten. Sie stapelte die Gläser mit Bio-Marmelade zu einer eindrucksvollen Pyramide, dann holte sie noch ein Blech mit Laugenstangen aus dem Ofen und ließ sich Zeit damit, diese in der Auslage zu verteilen.

»Willst du nicht mal los?«, fragte Lara erstaunt. Kein Wunder, denn sonst stürmte Katrin spätestens zwei Minuten nach elf in die Freiheit.

Jetzt seufzte sie unwillig. Es hatte keinen Zweck. Sie konnte und wollte sich nicht bis zum Ladenschluss in der Bäckerei verstecken. Dennoch zauderte sie, denn im Moment war die Theke mit der üppigen Auslage ihr Schutzwall. Erneut fühlte sie sich verfolgt, jedoch nicht von ihrem Stalker.

Kommissar Franke war heute in aller Frühe beim Scholderbeck aufgetaucht. Er hatte einen Latte macchiato und ein Kürbiskernbrötchen mit Käse bestellt. Vielleicht bildete sie sich alles nur ein, weil ihr Nervensystem nach der Flucht aus Berlin übersensibel reagierte. Außerdem war Verfolgungswahn unter Betrügern keine Seltenheit. Aber hatte er sie nicht eingehend gemustert? Unauffällig, doch Katrins sensible Antennen hatten sofort angeschlagen, und sie hatte ihn ihrerseits nicht aus den Augen gelassen.

Wie ein ganz normaler Kunde hatte er an seinem Tisch gesessen, im Teckboten geblättert und gefrühstückt. Kein einziges Mal hatte er versucht, mit ihr ins Gespräch zu kommen, hatte nicht zu ihr hingesehen, seine Haltung war scheinbar entspannt. Aber sie hatte einen siebten Sinn für Männer entwickelt, die sich für sie interessierten. Nach ungefähr zwanzig Minuten hatte er sich verabschiedet, ohne sie direkt anzusehen. Er war gut, aber Katrin war felsenfest davon überzeugt, dass sie beobachtet worden war. Was machte der Kommissar vor sieben Uhr hier? Um diese Zeit konnte er doch niemanden befragen wollen, oder? Außerdem war er der Einzige in der Bäckerei gewesen. Also warum hatte er es sich nicht auf einer der gepolsterten Bänke gemütlich gemacht? Weil er sie von dort aus nicht hätte beobachten können!

In ihrem Bauch hatte es unruhig gegluckert, und die Rädchen in ihrem Kopf hatten sich zu drehen begonnen. Wollte der Kommissar zu den Landfrauen? Hatte er sie und Verena gestern doch bemerkt? Wusste er, wer sie war und was sie in Berlin gemacht hatte? Das hatte sie sich den ganzen Tag gefragt.

Mit einem unguten Gefühl im Magen hängte sie schließlich ihre Schürze an den Haken und kontrollierte ihre Frisur. Fast trotzig zog sie ihre Lippen nach. Wenn sie der Polizei in die Hände fiel, wollte sie wenigstens umwerfend aussehen.

Draußen wartete aber niemand mit Handschellen auf sie. Fast automatisch steuerte sie das Haus der Landfrauen an, wo ihr Verena vielleicht etwas Neues berichten konnte. Ihr Handy zeigte drei entgangene Anrufe an. Sie erkannte weder Evas noch Verenas Nummer. Ihr Herz fing an, schneller zu schlagen, als sie auf die Nummer und anschließend auf das Hörersymbol tippte.

»Endlich rufst du zurück!«, wurde sie von einer weiblichen Stimme begrüßt. »Wir wollten ihn schon wieder rauslassen!«

»Äh ...«

»Wo bist du denn? Hast du ein Auto?«

Einen Moment lang überlegte Katrin, ob ihr der Kommissar vielleicht eine Falle stellen wollte. »Wer ist denn da?«

»Oh, entschuldige. Ich bin's, Maggie. Von der mobilen Fußpflege. Ich rufe an, weil wir einen haben.«

»Einen haben?«

»Einen von den Betrügern! Die Elli übers Ohr gehauen haben. Weißt du nicht mehr?«

Katrin fiel ein Stein vom Herzen. Natürlich stellte ihr die

Polizei keine Falle! Wenn die sie mitnehmen wollten, konnten sie das auch einfacher haben. »Natürlich! Ich bin in Weilheim vor eurem Vereinshaus, aber ein Auto habe ich nicht.« Sie hatte die Sache mit Elli schon wieder vergessen gehabt. »Kein Problem, ich hole dich ab. Soll Frau Meyer schon mal die Polizei rufen?«

»Nein! Wenn du willst, dass Elli ihr Geld wiederbekommt, dann lässt du die aus dem Spiel!«

»Alles klar!«

Maggie brauchte nur eine gute Viertelstunde von der Alb herunter, denn ihr Fahrstil stand dem von Verena in nichts nach. Mit quietschenden Reifen kam sie am Fußgängerüberweg an der Volksbank zum Stehen, damit eine alte Dame mit Rollator die Straße überqueren konnte. Mitten auf dem Zebrastreifen blieb diese stehen und winkte.

Maggie winkte zurück. »Eine meiner Patientinnen«, erklärte sie und legte einen Schnellstart hin, sobald die Omi auf dem Fußweg angekommen war. Danach fuhren sie am Blumenladen und an der Eisdiele vorbei und verließen Weilheim in Richtung Neidlingen.

»Wow«, entfuhr es Katrin.

»Schön, nicht? Besonders um diese Zeit.«

Sie tauchten in eine grüne Welt ein, die von weißen und zartrosa Obstblüten geschmückt war und vom Blau des Himmels begrenzt wurde. Kein Haus war zu sehen. Wenn die Menschen von einer idyllischen Landschaft sprachen, mussten sie genau das meinen.

Maggie war von dem Anblick anscheinend weniger gefesselt und erzählte, dass sie auf dem Weg zu ihrer Patientin Gertrude Meyer seien. Diese habe einen Anruf bekommen, ihr Enkel habe die Möglichkeit, preiswert ein Auto zu kaufen, brauche aber sofort neuntausend Euro. Ein Freund ihres Enkels wolle vorbeikommen, um das Geld zu holen.

Gertrude war allerdings nicht von gestern. Sie hatte den angeblichen Enkelfreund bei seiner Ankunft bewirtet, wie sie es gewöhnlich für Wanderer tat, die an ihrem Hof vorbeikamen. Dann hatte sie den jungen Mann unter einem Vorwand in ihr Waschhaus gelockt und eingesperrt. Dort saß er nun seit gut zwei Stunden. »Sehr gut. Dann ist er schon weichgekocht, wenn wir ihn uns vornehmen.«

Als sie sich auf der Hauptstraße durch Neidlingen schlängelten, wurde Katrin bewusst, wie gut sie es eigentlich in Weilheim hatte, denn aus der Sicht einer Großstadtpflanze wirkte der Ort wie ausgestorben. Kein einziger Modeladen weit und breit. Nur ein Gasthof namens »Lamm«, daneben ein kleiner Gemischtwarenladen und ein paar hundert Meter weiter eine Sparkassenfiliale. Bestimmt fuhr der Bus hier nur zweimal am Tag. Plötzlich kam ihr die Wohnung auf dem Egelsberg gar nicht mehr so abgeschieden vor.

Hinter dem Ortsausgangsschild schlängelte sich Maggies Twingo durch eine Haarnadelkurve die Steigung hinauf, vorbei an Warnschildern, auf denen Steinbrocken auf Straßen fielen. Rechts eine grüne Wand, links ging es hinunter in den Abgrund. So fuhren sie eine Weile. Die Zivilisation schien unendlich weit weg.

Schließlich bog Maggie in einen Feldweg ein, an dessen Ende das Gehöft von Gertrude Meyer lag. Der kleine Betrüger musste mit dem Bus gekommen sein, denn weit und breit konnte sie kein weiteres Auto entdecken. Entweder war er nicht besonders erfolgreich, oder er gehörte einer Bande an und arbeitete sich gerade hoch.

Frau Meyer empfing sie vor dem Haus.

»Lass mich raus, du alte Huddl!«, brüllte jemand in einem gemauerten Anbau, der wohl das Waschhaus war.

»Immer artig bleibe, junger Mann. Des hat no niemand gschadet!«, belehrte ihn seine ergraute Bewacherin großmütterlich. Katrin konnte sich ein Lächeln nicht verkneifen.

Frau Meyer führte die beiden Frauen in ihre Küche und wies auf einen grünen Rucksack, der an einer Stuhllehne hing.

Auf dem Tisch standen noch zwei fast volle Gläser mit Apfelsaft, ein aufgeschnittener Brotlaib und Zwiebelschmalz mit Gewürzgurken. Auf einem Teller lagen Krümel. Hunger hatte der junge Mann also nicht.

»Darf ich?«, fragte Katrin und besah sich den Inhalt des Rucksacks. Als Erstes durchsuchte sie das Portemonnaie des Betrügers. Es war aus Stoff und sah aus wie ein Kinder-Geldbeutel, es fehlte nur die Schnur, mit der man es um den Hals hängen konnte. Auf der einen Seite war ein quietschgelbes Phantasietier mit schwarzen Knopfaugen, roten Backen und gezacktem Schwanz abgebildet. Der kleine Darian hatte ein T-Shirt mit dem Ding. Ein bisschen tat ihr der Junge, der jetzt im Waschhaus vor sich hin schmorte, leid. Dem Personalausweis nach war er gerade erst neunzehn geworden. Keine tollen Karriereaussichten, die er da hatte.

Als Nächstes nahm sie sich einen zerfledderten Schreibblock vor. Darin steckte ein ausgedrucktes Blatt, das mit »Gertrude Meyer« betitelt war. Darunter standen stichpunktartig Informationen zu der alten Dame.

Jahrgang 1948
Verwitwet
Gehöft hinter Neidlingen
2 Söhne, 1 Tochter, 4 Enkel, einer studiert in Tübingen (Zahnmedizin), einer arbeitet am Flughafen Stuttgart, Enkelin verheiratet in München
Familie bewirtet Wanderer (Meyer-Hof)
Achtung: Nicht am Wochenende kontaktieren wegen vorbeikommender Wanderer und Familienbesuch.
Bringt mittwochs Einnahmen zur Bank.

Katrin reichte das Blatt Gertrude Meyer. »Stimmt das?«

Die ältere Dame las es und erbleichte. »Jetzt muss i mi setza. Woher wisset die des? I gang doch net mit so was hausiera!«

»Sie unterhalten sich doch mit den Wanderern, oder? Gibt es Leute, die regelmäßig einkehren?«

»Ha joa. Die Leit kommet au wege meinem Gsälz.«

»Marmelade«, übersetzte Maggie hilfsbereit.

Katrin nickte dankbar. »Haben Sie den Jungen schon mal gesehen?«

»No nie!«

»Das wundert mich nicht. Sicher arbeitet er mit jemandem zusammen.«

»Einer spioniert die Leute aus, und jemand anders holt das Geld?«, vergewisserte sich Maggie.

»Genau so. Ich glaube, wir sollten mit dem Jungen reden.«

Als ihre Schritte auf dem Kies knirschten, schlug jemand im Waschhaus gegen die Tür. »Lass mich raus! Meine Leute wissen, wo ich bin. Die kommen mich holen, wenn ich nicht bald wieder zu Hause bin.«

Maggie riss erschrocken die Augen auf, aber Katrin winkte ab. Wegen so eines Kükens würden sich die Drahtzieher nicht aus der Deckung wagen. Zwar hatte sie immer allein gearbeitet, aber im Grunde waren alle Betrüger gleich. Risiko vermeiden, wo immer es ging. Mittlerweile hatte der Gefangene im Waschhaus zu randalieren begonnen. Es klang, als würde er sich gegen die Holztür werfen.

»Träum weiter, Tim Schwerdt aus Kirchheim unter Teck!«, rief sie durch den Türspalt.

Der Lärm erstarb augenblicklich. Nichts fürchtete man als Betrüger mehr, als dass die Gegenseite etwas über einen selbst herausfinden könnte. Name und Adresse zum Beispiel, das war der absolute Super-GAU, wie Katrin aus eigener schmerzlicher Erfahrung wusste.

»Ich weiß, wo du wohnst. Wo dein Auto steht. Oder besser, dein Fahrrad. Oder nimmst du noch das Dreirad, Kleiner?«

Keine Reaktion. Sicher verarbeitete das Jungchen noch seinen Schock.

»Wie lange bist du schon dabei?«

Stille.

»Noch nicht lange, würde ich tippen. Ich an deiner Stelle würde die Ausbildung abbrechen und mir was Solides suchen. Besser wird's nämlich nicht, weißt du? Wenn es dir dadrin nicht gefällt, wird es dir im Gefängnis erst recht nicht gefallen.«

An der Tür hörte sie ein Schaben, als würde jemand daran zu Boden gleiten. Katrin presste das Ohr an den Türspalt. War das ein unterdrücktes Schluchzen gewesen? Das Beste war vermutlich, ihn noch ein paar Minuten sich selbst zu überlassen, bis sich der Schock gelegt hatte und er wieder klar denken konnte.

Sie winkte die beiden anderen Frauen vom Waschhaus weg, bis sie ganz sicher außer Hörweite waren. »Hol seinen Rucksack und versteck ihn im Auto. Mach ein Foto von seinem Personalausweis, und den Zettel mit Informationen über Frau Meyer brauche ich.«

»Was willst du denn anstellen?«, fragte Maggie und zupfte an den Fransen ihres schreiend pinken Schaltuchs. Die Situation schien ihr nicht zu behagen.

»Wir brauchen so viele Informationen wie möglich über die Hintermänner. Und dafür brauchen wir wiederum den kleinen Tim.«

»Sollten wir nicht die Polizei rufen? Bevor uns das Ganze über den Kopf wächst, meine ich.«

»Das können wir jederzeit. Aber vorher würde ich doch gern versuchen, wenigstens etwas von Ellis Geld zurückzubekommen.«

»Ja, richtig.«

»Keine Sorge. Er wird recht handzahm sein.«

»Des denk i au. Mei Enkele hat in dem Alter au viel ogstellt, aber eigentlich isch er ganz lieb.«

Das schien Maggie zu überzeugen. Mit flatterndem Schal marschierte sie ins Haus und verstaute wenig später den grünen Rucksack im Kofferraum.

Hundertprozentig sicher war sich Katrin allerdings nicht. So ein Teenager konnte unberechenbar sein, wie sie an dem sechzehnjährigen Ali Gscheidle bemerkt hatte. Nicht dass Evas Sohn gewalttätig oder besonders aufmüpfig war, aber man wusste nie, in welcher Stimmung man ihn antreffen würde. Bei dem Jungen in Gertrudes Waschhaus war es sicher ähnlich. Das hier war immerhin eine Extremsituation.

»Nachdem du ihn gschimpft hasch, isch a mol Zeit für a paar gute Worte.«

Katrin nickte erstaunt. Nachdem sich die ältere Dame von dem Schrecken, dass die Betrüger so viel über sie wussten, erholt hatte, schien sie alles ganz pragmatisch zu sehen.

Leise klopfte Gertrude an die Waschhaustür. »Bubele, hör a mol. Du hasch do bestimmt Durschd von dem Zwiebelschmalz, oder ette?«

Etwas raschelte.

»No trinket mr jetzt a Apfelschorle, oder was moinsch?«

»Ja«, erwiderte eine raue Stimme hinter der Tür.

»I lass di jetzt naus, aber du mussch lieb sein. Verstande?«

»Verstanden.«

Katrin war von Gertrude beeindruckt. Aber vermutlich würde sie hier oben auf der Alb, weit weg vom Schuss, ohne gesunden Menschenverstand und eine Portion Courage nicht gut zurechtkommen.

Trotzdem brauchte der Junge ihres Erachtens noch ein bisschen Peitsche, bevor er sein Zuckerbrot in Form von Fruchtschorle bekam.

»Du hast zwei Möglichkeiten, Tim. Erstens: Du rennst weg. Dann bringen wir deinen Rucksack zur Polizei, und die warten dann bei deiner Mama, während du noch im Bus die Alb hinunter sitzt. Zweitens: Du trinkst schön deinen Apfelsaft und erzählst uns alles, was du weißt. Und wenn wir zufrieden sind, bekommst du deine Sachen zurück, und du kannst machen, was du willst. Klar?«

»Ja.«

Katrin nickte Gertrude zu, und sie entriegelte die Waschhaustür.

Wenn Katrin Tims Alter nicht aus seinem Ausweis erfahren hätte, dann hätte sie ihn für gerade einmal sechzehn gehalten, wenn nicht jünger. Einen Moment lang war sie unsicher, ob ihre Rechnung aufgehen würde. Der Junge schaute nervös von einer Frau zur anderen. Sein Körper spannte sich, und er ballte seine Finger zu Fäusten, anscheinend bereit wie ein Tiger zum Sprung. Instinktiv stellte sich Katrin zwischen ihn und Gertrude, denn die ältere Dame hätte einem Angriff nicht viel entgegenzusetzen gehabt. Sein Blick wanderte den Feldweg hinunter, der sich in einer Kurve verlor, die direkt zur Hauptstraße führte.

»Du weisch joa, wo's langgaht«, erklärte Gertrude mit großmütterlicher Stimme. »Jetzt trinket mr a Apfelschorle, ond du erzählsch ons, warum du so ebbes agstellt hosch.«

Alle Spannung wich aus seinem schmächtigen Körper, und er folgte ihr anstandslos.

Katrin und Maggie nickten ihr anerkennend zu.

Während Gertrude Kaffee aufbrühte und routiniert Blechkuchen in exakte Quadrate schnitt, erzählte ihnen Tim, wie er bei der Betrügerbande gelandet war. Es war die übliche Geschichte, die Katrin von sich selbst kannte – alkoholabhängige Eltern, vermasselter Schulabschluss, Gelegenheitsarbeiten hier und da und die Hoffnung aufs schnelle Geld.

»Ist es denn so, wie du es dir vorgestellt hast?«

Der Junge zuckte die Schultern. »Ist nicht so toll, aber was anderes habe ich nicht gekriegt.«

»Hosch du di denn ogstrengt?«

»Mein Vater hat gemeint, es nützt eh alles nichts und ich soll mir was suchen, wo ich gleich richtig verdien.«

»Und verdienst du gut, so als Betrüger?«, fragte Katrin, während sie nonchalant die Kaffeetasse an ihre Lippen führte.

Beim Wort »Betrüger« war Tim zusammengezuckt. »Nicht wirklich. Das meiste behalten Schulzi und 's Kätzle.«

Maggie blickte ihn ganz mitleidig an, und Gertrude schaufelte ihm noch ein Stück Kuchen auf den Teller, das er gierig verschlang.

Katrin widerstand der Versuchung, ihm zu sagen, dass das auch immer so bleiben würde. Der Junge war nur Mittel zum Zweck. Spätestens wenn er nicht mehr den angeblichen Freund eines Enkels spielen konnte, wäre er weg vom Fenster. In ein paar Jahren würde es zu spät sein, die Kurve zu kriegen. Einmal Betrüger, immer Betrüger. Wenn ihr Stalker sie nicht unsanft auf den Boden der Tatsachen geholt hätte, dann hätte Katrin, das musste sie sich eingestehen, den Absprung nie geschafft. Sie hatte schon angefangen, Preise für Gesichtsstraffung miteinander zu vergleichen, nur um noch ein paar Jahre das Luder spielen zu können. Das alles behielt sie aber für sich und kam stattdessen zur Sache.

»Dann erzähl uns doch mal von Schulzi und diesem Kätzle.«

Tim hatte die Backen voll Apfelkuchen und wollte nicht so recht raus mit der Sprache. Aber Katrin ließ nicht locker.

»Fangen wir doch damit an, wie die Miezekatze wirklich heißt.«

»Alle nennen sie nur ›'s Kätzle‹.«

»Weil sie so geschmeidig ist wie eine Katze?«

»Nein, weil sie den Katzentrick draufhat wie keine andere.«

»Den Katzentrick?«, fragten Maggie und Gertrude wie aus einem Mund.

Tim erklärte, dass man den Trick bei Autofahrerinnen anwende, nachdem sie gerade eingestiegen seien. Man sage der Fahrerin besorgt, unter dem Auto sitze eine Katze, und während sie nachschaue, klaue man ihr die Tasche, die meistens auf dem Rücksitz oder dem Beifahrersitz liege. »Sie war so erfolgreich, dass sogar die Zeitungen und Plakate auf den Parkplätzen vor ihr gewarnt haben, und da musste sie sich was anderes einfallen lassen.«

»Und ihren richtigen Namen kennst du nicht? Denk scharf nach!«

»Ich glaube, Schulzi hat sie mal aus Versehen ›Tine‹ genannt.«

»Du glaubst?«

»Nein, ich bin mir sicher. Jetzt weiß ich es wieder, weil ich damals dachte, dass das ein viel zu netter Name für sie ist.«

»Vermutlich kurz für ›Christine‹«, warf Maggie ein. »Zumindest kenne ich niemanden, der wirklich Tine heißt, es ist immer eine Abkürzung.«

»Und diese Tine ist die Chefin?«

Er nickte. »Schulzi ist sozusagen ihr Leibwächter. Er heißt Mirko Schulze. Das weiß ich, weil ich mal in seinem Auto warten musste und im Handschuhfach nach einer anderen CD gesucht habe. Da waren seine Papiere drin, und weil keine CDs drinlagen, habe ich sie durchgeblättert.«

»Des hosch gut gmacht«, lobte Gertrude, als hätte er sich damals schon tadellos auf dieses Gespräch vorbereitet.

»Zwei Namen, das ist doch was. Und wie alt ist deine Chefin?«

Er zuckte mit den Schultern. Als Teenager konnte man das Alter einer Frau natürlich schlecht einschätzen.

»So alt wie ich oder Maggie oder Gertrude?«

»So dazwischen vielleicht.«

Das konnte heiter werden. »Hat sie viele Falten?«

»Ein paar.«

»An den Augen und am Mund?«

Er nickte.

»Sieht man die Falten von Weitem oder nur, wenn man nah vor ihr steht?«

»Wenn wir uns am Schreibtisch gegenübersitzen, sehe ich sie ganz deutlich.«

Dann war sie vielleicht Mitte bis Ende vierzig, wenn nicht Anfang fünfzig, schätzte Katrin. Also war das Kätzchen schon ebenso lange dabei wie sie selbst. Nicht schlecht, so lange nicht erwischt zu werden, dachte sie und klopfte auch sich ein wenig auf die Schulter.

Trotzdem konnte die Zeit als Trickbetrügerin nicht spurlos an ihr vorübergegangen sein. Die Angst, einen Fehler zu machen, war sicher allgegenwärtig. Zuckte auch das Kätzchen zusammen, wenn ein Polizeiauto vorbeifuhr? Hoffte sie noch auf den großen Fang, der es ihr ermöglichen würde, woanders ganz neu anzufangen, oder war sie bereits müde? Wurde auch sie das Gefühl nicht los, dass eine unsichtbare Mauer sie von allen anderen Menschen abschnitt? War dieser Schulzi ihr einziger Vertrauter?

Aber Spekulationen nützten nichts, sie brauchte Fakten. Das galt für das erfolgreiche Ausnehmen ihrer Männeropfer, und es galt auch, wenn man sich Geld von einer Trickbetrügerin zurückholen wollte. Sie fischte das ausgedruckte Blatt aus ihrer Handtasche und legte es auf den Tisch.

»Woher habt ihr eure Informationen?«

»Das bekomme ich immer von der Chefin. Mal muss ich jemanden anrufen, mal schickt sie mich zum Geldholen los.«

»Wie spioniert sie die Leute aus?«

»Gar nicht. Die Infos gibt ihr der Zeitungsfritze.«

»Der Zeitungsfritze?«

Tim nickte. Katrin fragte sich, ob er ein bisschen begriffsstutzig war oder nicht mit der Sprache herausrücken wollte. Vermutlich eine Mischung aus beidem.

»Und wer ist das?«

»War«, gab Tim nun altklug zurück. »Er lebt nicht mehr. Die Chefin war ziemlich sauer deswegen.«

Gertrude schlug die Hände vor dem Gesicht zusammen.

»Was hast du denn?«, fragte Maggie erschrocken.

Die ältere Dame ließ die Hände in ihren Schoß gleiten und blickte sie ungläubig an. Mit zitternden Fingern wies sie auf das Blatt. »I han des elles ausplaudert, aber i han net dacht ...« Sie schüttelte ungläubig den Kopf und musste sich auf dem Tisch abstützen.

Maggie schob ihr das Glas Apfelschorle hin. »Nimm erst mal einen Schluck. Oder musst du dich hinlegen?«

»'s gaht scho. I komm mr so bleed vor.«

»Wenn Sie dumm wären, dann hätte die Chefin jetzt Ihr Geld.« Tim sah ganz bedröppelt aus und tätschelte ihr unbeholfen den Unterarm.

Er ist kein schlechter Kerl, dachte Katrin. Christine, das Kätzchen, wurde ihr von Minute zu Minute unsympathischer. Sie war die Letzte, die eine Kollegin geringschätzen sollte, aber alte Leute ausnehmen und einen Teenager die Drecksarbeit machen lassen – selbst als Trickbetrügerin sollte man so etwas wie Ehrgefühl besitzen. Dass sie selbst schon von den unberechtigten Hoffnungen des einen oder anderen betagten Männeropfers gut gelebt hatte, verdrängte sie schnell. Immerhin hatten die ein bisschen Spaß mit ihr gehabt. Aber was hatten das Kätzchen und ihr Leibwächter zu bieten?

»Und wer war der Zeitungsfritze?«, fragte Katrin, obwohl sie so eine Ahnung hatte.

»Dr Kern von ›FünfzigPLUS‹. Er war mit dm Wanderverein do ond hot an Artikel über Wanderwege schreibe welle. Ob se für Senioren geeignet sind, wo mr Rascht mache ko ond so weiter.«

»Und da hat er dich ausgefragt«, stellte Maggie fest.

»Ma hat sich so gut mit dm unterhalte kenne. I han me scho gfrogt, wann dr Artikel endlich kommt, aber jetzt woiß i, was er überhaupt welle hot!«

»Elli hat er auch interviewt, als er den portugiesischen Verein vorgestellt hat. Immerhin hat er darüber wirklich in seiner Zeitung berichtet. Ich fasse es nicht!«

»So hat er alles über Ellis Tochter in Brasilien herausgefunden.« Katrin zog innerlich den Hut vor Vincent Kern. Es war so einfach wie genial, durch seine Zeitung konnte er die älteren Leute unauffällig ausfragen und herausfinden, für welche Masche sie empfänglich waren.

»Was hat er für die Infos bekommen, Tim?«

»Die Chefin hat ihm monatlich einen festen Betrag ab-gedrückt, glaube ich. Deshalb war sie so sauer, dass er diesen Monat nicht geliefert hat.«

Katrin war skeptisch, dass ein Küken wie Tim über den heiklen Part der Informationsbeschaffung so gut Bescheid wissen sollte. »Und woher weißt du gerade das, wenn du mir über deine Chefin sonst nichts erzählen kannst?«

»Ich war dabei, als sie versucht hat, ihn anzurufen. Sie ist total sauer geworden und mit mir zu dem verspiegelten Hochhaus gefahren, das alle so hässlich finden. Aber er war nicht da, und die Sekretärin von dem Zeitungsfritzen wusste auch nicht, wo er war. Damals wusste noch keiner, dass er tot ist.«

Wirklich keiner? »Und warum hat sie dich mitgenommen und nicht ihren Leibwächter?«

»Weil sie Schulzi auch nicht erreichen konnte.«

»Interessant. Wo war er denn?«

»Im Fitnessstudio pumpen, hat er gesagt.«

Katrin dachte nach. Hatte sie in »FünfzigPLUS« nicht einen Artikel gelesen, in dem Vincent Kern höchstpersönlich vor Trickbetrügern gewarnt hatte? Das hatte sicher keinem aus der Bande gefallen. Hatte der Leibwächter ihn in die Mangel genommen und war aus Versehen ein bisschen zu hart mit ihm gewesen? Sie merkte sich Mirko Schulze als weiteren Verdächtigen, den man der Polizei stecken konnte.

»Was kannst du mir noch über deine Chefin erzählen?«

»Sie raucht. Sehr viel. Und wenn sie nicht rauchen darf, kratzt sie sich den Nagellack von den Fingernägeln.«

»Scheint ja ein sehr ausgeglichener Mensch zu sein. Es wird Zeit, die Miezekatze mal kennenzulernen. Gib mir ihre Nummer.«

»Die habe ich nicht.«

Katrin baute sich vor ihm auf.

»Wirklich nicht! Ich habe nur die Nummer von Schulzi

eingespeichert, aber den soll ich nur im äußersten Notfall anrufen.« Er blickte sich um, offensichtlich suchte er seinen Rucksack.

»Ich hole ihn«, bot Maggie an.

Alle dachten mit und funktionierten wie ein Uhrwerk. Katrin bedauerte ein wenig, dass sie sich bisher für ein Leben als Einzelkämpferin entschieden hatte.

»Ruf ihn an!«, forderte sie den Jungen auf, als Maggie mit dem Rucksack zurückkam. »Er soll dir die Chefin geben. Sag ihm, es geht um viel Geld.«

Zögernd kramte der Junge sein iPhone heraus und legte es in die Mitte. Uraltes Modell, stellte Katrin fest. Es war für einen Teenager sicher uncool, mit so was herumzulaufen. Die Miezekatze bezahlte ihn wirklich nicht gut.

Sie hörte den Ton der Durchwahl und dachte schon, es würde keiner rangehen. Nach einer halben Ewigkeit verstummte der Ton, und eine dunkle Stimme bellte durch den Lautsprecher: »Ich hab dir doch gesagt, du sollst nur im Notfall anrufen!«

»Ich muss dringend die Chefin sprechen. Es geht um viel Geld.« Tim knetete nervös die Bauchtasche seines Hoodies.

Stille. Maggie und Gertrude hielten den Atem an.

»Ja«, hörten sie schließlich die kratzige Stimme vom Kätzle.

Katrin zog das Handy zu sich. »Hallo, Christine.«

Die Antwort ließ auf sich warten. Alle lehnten gespannt auf dem Tisch und ließen Tims Telefon nicht aus den Augen.

»Wer ist da?«

»Jemand, von dem du noch was lernen kannst. Hast du Stift und Papier zur Hand?« Sie wartete nicht auf eine Antwort. »Gut. Wir treffen uns in dreißig Minuten vor der Sparkasse in Neidlingen. Hast du das notiert? Vergiss deine EC-Karte nicht! Ach, und Mirko kann zu Hause bleiben. Das geht nur dich und mich etwas an. Verstanden?« Sie legte auf, bevor das Kätzchen etwas erwidern konnte.

»Wow«, machte Maggie.

»Glaubsch du, se kommt?«

»Sie kommt.«

»Aber meinst du, sie lässt ihren Leibwächter wirklich zu Hause?«

»Den bringt sie natürlich mit. Er ist ihre Absicherung, so jemanden lässt man nicht zu Hause. Aber sie wird ihn nicht brauchen. Was *ich* jetzt brauche«, sie blickte sich um, und die anderen taten es ihr gespannt gleich, »sind Stift und Zettel.« Tim langte blitzschnell in seinen Rucksack und legte seinen zerfledderten Block samt Kuli hin. Katrin dachte kurz nach und warf ein paar Namen mit den dazugehörigen Informationen auf das Blatt.

»Jetzt sollten wir uns auf den Weg machen. Ein bisschen Vorsprung schadet nie. Dich setzen wir beim Bus ab«, fügte sie an Tim gewandt hinzu. »Ich kann dir nur raten, dir einen soliden Job zu suchen. Beim Scholderbeck suchen sie Leute, und die wollen nicht mal welche mit Schulabschluss. Wie wär's, wenn du dort erst mal lernst, kleine Brötchen zu backen?«

Tim nickte verblüfft. »Ich gehe morgen gleich hin. Also, heute noch.«

Katrin bezweifelte das. Aber der Junge war alt genug, um aus seinem kleinen Abenteuer als Trickbetrüger zu lernen – oder auch nicht.

»Ond ruf a, wenn du dahoim bisch«, ergänzte Gertrude, während sie ein Stück Kuchen in Alufolie einwickelte und ihm reichte. »Mei Nummer hasch ja scho.«

Tim blickte auf das eingepackte Kuchenstück und schluckte, bevor er sich bedankte und verabschiedete.

Unter Betrügerinnen

Ein schwarzer Daimler mit getönten Scheiben passierte das Ortseingangsschild von Neidlingen. »Fahr langsamer«, fauchte 's Kätzle ihren Fahrer an. Schweigend glitten sie die Hauptstraße entlang. Bald kam die Sparkasse in Sichtweite, und Schulzi drosselte das Tempo weiter. Es waren nicht viele Leute unterwegs. Nur eine einfältig wirkende Blondine in Lederrock und Plateausandalen stand vor der Sparkasse und sah sich am Bügel ihrer Sonnenbrille kauend die Aushänge mit Immobilien an. »Das ist sie!«

Schulzi verstand sofort. Die Frau passte so wenig nach Neidlingen wie seine Chefin auf einen Wohltätigkeitsball. Die drückte ihre Zigarette im Aschenbecher aus und zündete sich sogleich eine neue an. Schulzi verkniff sich jeglichen Kommentar, dass es im Auto schon nebliger war als an einem Herbstmorgen auf der Schwäbischen Alb.

»Sie scheint allein zu sein.«

Seine Chefin ging nicht darauf ein. »Dreh um und fahr zum Gasthof.«

Schulzi tat wie geheißen, und obwohl es noch Mittagstisch gab, verschwendete er keinerlei Hoffnung daran, dass er bei einem Rostbraten auf die Chefin warten würde.

Auf dem Parkplatz, den sich der Gasthof »Lamm« mit einem kleinen Edeka teilte, standen bereits einige Wagen. Schulzis Daimler würde hier nicht groß auffallen. Falls etwas schiefliefe, wäre er blitzschnell bei ihr.

's Kätzle war unsicher, und das war schon lange nicht mehr vorgekommen. Als sie mit den Betrügereien angefangen hatte, war sie jünger gewesen als ihr Lehrling Tim, und nie hatte sie jemand erwischt. Ein paarmal war es sich nur um Haaresbreite ausgegangen, und einige ihrer ehemaligen

Mitstreiter hatten nicht so viel Glück gehabt. Aber die waren nicht so wachsam gewesen wie sie. Sie waren gierig geworden und hatten sich gnadenlos überschätzt. Das passierte ihr nie. Unbewusst rieb sie sich die Handgelenke, die nie mit Polizeihandschellen Bekanntschaft gemacht hatten. Bis jetzt. Sie wusste nicht, was sie von der Frau halten sollte. War ihr die Polizei am Ende auf die Schliche gekommen und wollte ihr eine Falle stellen? Hatten sie den Frischling geschnappt, als er das Geld von Gertrude Meyer holen war? Hatte er schon alles ausgeplaudert? Aber warum sollten sie ihr hier eine Falle stellen? Wäre es nicht einfacher, ihr Büro zu observieren und sie dort festzusetzen? Und wer war die blonde Frau? Woher wusste sie ihren Namen? Den hatte sie dem Neuen nie verraten.

»Wir können immer noch abbrechen.«

»Nein«, sagte sie und öffnete die Tür. Ihre Kippe war heruntergebrannt, und sie ließ sie auf den Boden fallen. Sie musste herausfinden, was die Anruferin wusste. Und falls die Blondine sie erpressen wollte, würde sich Schulzi um sie kümmern.

Der bloße Gedanke, dass ihr irgendeine dahergelaufene Tussi ihr sauer verdientes Geld abknöpfen wollte, trieb ihren Blutdruck in die Höhe. Sie ballte die Hände zu Fäusten, damit sie aufhörten zu zittern, und zog eine Zigarette aus der Schachtel. Niemand erpresst mich, dachte sie und ließ das Feuerzeug aufschnappen. Nicht nach dreißig harten Jahren im glanzlosen Geschäft der Trickbetrügerei. Die oft fruchtlose Arbeit, die Alpträume, in denen sie eingesperrt war, und die Angst in ihrem Bauch, wenn sie eine Sirene hörte, selbst wenn es nur im Fernsehen war – der Gewinn stand *ihr* zu und niemandem sonst. Sie war erst ein paar Schritte gegangen, da blickte sie automatisch über ihre Schulter. Schulzi wartete im Auto, die Hände am Lenkrad, und nickte ihr zu.

Sie ließ den Blick über den Parkplatz gleiten – keine Spur von der Polizei. Die anderen Autos standen verlassen da.

Nur in einem hellblauen Twingo mit der Aufschrift »Magdalenas mobile Fußpflege« saß eine Frau mittleren Alters, die anscheinend mit ihrem Handy beschäftigt war und sie überhaupt nicht beachtete.

's Kätzle straffte die Schultern und rieb sich mit der freien Hand den Nacken. Die dreißig Minuten waren fast um, und es wurde Zeit, der Blondine auf den Zahn zu fühlen. Danach musste sie ernsthaft darüber nachdenken, die Zelte abzubrechen. Ohnehin hatte sie genug von der schwäbischen Provinz, ein Standortwechsel würde ihr guttun.

Vielleicht konnte man dem Frischling ein paar Coups anhängen, dann machte sich der Junge wenigstens nützlich. Nur zur Sicherheit, um etwaige Spuren zu verwischen, bevor sie anderswo neu anfing. Der Gedanke gefiel ihr. Neu anfangen ... neuer Ort, neue Masche ... neue Frisur. Genau!

Mit einem Mal konnte sie es kaum erwarten, ihre unscheinbaren schulterlangen Haare, die sich nicht zwischen glatt und wellig entscheiden konnten, gegen eine richtige Frisur einzutauschen.

***

Fast eine Dreiviertelmillion für ein schnödes, in die Jahre gekommenes Einfamilienhaus am Arsch der Welt! Katrin konnte es nicht fassen. Seit zehn Minuten studierte sie die Aushänge mit Immobilienangeboten im Schaukasten neben dem Eingang. Aber das war nur Tarnung, denn in Wahrheit beobachtete sie in der Spiegelung der Glasscheibe, ob sich ihr jemand näherte. Bisher war aber keine Seele aufgetaucht, und das machte ihr Sorgen.

Katrin hatte ja nicht ahnen können, dass es in Neidlingen nicht mal eine richtige Bank gab, sondern nur ein Kabuff mit Automat. Im Rathaus gegenüber machten sie sicher noch Mittagspause. Dichtes Laub versperrte den Wohnhäusern auf der gegenüberliegenden Seite die Sicht.

Ohnehin schien das gesamte Kaff wie ausgestorben, nur ab und zu fuhr ein Auto vorbei. So wie es aussah, hätte sie sich auch auf einem einsamen Feldweg oder mitten im Wald mit ihrer Betrüger-Kollegin verabreden können. Sie wünschte sich auf den Parkplatz vor dem Gasthof, wo Maggie auf sie wartete. Doch der war außer Sichtweite. Was, wenn Mirko, der Leibwächter, sie schnappte und in die schmale Gasse neben dem SB-Service zerrte? Dort gab es zwar ein Lädchen für Geschenke und Handgemachtes, aber ein Schild im Schaufenster besagte, interessierte Kunden sollten bei Bedarf am Hintereingang des Hauses klingeln. Niemand war da.

Wer wusste, was der Leibwächter noch so tat, außer seine Chefin zu bewachen? Vielleicht hatte er schon jemanden umgebracht, Vincent Kern zum Beispiel? Ob das jemand in den umliegenden Häusern mitbekommen würde? Lag hinter den Gardinen ein gelangweilter Rentner auf der Lauer, der nur auf eine Gelegenheit wartete, die Polizei zu alarmieren? Nicht auszuschließen, aber auch nicht gerade wahrscheinlich.

Instinktiv trat Katrin ein paar Schritte vom Gebäude weg, hin zur Hauptstraße. Am sichersten wäre es, bei einem Angriff einfach armewedelnd auf die Straße zu springen und zu hoffen, dass zeitnah ein Auto vorbeiführe.

Gerade als sich bei Katrin Zweifel an ihrem Plan häuften, surrte ihr Smartphone.

Maggie hatte ihr eine Nachricht geschickt:

Schwarzer Daimler, ES-KB 4310, bärtiger Glatzkopf hinterm Steuer. Christine, falls sie es ist, auf dem Weg Richtung Sparkasse. Hellblaue Jeans, grauer Pulli, Zigarette. Woher hast du gewusst, dass sie hier parken?

Katrin drehte sich um, da kam die Frau auch schon in ihr Blickfeld. Für den Bruchteil einer Sekunde zögerte sie, die angezündete Zigarette zu den Lippen zu führen. Da wusste Katrin, dass sich Maggie nicht geirrt hatte.

Ihr Plan war aufgegangen. Die Miezekatze kam allein zu Fuß und hatte ihren Leibwächter vor dem Gasthof zurückgelassen, wo man in der Mittagszeit sein Auto unauffällig abstellen und darin sitzen bleiben konnte. In kleinen Orten, wo jeder jeden kannte, musste man mit verbrecherischen Absichten besonders vorsichtig sein. Dass sich das Kätzle in der Provinz nie hatte erwischen lassen, sprach für seine Vorsicht. So hatte es auch Katrin in Berlin gehalten, bis zum unheilvollen Zusammentreffen mit ihrem Stalker.

Die Zeit als Berufsverbrecherin hatte allerdings Spuren bei der Miezekatze hinterlassen, die ihr selbst vermutlich nicht bewusst waren. Sie zog die Schultern nach oben, und ihr Blick huschte rastlos umher. Ihre Erscheinung war blass und durchschnittlich, was Sinn ergab, denn sie wollte möglichen Zeugen nichts geben, woran sie sich erinnern konnten. Was war das für ein langweiliges Betrügerleben? Die Strapazen auf sich zu nehmen, die Leute einzuwickeln, damit man einem von zehn oder vielleicht auch zwanzig ein bisschen Geld abknöpfen konnte, nur um dann herumzulaufen wie eine verhuschte Straßenkatze, die keiner in sein Haus lassen würde? Sie konnte einem fast leidtun.

Da hatte sich Katrin doch besser mit ihrem Beruf arrangiert. Sie zog einen Taschenspiegel aus ihrer Chaneltasche, senkte die dunkel im Stil von Brigitte Bardot geschminkten Augen und zog ihre Lippen nach. Als sie den Spiegel zuklappte, war das Kätzle fast bei ihr. Katrin fuhr sich wie selbstvergessen durch das üppige, blond gefärbte Haar. Jetzt durfte sie nicht die Ruhe verlieren.

»Also, was willst du?«, raunzte die Miezekatze statt einer Begrüßung.

»Hallo, Christine, harten Tag gehabt, was? Das kenne ich. Lass uns doch ein bisschen spazieren gehen, ja?« Statt eine Antwort abzuwarten, schlenderte sie den Fußweg entlang in entgegengesetzter Richtung vom Gasthof. Die andere blieb wie angewurzelt stehen.

Jetzt nicht die Nerven verlieren, redete sich Katrin gut zu. Mit schwingenden Hüften setzte sie ihren Spaziergang fort. Ein paar Momente tat sich nichts, und sie sah sich schon allein die Alb hinaufstöckeln. Da hörte sie ein paar abgewetzte Sneaker hinter sich auf den Gehsteig patschen. Katrins Ellenbogen wurde nach hinten gerissen.

»Keine Spielchen, verstanden? Du bist genauso wenig hier, um einen Spaziergang zu machen, wie ich.«

»Oh«, machte Katrin und hielt die freie Hand hinters Ohr. »Höre ich da eine Sirene?«

Christine löste ihren Griff und lauschte angestrengt, wobei ihr Blick die Straße rauf und runter glitt.

»Wohl doch nicht. Ist eine Berufskrankheit, dass man dauernd eine Polizeisirene im Ohr hat, so wie Tinnitus bei Managern. Kennst du sicher …«

»Schwätz kein dummes Zeug. Sag mir, was du willst, oder das war's!«

Katrin wusste nicht, ob das eine Drohung war oder das Eingeständnis einer Niederlage seitens ihrer Gegnerin. »Eine Zigarette, bitte. Wenn du schon fragst.«

Christine starrte sie wütend an.

»Du hast doch bestimmt welche, oder? Ich habe auch was für dich.« Demonstrativ kramte sie erneut in ihrer Chaneltasche und zog die beschrifteten Blätter heraus. Christine sah sie erstaunt an, zog aber mit verkniffenem Gesicht ihre Packung hervor und hielt sie Katrin hin.

»Blaue Gauloises, super. Hast du auch Feuer?«

Christine steckte sich ebenfalls eine Zigarette zwischen die Lippen, bevor sie ihr Feuerzeug aufschnappen ließ.

Katrin reichte ihr das oberste Blatt.

»Was ist das?«

»Lies!«

Christine ließ ihr Gegenüber und die Umgebung nicht aus

den Augen, während sie die Seite überflog. »›Ingo Driesel, 43, gut aussehend, Muttersöhnchen, Single. Inhaber eines Schlüsseldienstimperiums in Berlin und Brandenburg. Zweigt Geld aus Einnahmen ab, heimliche Ferienwohnung auf Sylt, von der Mutti nichts weiß, leicht durch Bestätigung zu manipulieren. Einsam und geltungsbedürftig. Blondinen bevorzugt, anzutreffen in Rooftop-Bar im Grand Hyatt ...‹ Was soll das?«

»Nur ein Angebot. Ich habe noch mehr.«

»Und was soll ich damit?«

Katrin nahm genussvoll einen Zug und stieß langsam den Rauch aus. »Der gute Vincent ist ja nicht mehr da für heiße Tipps, oder? Ich dachte, vielleicht kann ich dir damit einen Gefallen tun.«

»Warum willst du mir einen Gefallen tun?«

»Dreiundzwanzigtausendneunhundert Dollar«, seufzte Katrin und schlenderte weiter. Die schöne Zigarette war schon zur Hälfte aufgeraucht.

Die Miezekatze warf ihre Kippe auf die Straße und machte sich bereit, die Krallen auszufahren.

»Dreiundzwanzigtausendneunhundert Dollar war das meiste, was ich an einem Tag aus einem meiner Männeropfer herausgequetscht habe.«

»Warum erzählst du mir das?«, tat Christine verächtlich, aber Katrin merkte, dass sie ihr Gegenüber an der Angel hatte. Das Kätzchen hatte den Spaß am Betrügen längst verloren. Der Nervenkitzel machte nicht mehr, dass sie sich lebendig fühlte, sondern fraß sie von innen auf. Geld war das Einzige, das ihr noch etwas bedeutete.

»Ein wundervolles Armband und Ohrringe von Tiffany's in New York. Wenn man es genau nimmt, waren es dreiundzwanzigtausendneunhundert Dollar plus Spesen. Die Reisekosten hat der Typ selbstverständlich übernommen.«

»Selbstverständlich.«

»Damals dachte ich noch, es wird immer besser. Aber, nein,

das war der Höhepunkt.«Katrin warf ihre Zigarette auf den Fußweg und trat sie aus.»Der Schmuck war jedenfalls eine schöne Erinnerung an New York. Warst du schon mal dort?« 's Kätzle schüttelte unwirsch den Kopf.

»An den Typen erinnere ich mich nicht gern, vor dem musste ich mich in Acht nehmen. Wie hieß er gleich noch mal … Ist auch egal. Irgendwann hatte ich eine Flaute, und ich musste den Schmuck verkaufen.«

Christine nickte kaum merklich.

»Hab nicht mal fünfzehntausend Euro dafür gekriegt, aber so ist das nun mal.«

's Kätzle hielt ihr erneut die Zigarettenpackung hin.»Dein Täschchen hast du auch von so einem Typen bekommen?« Sie deutete auf Katrins Chaneltasche.

»Designertaschen sind eine gute Investition, weißt du? Die meisten benutze ich nicht. Außer dieser hier. Wenn man so hart arbeitet wie wir, will man die Früchte seiner Arbeit ab und zu genießen.«

Wieder ein Nicken, aber das Kätzchen sah nicht aus, als hätte es oft Sahne zum Schlecken bekommen.»Und warum willst du deine Kontakte an mich abtreten?«

Katrin hielt ihr die rechte Hand hin, deren Ringfinger Maggies Ehering schmückte.»Seit ein paar Wochen gibt's für mich nur noch einen Mann. Für alle anderen habe ich keine Verwendung mehr. Leider habe ich keine Tochter, die mein Business weiterführt.«

»Zu dumm.«

»Nicht wahr? Aber wenn es schon nicht in der Familie bleibt, möchte ich es wenigstens an jemanden verkaufen, der etwas damit anfangen kann.«

»Ach ja? An wen denn?«

Katrin sah sie vielsagend an.

»Wie kommst du auf die Idee, ich würde auch nur einen Cent für deine Blätter bezahlen?«

»Achttausend Euro, und sie gehören dir.«

»Ganz schön viel für ein paar Seiten, von denen ich nicht mal weiß, was sie am Ende wert sind.«

»Als kleinen Bonus verrate ich euch nicht an die Polizei.«

»Uns? Du meinst wohl den Jungen? Verrat ihn! Einen wie ihn finden wir jeden Tag.«

»›ES-KB 4310‹. Ist das dein schwarzer Daimler, oder gehört er Mirko?«

Die Miezekatze sträubte sich, aber Katrin zückte ihr Smartphone und fuhr unbeirrt fort. »Ein Anruf bei der Polizei … Wenn ihr Pech habt, erwarten sie euch in Weilheim. Dort ist die Polizeipräsenz seit ein paar Tagen enorm hoch, das hast du sicher in der Zeitung gelesen. Wie schnell könnt ihr das Auto loswerden, falls sie euch nicht erwischen? Und überhaupt, was fangt ihr jetzt ohne euren toten Informanten an?«

Christine rührte sich nicht.

»Wäre sicher ein Feiertag für die Bullen, wenn sie nicht nur eine Bande Trickbetrüger ausheben, sondern auch den Mörder von dem Zeitungsfritzen aus Kirchheim hinter Gitter bringen.«

»Damit haben wir nichts zu tun!«

Katrin ging nicht darauf ein. »Wir gehen jetzt zurück. Bis wir beim Geldautomaten angekommen sind, hast du dir überlegt, ob du hier vor der Polizei davonlaufen oder in Berlin neu anfangen willst. Deine Entscheidung! Und keine krummen Dinger mit Mirko. Ich bin nämlich auch nicht allein hier.«

✳✳✳

»Siebentausendachthundert, siebentausendneunhundert, achttausend!« Triumphierend klatschte Maggie den letzten Hunderter auf den prächtigen Stapel grüner Scheine. »Ich kann nicht glauben, dass du denen das Geld abgeluchst hast.«

Verena blickte sie bewundernd über ihren Schreibtisch hinweg an. »Du hast dich mit einer Bande Berufsbetrüger angelegt?«

»Wir. Maggie und Gertrude waren auch dabei.«

»Ich habe im Auto gewartet. Nicht sehr heldenhaft.«

»Trotz aller Vorsicht haben sie nicht bemerkt, dass du sie beobachtet hast. Deine Infos waren Gold wert.« Katrin war in großmütiger Stimmung. Der Tag war ereignisreich gewesen, stressig und sogar gefährlich – alles in allem einfach großartig! Außerdem hatte sie das Gefühl, heute etwas gutgemacht zu haben. Als ob das kleine Vermögen, das sie ihren Männeropfern in fast zwanzig Jahren abgeluchst hatte, nun etwas weniger auf ihrem Gewissen wog.

Sie sammelte die Hunderter ein und steckte sie in einen Umschlag, den Verena bereitgelegt hatte. »Mit besten Grüßen an Elli und viel Spaß bei ihrer Tochter in Brasilien!«

»Das kannst du ihr demnächst selbst ausrichten.« Maggie erhob sich und schob den Umschlag in ihre Tasche. »Du kommst doch zu unsrem Mai-Hock, oder?«

»Äh ...«

»Wir machen Bätscher mit Zwiebeln und Speck, dafür kommen die Leute extra zu uns«, erklärte Verena. »Wir würden uns freuen, wenn du unser Ehrengast bist.«

»Dann sollten wir uns beim Sport richtig anstrengen«, meinte Katrin, um ihre Rührung zu überspielen.

Verena schaute erschrocken auf ihre Uhr und sprang auf. Heute stand wieder Gymnastik auf dem Programm. »Ja, richtig! Das hatte ich in der Aufregung beinahe vergessen. Wir wollen Eva nicht warten lassen.«

Sie schafften es gerade noch rechtzeitig, und Katrin bemerkte erst, dass sie ihre Leggings falsch herum anhatte, als sie mit dem Aufwärmen fast fertig waren. Um nicht an ihr desaströses Äußeres denken zu müssen, rekapitulierte sie, was sie am heutigen Tag über Vincent Kern erfahren hatte. Was nicht ganz einfach war, denn Eva ließ sie mit dem Stepper trainieren, und Katrin war bald außer Atem.

Wenn es stimmte, was ihnen der junge Tim erzählt hatte, dann war Kern gar nicht der Saubermann gewesen, den er die ganze Zeit gespielt hatte. Stattdessen hatte er seine Funktion als Chefredakteur bei seiner eigenen Zeitung ausgenutzt, um ahnungslose Senioren auszufragen und ihre Geschichten, ihre bescheidenen Wünsche und kleinen Sorgen an eine Betrügerbande zu verkaufen. Da musste sich Katrin fragen, was er noch auf dem Kerbholz hatte.

Sie wischte sich den Schweiß von der Stirn und hielt sich die Hüfte. Nur zu dumm, dass sie mit ihrem Wissen nicht zur Polizei gehen konnte. Erstens war die Miezekatze auf Katrins Forderungen eingegangen, und auch zwischen Betrügern gab es so etwas wie Ehre. Zweitens würde es die Aufmerksamkeit der Polizei wieder hin zu den Landfrauen lenken, wenn herauskam, dass Elli wegen Vincent Kern zum Opfer eines Betrugs geworden war. Und das war genau das Gegenteil von dem, was sie wollten. Und drittens – da musste sie sich eingestehen, nicht ganz uneigennützig zu sein – wollte sie selbst nicht in den Fokus der Polizei geraten.

Nein, dieser Kern hatte sicher Feinde gehabt wie Sand am Meer. Wenn er sich nicht zu schade gewesen war, die Informationen hilfloser Senioren zu verhökern, dann hatte er sicher noch mehr Dreck am Stecken.

»Autsch!«, entfuhr es Katrin. Vor lauter Grübeln hatte ihr linker Fuß den Stepper verfehlt und war umgeknickt. Eva war schon auf dem Weg, aber sie winkte ab und humpelte nach draußen.

»Brauchst du Hilfe?« Verena war neben ihr aufgetaucht.

»Hier kommt jede Hilfe zu spät. Sport ist Mord.«

»Apropos. Ich habe mir ein paar Gedanken gemacht. Wenn Herr Kern mit Betrügern zusammengearbeitet hat, dann war er vielleicht noch in andere zwielichtige Geschäfte verwickelt. Mit den Sülzles zum Beispiel. Erinnerst du dich, dass sie nach etwas suchen, das Herr Kern angeblich versteckt hat?«

»Vielleicht sollte ich mich noch mal mit seiner Sekretärin unterhalten. Wenn uns jemand einen Tipp geben kann, dann sie.«

»Eher Linda, seine Redakteurin.«

»Meinst du, sie weiß mehr?«

»Ich glaube, sie hat ihn vielleicht schon vor allen anderen durchschaut. Sie hat Fotos von uns gemacht, als Herr Kern unseren Verein für sein Blatt interviewt hat. Damals hatte ich den Eindruck, dass sie sehr distanziert ihm gegenüber war. Ich hatte natürlich gedacht, dass sie vielleicht kein sehr zugänglicher Mensch ist. Aber nach dem, was du heute herausgefunden hast …«

Anscheinend war die Redakteurin dem Chef nicht so zugetan gewesen wie die Sekretärin. »Hast du ihre Nummer?«

Verena nickte. Auf ihrem Gesicht machte sich ein nachdenklicher Ausdruck breit.

»Meinst du, sie redet nicht mit uns?«

»Doch, bestimmt. Es ist nur … Da ist noch etwas anderes. Elli ist vielleicht nicht die einzige von uns Landfrauen, die schlecht auf Vincent Kern zu sprechen ist. Nicht, dass ich denke, dass eine von uns ihn umgebracht hat, aber … du solltest es vielleicht wissen.«

Mittlerweile waren sie in der Umkleide angekommen. Katrin ließ sich auf die Holzbank vor ihrem Spind sinken und massierte sich den Knöchel, während sie darauf warteten, dass die anwesenden Frauen sich zu ihrem Kurs aufmachten.

»Was sollte ich wissen?«, flüsterte Katrin, als sie allein waren.

»Während des Interviews waren alle Landfrauen anwesend. Christl war die ganze Zeit komisch und hat Herrn Kern bös angeschaut. Ich dachte erst, es passt ihr nicht, dass er Maggie in den Mittelpunkt gestellt hat. Maggie ist wirklich ein Hingucker und sorgt immer für gute Laune. Wir schicken sie meistens vor, wenn wir irgendwelche Veranstaltungen haben. Vor Publikum zu reden, liegt ihr im Blut. Jedenfalls habe ich zufällig mitgehört, wie Christl zu Anita gemeint hat, am liebsten würde sie Vincent Kern umbringen.«

»Weil sie eifersüchtig auf Maggie ist?«

»Nein. Da muss es noch etwas anderes geben. Sie war richtig verbittert. Aber ich glaube nicht, dass sie ihn wirklich umgebracht hat. Ich wollte nur nicht, dass du es vielleicht auf anderem Wege herausfindest.«

Statt sich zu lockern, schien sich das Netz immer enger um den Landfrauenverein zu ziehen. »Zu viele Wege führen von Vincent Kern zu euch Landfrauen. Wir brauchen dringend andere Verdächtige von außerhalb. Kannst du diese Linda gleich anrufen?«

»Sicher. Ich kann noch jemand anderen um Hilfe bitten.« Verena zappelte unruhig, als würde ihr der eigene Gedanke nicht behagen.

Katrin blickte sie gespannt an.

»Wenn Herr Kern seine Zeitung dazu benutzt hat, Betrügern in die Hände zu spielen, dann hat er das Geschäftliche vielleicht generell ein bisschen ausgereizt, wenn du verstehst, was ich meine.«

»Sicher. Der Gedanke ist mir auch schon gekommen.«

»Vielleicht hat er Steuern hinterzogen oder das Finanzamt betrogen ...«

Katrin ahnte, worauf sie hinauswollte.

»Klaus-Dieter war in den letzten Tagen öfter im Verein, weil er meinte, uns beistehen zu müssen. Ich bin ihm aus dem Weg gegangen. Er hat sich sehr nett um alles gekümmert, aber ich wollte nicht, dass er sich falsche Hoffnungen macht und mich noch einmal einlädt. Das ist ein bisschen gemein, ich weiß ...«

»Überhaupt nicht.«

»Ich will ihn nicht ausnutzen. Aber ich glaube, dass er uns helfen kann. Er war früher beim Finanzamt, und vielleicht kann er dort nachhaken, ob Vincent Kern irgendwie auffällig geworden ist. Das ist ein bisschen weit hergeholt, aber einen Versuch wäre es doch wert, oder?«

»Eine gute Idee!« Katrin hatte zwar nicht allzu große Hoffnungen, auf diesem Wege etwas herauszufinden, aber die Verdächtigen standen nicht unbedingt Schlange.

»Ich bin schon ziemlich verschlagen, was?«

Katrin lachte laut auf. »Also, wenn du das ›verschlagen‹ nennst! Ich habe auch eine Idee. Wie wäre es, wenn wir Klaus-Dieter mit jemand anderem aus dem Verein verkuppeln? Dann kannst du dir seine Fähigkeiten als Buchhalter vollumfänglich zunutze machen, ohne ein schlechtes Gewissen zu haben, wenn du dafür nicht mit ihm ausgehst.«

»Daran hatte ich noch gar nicht gedacht. Hast du schon jemanden im Auge?«

»Ich sehe mir deine Mädels auf dem Mai-Hock an. Klaus-Dieter ist doch sicher auch da, oder?«

»Das lässt er sich nicht entgehen.«

»Ich mir auch nicht.« Katrin lächelte zufrieden. Sie war sich sicher, dass Maggie mit den Geschehnissen des heutigen Tages nicht hinterm Berg halten würde. Tue Gutes und sprich darüber.

Die Einzige, die nicht sprechen durfte, war die Miezekatze. Katrin war zwar als Gewinnerin aus dem Duell der Betrügerinnen hervorgegangen, aber sie hatte sich dabei zu erkennen gegeben. Sie konnte nur darauf hoffen, dass Christine das hiesige Pflaster zu heiß geworden war und sie auf Nimmerwiedersehen verschwand.

Das gefiel ihr nicht.

Sie wissen nicht einmal meinen Namen, beruhigte sich Katrin. Aber Weilheim war nun einmal nicht Berlin. Wenn das Kätzchen und ihr Bodyguard sie finden sollten …

Alte Akten

Franke klappte die graue Akte aus dem Betrugsdezernat zu und streckte sich gähnend. Es war schon Viertel nach elf. Die Nacht durchzuarbeiten wurde von Jahr zu Jahr schwerer, und das nicht nur, weil er an seinem Dreißigsten allen Energydrinks abgeschworen hatte. Ihm war nach einer heißen Dusche und einem Kaffee mit viel Milch.

Zumindest Letzteres erfüllte sich. Demetrios tauchte neben ihm auf wie der Geist aus der Flasche und stellte ihm einen Pott Milchkaffee hin.

»Danke, Stefanos. Was machst du so spät hier?«

»Meine Frau bleibt länger im Architekturbüro, um ein Projekt abzuschließen, und sie fährt nicht gern im Dunkeln. Ihr Chef würde ihr zwar das Taxi bezahlen, aber mir ist lieber, sie kommt mit mir.«

Franke nickte anerkennend. So viel Ritterlichkeit hätte er dem Kollegen nicht zugetraut. Aber der erzählte auch nicht oft aus seinem Privatleben.

»Und selbst?«

Franke murmelte etwas von »Fall abschließen« und »sowieso nicht schlafen können«. Er hatte keine Lust, über Silke und ihren neuen Freund zu reden, schon gar nicht mit einem Kollegen.

»Gute Arbeit übrigens«, lobte er und wies auf die Akte.

Der Kollege Demetrios hatte sich mit den Ermittlern im Betrugsdezernat ausgetauscht. Diese hatten Ende der Neunziger Bekanntschaft mit Vincent Kern gemacht. Demetrios hatte also gleich den richtigen Riecher gehabt. Es hatte etwa ein halbes Dutzend Anzeigen wegen Kerns Investmentgeschäft gegeben, angebliche Ferienwohnungen an der kroatischen Adria, aber man hatte ihn deswegen nicht strafrechtlich verfolgt.

Vorher hatte er es mit einem Reisebusunternehmen für Klassenfahrten und Ferien für Jugendliche sowie einer Modelagentur versucht. Nach fehlgeschlagenen Investmentgeschäften war er Business-Coach gewesen, was Franke ironisch fand, aber er war nicht noch einmal auffällig geworden. Das musste nichts heißen – vielleicht hatte er dazugelernt oder war vorsichtiger geworden. Sein Anzeigenblatt »FünfzigPLUS« hatte er sieben Jahre lang bis zu seiner Ermordung betrieben.

»Von Modelscout über Investmentmanager zum Seniorenversteher?«

»Passt nicht so recht zu Kerns Saubermann-Image, oder?«, erklärte Demetrios in seinem gewohnt langsamen Tonfall. Mitten in der Nacht arbeitete Frankes Gehirn auch nicht besonders schnell.

»Das Image ist in Rauch aufgegangen. Schlechter Wortwitz meinerseits.«

»Den Business-Coach zu mimen, nachdem dich die Polizei wegen deiner unsauberen Geschäfte verhört hat, war schon ein starkes Stück.«

»Vielleicht haben ihn die Kollegen damals nicht als Betrüger überführt, aber eine Modelagentur und ein Investmentgeschäft klingt windig.«

Demetrios' Handy klingelte, und er verabschiedete sich, um seine Frau abzuholen.

Es wäre vernünftiger, hier Schluss zu machen und wenigstens ein paar Stunden zu schlafen, dachte Franke. Unschlüssig rieb er sich den müden Nacken und dachte über die gerade gelesene Akte nach.

Allmählich wanderten seine Gedanken jedoch zu Silke und ihrem Sportlehrer. Überhaupt schlug er sich nur deshalb die Nacht im Büro um die Ohren, um zu verdrängen, dass sich seine Freundin als Betrügerin entpuppt hatte. Hätte er es kommen sehen müssen? Er hatte sie wegen seiner Arbeit, aber auch wegen Tabea oft versetzen müssen. Ja, er hatte sie seiner Tochter noch nicht einmal vorgestellt. Aus einer Ahnung heraus? Ob Silke sich deswegen Gedanken gemacht hatte?

Keine Frau wollte immer nur an dritter Stelle kommen, das war ihm klar. Doch sie hatte nie Anstoß daran genommen, oder hatte er es bloß nicht bemerkt? Es nicht merken wollen? Es hätte ihn nicht überrascht, wenn sie sich deswegen von ihm getrennt hätte, das ging vielen Kolleginnen und Kollegen so. Aber dass sie ihn betrogen hatte, gab ihm das Gefühl, sie nie wirklich gekannt zu haben. Und das versetzte nicht nur ihm persönlich einen Stich, sondern nagte auch an seiner Berufsehre. Deshalb saß er nun hier und war fest entschlossen, den Fall zu knacken und Vincent Kerns Mörder zu finden.

Wenn Kern gar kein Saubermann gewesen war, musste er es sich über die Jahre mit unzähligen Menschen verscherzt haben, beruflich wie privat. Unter allen Verbrechern fielen Betrüger in eine ganz spezielle Kategorie. Sie gingen planvoll vor und erschlichen sich das Vertrauen ihrer Opfer. Je größer das Vertrauen, desto mehr Gewinn konnten sie machen. Sie waren geschickt im Lügen, das irgendwann zur Gewohnheit und letztlich zu ihrem Charakter wurde. Betrüger, ob blonde Ex-Freundinnen oder Möchtegern-Investmentmanager, änderten sich nicht.

Er warf einen Blick auf sein Handy. Mehrere Anrufe und Nachrichten von Silke, die er allesamt ignorierte. Jede Erklärung war überflüssig.

Er steckte das Handy in seinen Rucksack und klickte auf eine E-Mail von Constanze Schiller. Unter Kerns Unterlagen hatten sich Gutachten sowie Echtheitszertifikate für Antiquitäten und Kunstgegenstände befunden. Daraufhin hatte sich die Kollegin nochmals im Haus und in den Redaktionsräumen umgesehen – und keinen der beschriebenen Gegenstände gefunden.

»Das ist mal interessant.«

Auch Schiller war dies höchst verdächtig vorgekommen.

Hatte Kern seine Hände etwa in Antiquitätengeschäften gehabt? Sie hatte bereits mit der betreffenden Abteilung beim Landeskriminalamt Kontakt aufgenommen, um festzustellen, ob die Kunstgegenstände oder Antiquitäten als vermisst oder gestohlen gemeldet waren. Bisher hatte sie noch keine positive Rückmeldung. Das war seltsam. Warum bewahrte Vincent Kern diese Dinge nicht bei sich auf, wenn sie nicht gestohlen waren? In ihrem Bericht gab es auch den Vermerk, dass Vincent Kerns Eltern einen Antiquitätenhandel betrieben hatten, der aber nach dem Tod des Vaters aufgelöst worden war. Die Kollegin war an der Sache dran, und Franke war sich sicher, dass sie keine Ruhe geben würde, bis sie den letzten Gegenstand aufgespürt hatte.

Es war ein Uhr vierunddreißig. Er würde sich noch den Bericht des Kollegen Kronmüller ansehen, aber spätesten um zwei Uhr war Schluss. Kronmüller hatte sich unter anderem mit dem Finanzamt in Verbindung gesetzt, seinen Bericht auf die gute altmodische Art ausgedruckt und mit Verweisen versehen in einer Mappe auf Frankes Tisch gelegt.

»FünfzigPLUS« war jedes Jahr vom Finanzamt überprüft worden. Äußerst ungewöhnlich. Witterten sie dort etwa Unregelmäßigkeiten? Er las die Namen der Prüfer, deren Berichte Kronmüller als Kopie beigelegt hatte. Es war immer ein anderer, also kein kleinlicher Feldzug eines einzelnen Finanzbeamten, nur weil Kern vor zwölf Jahren die Steuererklärung drei Tage zu spät eingereicht hatte.

Kerns Redaktion und das zuständige Finanzamt befanden sich beide in Kirchheim. Hatten sie irgendetwas mitbekommen? Hatte jemand Kern angeschwärzt? Das war denkbar. Aber warum hatten sie nicht aufgegeben, nachdem sich Kern als sauber erwiesen hatte? Waren die Beamten dort an irgendetwas dran? Das wollte er persönlich beim Finanzamt in Kirchheim in Erfahrung bringen und setzte es auf seine To-do-Liste für den morgigen Tag.

Zehn vor zwei. Er stand auf, streckte sich und ging in den

Raum, in dem sich die Soko »Holzofen« traf. Am Whiteboard hatten die Kollegen neue Informationen visualisiert. Unter dem Zeitungsfoto der Landfrauen hing nun das Schwarz-Weiß-Foto einer Blondine. Das nüchterne Ausweisfoto offenbarte ein fein geschnittenes Gesicht, das an die junge Catherine Deneuve erinnerte. Sie warf dem Fotografen einen trotzigen Blick zu. Eine Augenbraue schien sich zweifelnd unter ihren fedrigen Pony schieben zu wollen, und die aufwärtsgeschwungenen Mundwinkel kräuselten sich ironisch. Ihrem ganzen Ausdruck haftete etwas Herausforderndes an.

Hältst du dich etwa nicht gern an Regeln, Katrin Schimmelpfennig aus Berlin? Warum hatte sie ihr Leben in der Hauptstadt aufgegeben, um in der schwäbischen Provinz Brötchen beim Bio-Bäcker zu verkaufen? Angeblich hatte sie in Berlin als Fußpflegerin gearbeitet. Franke versuchte, keine Vorurteile zu haben, aber beim Hornhautraspeln und Zehennägelschneiden konnte er sie sich wirklich nicht vorstellen. Ebenso sah er sie nicht mit den Landfrauen Schneckennudeln backen und Butter stampfen. Aber das Bundeszentralregister bescheinigte ihr eine blütenreine Weste, und es gab keinen Grund, sie als Verdächtige im Mordfall Kern zu betrachten, nun, da ihre Identität geklärt war. Vielleicht war sie nur zur falschen Zeit am falschen Ort gewesen?

Er wandte den Blick von ihren laut Ausweisinfo blauen Augen ab und überflog das Whiteboard. Erneut studierte er die Liste mit Verdächtigen. Verena Gross stand ganz oben und war weiterhin diejenige mit dem schwächsten Alibi, jedoch noch immer ohne Motiv. Aus den Befragungsprotokollen seiner Kollegen hatte er entnehmen können, dass ihr niemand einen Mord zutraute. Im Gegenteil, jede der Befragten hatte das entrüstet zurückgewiesen. Alle priesen ihren guten Charakter und nahmen sie in Schutz.

Er ließ den Blick die Namensliste entlanggleiten und hielt inne. Mit einem Ruck riss er das Blatt mit Verdächtigen unter dem Magneten hervor, spurtete zu seinem Schreibtisch zurück und schlug die Akte mit Demetrios' Ermittlungsergebnissen auf. Wo war nur die Seite mit Personen, die durch Kerns Investmentgeschäft geschädigt worden waren? Mittlerweile war er so müde, dass die Buchstaben vor seinen Augen verschwammen. Seite um Seite glitt durch seine Hände. Da! Endlich hatte er die Namensliste gefunden, nachdem er sie zweimal überblättert hatte. »Christoph König«, stand dort, ein Name unter vielen. Er legte die Liste mit Verdächtigen daneben und nickte. »Christl Häberle, geb. König«, prangte ihm entgegen. Er hätte auf der Stelle seinen Dienstausweis verwettet, dass die beiden verwandt waren. Das Finanzamt würde warten müssen. Frau Häberle war in der Liste der Verdächtigen ganz nach oben gerutscht.

Nenn mich Vin, dann sparst du dir 'nen Cent!

Brötchen aufbacken, auslegen und verkaufen fiel Katrin mittlerweile genauso leicht wie früher das Anflirten, Einwickeln und Ausnehmen ihrer Männeropfer. Ja, das alles war furchtbar früh am Morgen, aber es gab wirklich Schlimmeres, als nacheinander Leute in einer Wolke aus Brötchen- und Kaffeeduft zu bedienen.

Mit einem Agrarökonomen anzubandeln, zum Beispiel. Katrin rümpfte die Nase, als sie an die zwei Wochen mit Joseph Kleinschmager, Opfer Nummer 47, zurückdachte. Er war zu einer internationalen Konferenz über moderne Massentierhaltung nach Berlin gekommen. Nach den Vorträgen hatte Katrin bereits in der Hotelbar auf der Lauer gelegen und die Teilnehmer nach Dicke der Brieftasche sortiert. Joseph hatte zwar nicht die dickste gehabt, aber das Geld verließ seine Brieftasche, ohne dass sie ihn dazu auffordern musste. Und Geld in der Hand war für eine Trickbetrügerin immer besser als Geld auf einem weit entfernten Bankkonto.

Der Nachteil war, dass Joseph immer nach Schweinestall gerochen hatte, und einmal hatte er Katrin sogar in einen mitgenommen. Was sie ihm abgeluchst hatte, war den Gestank, das Grunzen und Quieken und ihre ruinierten Prada-Pumps letztlich nicht wert gewesen.

Mit so einem für Geld anbandeln, das könnte ich heute nicht mehr, dachte Katrin, während sie ein Blech mit frischen Laugenzöpfen aus dem Ofen holte. Dann lieber beim Scholderbeck schuften. Darin war sie inzwischen recht gut, das musste sogar ihre griesgrämige Kollegin Johanna zugeben, mit der sie heute Morgen die Theke teilte. Ein Lob kam der plumpen Frau mit den ausgeprägten Hängebacken aber nicht über die Lippen. Ein bisschen Rouge hätte bei ihr Wunder gewirkt, aber Katrin hielt sich Johanna gegenüber mit Tipps zurück, denn sie war sich sicher, dass diese verschwendet waren. Wo kam sie außerdem hin, wenn sie ihre Beratung weiterhin kostenlos abhielte? Dann würde sie nie ihr eigenes Business eröffnen, so altruistisch war sie nun auch wieder nicht.

»Guten Morgen, Katrin.«

»Guten Morgen! Was darf's sein?«, erwiderte sie aus einem Reflex heraus.

Sie erblickte Verena auf der anderen Seite der Theke und ließ die letzten Brötchen in die Auslage gleiten. Neben Verena stand eine junge Frau, die ihr vage bekannt vorkam, aber Katrin konnte ihr Gesicht in aller Herrgottsfrühe nicht einordnen.

»Das ist Linda. Ich habe sie letztens angerufen. Erinnerst du dich?«

Katrin nickte. Tatsächlich hatte sie das Ganze schon längst wieder vergessen, weil sie in Gedanken ganz bei ihrem neuen Business war. Der kleine Darian half ihr, Flyer zu entwerfen, und Eva hatte sich bereit erklärt, diese in ihren Sportkursen zu verteilen. Katrin war sich nur nicht sicher, ob sie auf Typberatung, Lebenshilfe oder Datingcoach gehen sollte. Vielleicht eine Mischung aus allem?

»Hast du kurz Zeit?«, holte Verena sie aus ihren Tagträumereien zurück. »Ich habe Linda zum Frühstück eingeladen, damit sie uns ein paar Infos gibt, du weißt schon.«

»Sicher«, erwiderte Katrin und schielte zum Brotschneidegerät. Von dort aus warf Johanna ihr einen missbilligenden Blick zu.

»Wir bestellen erst mal«, sagte Verena, die den Blick ebenfalls bemerkt hatte. Katrin musste wieder einmal feststellen, dass ihrer neuen Bekanntschaft nichts entging.

Geschwind tippte sie die Bestellungen in die Kasse. »Setzt euch am besten ganz hinten hin, ich bin gleich da.« Mit routinierten Bewegungen butterte sie zwei Brezeln und ließ Kaffee aus der Maschine.

»Hier ist Selbstbedienung«, wurde sie von Johanna gescholten, als sie das Tablett zum Tisch der beiden trug.

»Weiß ich doch«, erwiderte Katrin mit einem reizenden Lächeln. Glücklicherweise klingelte das Glöckchen über der Tür, und die hereinkommende Kundschaft beschäftigte ihre Kollegin.

»Wir können uns leider nicht mit Small Talk aufhalten«, erklärte Katrin, als sie das Frühstück auf dem Tisch verteilte.

»Ich auch nicht. In einer Dreiviertelstunde muss ich zur Neueröffnung des Buchladens. Mein erster Artikel für den Teckboten.«

»Neuer Job? Gratuliere!«

»Nur ein Praktikum. Aber vielleicht wird eine freie Mitarbeiterschaft daraus. Was wollt ihr wissen?«

»Hatte dein Ex-Chef Feinde, und wenn ja, wer hat ihn deiner Meinung nach umgebracht?«, brachte es Verena in ihrer gewohnt nüchternen Weise auf den Punkt.

Katrin nahm sich vor, ihr bei Gelegenheit von ihren Businessplänen zu erzählen. Bestimmt konnte sie ein paar nützliche Einsichten beisteuern. Ein Gefühl der Zuneigung überkam sie, als sie Verena nun hochkonzentriert Lindas Antworten in sich aufnehmen sah. Natürlich war sie keine Eva Gscheidle, aber durchaus mehr als eine Bekannte. Sie hatten eine schwierige Situation zusammen gemeistert und wussten bestimmte Dinge voneinander. Katrin vielleicht etwas mehr über Verena als umgekehrt, aber trotzdem.

Linda erläuterte gerade, dass ihr Ex-Chef ein Radar zu haben schien, mit wem er sich gut stellen musste, um seine Fassade aufrechtzuerhalten, und wen er betrügen oder für seine Machenschaften einspannen konnte. »Sein Lieblingsspruch war: ›Nenn mich Vin, dann sparst du dir 'nen Cent.‹ Haha.«

»Witzig«, kommentierte Katrin trocken, nur Verena blickte verständnislos drein.

»Wegen ›Vin-Cent‹.«

»Aha. Ja, witzig.«

»Er wusste jedenfalls, wie er seine Zielgruppe um den Finger wickelt, mit seinen Ausflügen für Senioren, den Gewinnspielen und den Rubriken, in denen sie von ihrem liebsten Erinnerungsstück oder Ähnlichem berichten konnten. Eine Flut von Leserbriefen jedes Mal …«

Katrins Unterkiefer klappte herunter. Das war also eine weitere Masche von Vincent Kern gewesen, um Infos über die alten Herrschaften zu sammeln und sie dann an die Enkeltrickbande zu verkaufen. Chapeau! Man musste zähneknirschend sein betrügerisches Talent anerkennen. Sie erinnerte sich an den Artikel über den Uhrenliebhaber und musste zugeben, dass auch ihre Gedanken gleich dahin gegangen waren, den alten Sammler um den Finger zu wickeln und auszunehmen. Natürlich waren diese Zeiten vorbei, aber sie war Vincent Kern doch ähnlicher, als ihr lieb war.

Habe ich gerade noch mal die Kurve gekriegt?, fragte sie sich. Wäre ich auch irgendwann in einem Holzofen geendet oder als Schweinefutter oder verscharrt im Grunewald? Mit einem Kopfschütteln verscheuchte sie das Bild ihres leblosen Körpers im Dreck aus ihren Gedanken.

»… so hat er sich seine Leserschaft als Basis geschaffen, und für die Menschen ab fünfzig war er eine Art Autoritätsperson. Wenn er geschrieben hat: ›Geh zu dem Autohaus oder Pflegedienst und nicht zu dem‹, dann hat das etwas gegolten.«

»Verstehe, aber was ist mit seinen Feinden?«

»Mit der Entscheidung, welche Anzeigen wir aufnehmen, konnte er unsere Leser direkt beeinflussen. Ich glaube, er hat sich von einigen Firmen bestechen lassen, damit er nichts über die Konkurrenzunternehmen bringt.«

»Zum Beispiel von denen, die mit Haushaltsauflösungen zu tun haben?«

»Mit den Sülzles hatte er einen speziellen Deal …«

»Der war?«

»Er durfte sich in den Wohnungen der Verstorbenen umsehen. Herr Kern hatte Erfahrung mit wertvollen Antiquitäten, weil seine Eltern einen Antiquitätenhandel geführt haben. Jedenfalls hat er sich die besten Stücke herausgepickt.«

»Wäre nicht sowieso alles auf dem Müll gelandet?«

Linda zuckte mit den Schultern. »Er durfte sich die Sachen anschauen, bevor die Angehörigen die Wohnung zum Entrümpeln freigegeben haben, also ...« Sie steckte sich den Rest Brezel in den Mund.

»Klingt nicht so ganz legal.«

»Hatte er deshalb Ärger mit den Sülzles?«

»Ja, die wollten einen größeren Anteil an seinen Beutezügen. Gab mehrfach Beschwerden der Angehörigen.«

»Tja, das ist das Problem, wenn du dich auf halbseidene Deals einlässt.«

»Könnte einer von den Sülzles hinter seinem Tod stecken?«, fragte Verena eifrig.

»Kann schon sein. Dem jüngeren Sülzle würde ich nicht im Dunkeln begegnen wollen.«

Verena warf ihr einen Blick zu, der so viel bedeutete wie »Ich habe es ja gleich gesagt«.

Katrin hatte in Bezug auf die Sülzles trotzdem ihre Zweifel. »Hatte er noch mehr Feinde?«

»Bei Vincent Kern wusste man nie, wer Freund und Feind ist. Hat viele Leute übers Ohr gehauen, aber genauso viele um den Finger gewickelt.«

»Wie seine Sekretärin?«

»Renate war froh, dass er ihr den Job als Assistentin gegeben hat. Ist für ihn durchs Feuer gegangen.«

Katrin nickte. Eine loyale Sekretärin hatte einigen ihrer Männeropfer auf mehr als eine Weise den Rücken freigehalten. »Wie schätzt du ihn ein?«

»Schwer zu greifen. Ein menschliches Chamäleon. Bei den Landfrauen hat er auf charmanten Schwiegersohn gemacht, bei der Autohauskette auf Rennfahrer und beim Interview mit dem Wanderverein ist er in voller Wandermontur aufgetaucht. Ist sogar einmal auf Tour mit ihnen gegangen. Ganz sicher hat er seine GoreTex-Schuhe hinterher nie wieder angehabt.«

»Warum legt er sich beim Wanderverein so ins Zeug? Hat er sich irgendwas Besonderes von denen erhofft?« Die Frage schien die junge Frau zu überraschen. »Infos? Wie bei den Landfrauen? Keine Ahnung.«

»Warum hat er sich so viel Mühe gegeben, wenn er letztlich nichts von ihnen will?« Katrin fegte ein paar Krümel vom Nachbartisch, um ihrer Arbeit als Bäckereiangestellte Genüge zu tun.

»Er hat sich immer an die jeweilige Situation angepasst. Wahrscheinlich ist es ihm irgendwann in Fleisch und Blut übergegangen.«

Katrin unterdrückte ein Gähnen. Sie brauchte Ruhe und einen Kaffee, heiß und schwarz, um ihre Gedanken zu sortieren.

Es gab einen entscheidenden Unterschied zwischen ihr und Vincent Kern: Sie hatte mit Betrügereien ihren Lebensunterhalt verdient und sich bewusst Opfer gewählt, die auf der Durchreise waren. Nach spätestens zwei Wochen war sie wieder aus deren Leben verschwunden und hatte ihre Männeropfer mit leichterer Brieftasche und wundem Ego zurückgelassen. Ohne sie vollends zu ruinieren. Sie hatten sich gut amüsiert und, von ihrem Stalker mal abgesehen, die kleine Episode danach irgendwann vergessen.

Aber Vincent Kern war anders vorgegangen. Er hatte viel investiert, um sich in der Öffentlichkeit ein Image als Saubermann aufzubauen. Er hatte es in Kauf genommen, seinen Opfern im Alltag zu begegnen. War das alles ein Spiel für ihn gewesen? Hatte er es genossen, die Menschen einzuwickeln und glauben zu machen, er wäre ihr Freund?

»Ich glaube jedenfalls nicht, dass ihn jemand aus dem Wanderverein auf dem Gewissen hat. Dann eher die Leute vom Pflegedienst.«

Katrin horchte auf, denn ihr müdes Gehirn erinnerte sich dunkel an einen der Artikel in »FünfzigPLUS«.

»Die Anzeigen und meine Artikel liefen so gut, dass sie massenweise Zulauf bekommen haben. Das hat dann andere Pflegedienste auf den Plan gerufen, die auch bei uns inserieren wollten.«

»War sicher gut für eure Zeitung.«

Die junge Frau lachte bitter. »Wenn er einfach deren Anzeigen gebracht und das Geld dafür kassiert hätte, wären wir schneller aus den roten Zahlen herausgekommen.«

»Was hat er gemacht?«

»Seine übliche Masche. Damit er für niemanden sonst wirbt, hat er Bestechungsgeld von ›Pflege und Begleitung mit Beate‹ verlangt. Aber die haben nichts gezahlt, und Kern hat ihnen das übel genommen. Also hat er angefangen zu schnüffeln. Hat eine Umfrage gemacht, zu schlechten Erfahrungen unserer Leser mit Pflegediensten. Ich durfte die Leserbriefe für ihn vorsortieren. Mein Gott, was haben sich die Leute bei uns ausgekotzt. Aber manche haben auch wirklich ernste Dinge angeprangert, zum Beispiel, dass die Medikamentenvergabe bei Demenzkranken nicht überwacht oder der Kühlschrank nicht aufgeräumt und verschimmeltes Essen dringelassen wurde. Das kann schlimme gesundheitliche Folgen haben, wenn jemand alt und geschwächt ist. Außerdem hatten einige Patienten wohl blaue Flecken, vermutlich von Stürzen, aber man weiß ja nie … Aus seiner kleinen Umfrage hat sich jedenfalls herauskristallisiert, dass die bei ›Pflege und Begleitung mit Beate‹ wohl ziemlich schlampig arbeiteten und Leistungen abrechneten, die sie gar nicht erbracht hatten. Da hat Kern Blut geleckt. Wann immer er ein Auto des Pflegedienstes gesehen hat, hat er die Pflegekräfte ausgefragt und bei den Patienten geklingelt, wenn sie weg waren. Dabei hat er noch mehr herausgefunden und es schließlich mit Erpressung versucht und damit gedroht, den MDK auf den Pflegedienst zu hetzen.«

»MDK?«

»Den Medizinischen Dienst der Krankenkassen. Die überprüfen, ob du alle abgerechneten Leistungen auch erbringst. Durchforsten deine Unterlagen, gehen mit den Pflegekräften mit, und wenn sie dich einmal im Visier haben, lassen sie so schnell nicht locker.«

»Verstehe. Aber wäre es nicht einfacher gewesen, sich von einem anderen Pflegedienst bestechen zu lassen, damit er keine Anzeigen mehr von ›Pflege und Begleitung mit Beate‹ bringt, sondern andere?«

»Sicher. Aber Kern war ganz heiß darauf, sie fertigzumachen. Sie sind nicht auf seine Erpressung eingegangen, sondern haben einfach die Anzeigenabonnements gekündigt. Dachten vielleicht, sie haben so viele Patienten, dass ihnen nichts passieren kann, oder was weiß ich.«

»Aber hätte man das nicht auf jeden Fall melden müssen? Was ist, wenn die Leute ihre Medikamente nicht nehmen und krank werden oder sterben?« Verena war ehrlich schockiert.

»Kern hat gemeint, er übernimmt das, aber ich schätze, der MDK hat auch erst aus unserer Zeitung davon erfahren.«

»Auf jeden Fall ist es kein schlechtes Mordmotiv.«

»Schon, aber die ehemaligen Inhaber von ›Pflege und Begleitung mit Beate‹ sind jetzt in Brandenburg und haben dort einen neuen Pflegedienst aufgemacht. Ich glaube nicht, dass einer von ihnen zurückgekommen ist, um ihn umzubringen und in einen Ofen in Weilheim zu stecken.«

»Nein«, seufzte Verena enttäuscht.

Katrin war nun vollends überzeugt, dass es Kern um mehr gegangen war als um Geld. Bestimmt hatte er die Jagd nach Informationen genossen, das Wissen, sein Gegenüber ruinieren zu können, und das Gefühl der Macht über so viele Menschen. Macht über die gutgläubigen Senioren, die ihm ihre Lebensgeschichte anvertrauten, und die Firmen, die sich seine Gunst erkauften. Hatte er die Angst in den Augen seiner Opfer genossen, wenn sie seinen wahren Charakter erkannten? Hatte es ihm einen Kick gegeben, wenn er ihnen zufällig begegnete und sie verschreckt zusammenzuckten? Die Frage war: Welches seiner Opfer hatte sich schließlich an ihm gerächt?

»Hat er das auch bei anderen Firmen abgezogen?«

»Keine Ahnung. Das alles habe ich mir aus Bemerkungen von Kern, Frau Bächle und dem, was er geschrieben hat, zusammengereimt. Hab in seinem Büro geschnüffelt, aber nichts gefunden. Dafür war er zu clever.«

»Hast du das der Polizei erzählt?«, wollte Verena wissen.

Katrin bemerkte, dass ihre Hand an der Kaffeetasse leicht zitterte. Ihre Freundin sah plötzlich recht blass aus, oder lag das an der unvorteilhaften Beleuchtung?

»Nein, ich hatte keine richtigen Beweise. Wenn es etwas gibt, dann haben die es sicher längst gefunden. Sie haben alle Unterlagen aus dem Büro beschlagnahmt.«

»Entschuldigt mich kurz.« Katrin hörte auf, alibimäßig die Tische abzustauben, und eilte zur Theke, wo Johanna eine Käselaugenstange in eine Tüte stopfte.

Ohne ihr übliches Geplänkel und die kleinen Flirts bediente Katrin die Kunden im Akkord. Den letzten in der Schlange überließ sie Johanna und schnappte sich ein paar Behälter mit Kondensmilch. »Den Gästen fehlt Milch«, rief sie ihrer Kollegin zu und war wieder bei den beiden Frauen.

»Warum schreibst du nicht einen Artikel über Kern und seine Machenschaften? Vielleicht ist das deine Chance, bei der Lokalzeitung einzusteigen.«

»Ich will die Sache lieber vergessen.« Linda wirkte plötzlich müde. Mit eingezogenen Schultern umklammerte sie ihre Kaffeetasse, die fast leer war und keine Wärme mehr spendete.

Katrin steckte die Milchbehälter in ihre Schürzentasche und setzte sich zu den beiden. »Hatte Kern auch etwas gegen dich in der Hand?«

Verena blickte erstaunt auf Linda, als könnte sie sich nicht vorstellen, dass die junge Frau je etwas Schlimmes getan habe.

»Nein. Aber ...« Linda stellte den Kaffeebecher ab und verschränkte die Arme auf dem Tisch. »Mich hat er auch reingelegt. Mir ging es damals ähnlich wie Renate. Ich habe Lehramt studiert, Deutsch und Geschichte, aber der Stress im Referendariat war zu viel für mich. So konnte ich mir mein Leben auf Dauer nicht vorstellen. Ich hatte ein bisschen Geld gespart und mich nach einem neuen Job umgesehen. Aber in der Zeitungsbranche liegen die Jobs nicht auf der Straße, erst recht nicht für Quereinsteiger. Über drei Ecken habe ich von Vincent Kern und seiner Zeitung erfahren. Er hat mich ein paar Probeartikel schreiben lassen und ganz begeistert getan. Aber dann hat er gemeint, dass er seine Zeitung vielleicht dichtmachen muss, weil einige Anzeigenkunden im Verzug sind und er die Rechnung für die Druckerei nicht bezahlen kann.« Sie schlug sich mit der Hand gegen die Stirn und schüttelte den Kopf.

»Er hat dich angepumpt und dir dafür eine Chance als Journalistin gegeben?«

»Das war kurz nach meinen Lehrproben fürs Zweite Staatsexamen. Ich war damals total fertig, und das Leben als Reporterin erschien mir wie das Licht am Ende des Tunnels. Naiv, ich weiß. Aber ich bin einfach auf seinen Charme reingefallen und habe ihm meine Ersparnisse gegeben. Er hat mich für einen Hungerlohn eingestellt, und ich war auch noch glücklich darüber!«

»Wie viel?«

»Sechstausendfünfhundert Euro, die ich nie wiedergesehen habe. Er hatte immer wieder einen anderen Grund, warum er sie mir nicht zurückzahlen konnte. Ich glaube, er hat darauf spekuliert, dass ich nicht gehe, bevor ich das Geld wiederhabe.«

»Aber warum hast du das nicht der Polizei erzählt?«

»Weil ich nicht wollte, dass die mich verdächtigen!«

»Wegen sechstausendfünfhundert Euro bringt man doch niemanden um.«

»Keine Ahnung. Als die Polizisten da waren, hat Renate geweint und Kern in den Himmel gelobt. Ich wollte nicht diejenige sein, die sich darüber beschwert, was für ein Schwein er gewesen ist. Und danach wollte ich es erst recht nicht zugeben, weil sie sich gewundert hätten, warum ich nicht gleich damit herausgerückt bin. Ich muss los. Schließlich will ich meinen ersten Einsatz nicht versauen. Danke fürs Frühstück. Tschau.«

»Armes Mädle.«

»Der Kerl wusste wirklich, wie man sich die Leute angelt«, meinte Katrin und erhob sich.

Verena tat es ihr gleich.

»Bleib ruhig sitzen. Möchtest du noch einen Kaffee? Außerdem sind heute die Rosinenbrötchen im Angebot, drei Stück für zwei Euro.«

»Ich würde liebend gern hierbleiben, aber ich gehe besser zurück ins Vereinshaus. Wir müssen die Pläne für unseren Mai-Hock überdenken, weil wir keine Holzofen-Bätscher für unsere Besucher backen können. Ich hatte die Einnahmen und Spenden bereits verplant. Zu dumm.«

Katrin versprach, nach ihrer Schicht vorbeizukommen, und schielte zur Uhr an Johannas Handgelenk. Ihre Kollegin hatte offenbar beschlossen, sie nicht mehr zu beachten. Katrin kam der Gedanke, dass sie es sich nicht leisten konnte, es sich mit irgendwem zu verscherzen. Weilheim war schließlich nicht Berlin. Also holte sie, vor Schweiß triefend, sämtliche Bleche aus dem Backofen und schob neue hinein. Räumte das schmutzige Geschirr in den Geschirrspüler und blieb sogar etwas länger, um die Aushänge im Fenster auszutauschen. Aushilfen suchte Scholderbeck nicht mehr, dafür eine Ein-Zimmer-Wohnung für ihren neuen Lieferfahrer in Kirchheim und Umgebung.

Sie freute sich, beim Abkratzen der Klebestreifen alle

Nägel intakt gehalten zu haben, als ein in die Jahre gekommener schwarzer Daimler in die Gasse glitt. Das allein war nichts Ungewöhnliches. Das Nummernschild aber lautete »ES-KB 4310«. Sie wusste genau, wer sich in diesem Wagen chauffieren ließ!

Katrin klatschte den neuen Aushang schief an die Scheibe, warf ihre Schürze ins Hinterzimmer und rauschte aus der Filiale, bevor ihre Betrügerkollegen sie an ihrer neuen Arbeitsstelle überraschen konnten. Drei Stufen auf einmal nehmend, hetzte sie den Kirchenvorplatz hinauf und verbarg sich hinter einer Kastanie. Der Wagen stand vor der Apotheke. Wie hatten die beiden sie gefunden? Hatte Tim geplaudert? So ein Dummkopf!

Vorsichtig blickte sich Katrin um und wartete eine Weile. Beim Scholderbeck tat sich nichts, aber vorm Metzger hatte sich eine Schlange gebildet. »Super Spar Tüte«, stand auf dem Werbeschild. Aus der Tür kam ein bärtiger Glatzkopf mit drei Tüten im Arm und ging Richtung Daimler. Sein schwarzes T-Shirt spannte an den Schultern und Oberarmen. Hinter der Kastanie verborgen las Katrin den Aufdruck auf dem massiven Rücken: »Bleib kein Lauch, komm zu Schulzi – Bodybuilding and MORE!« Vom Kätzle keine Spur.

Der Wagen wendete und glitt die Gasse entlang. An der Seite stand der gleiche Spruch, nur prangte dort statt des Wortes eine Lauchstange. Sah das O in »MORE« nicht aus wie eine Pille? Das musste neu sein. Niemals hätte sich das Kätzle in so einem auffälligen Wagen chauffieren lassen.

Katrin blickte sich vorsichtig um, bevor sie ihren Platz hinter der Kastanie aufgab. In Zukunft musste sie ihre neuen Bekanntschaften sorgfältiger auswählen. Sie hatte schon genug damit zu tun, dem Kommissar aus dem Weg zu gehen.

Party

»Wenn sich doch alle so gut um ihre alten Eltern kümmern würden«, sagte die Frau vom Pflegedienst. »Die meisten hätten ihre kranke Mutter längst ins Heim abgeschoben.«

»Des würd ich nie übers Herz bringen!« Christl Häberle lächelte rosig und zog die Tür ins Schloss, sobald sich die Frau im hellgrünen Kasack zum Gehen gewendet hatte.

Drinnen drehte sie die Stereoanlage bis zum Anschlag auf, wohl wissend dass ihre Mutter sich sofort übers Treppengeländer lehnen und Obszönitäten herunterrufen würde – wenn sie es noch könnte. Doch zum Glück war sie seit ihrem zweiten Schlaganfall fast vollständig gelähmt, und aus ihrem Mund kam nur noch Sabber. Deshalb hörte sich die alte Schreckschraube nun die ihr verhassten Boney M. in voller Lautstärke an.

Christl kicherte und fühlte sich in ihre Jugend zurückversetzt. Zu »Daddy Cool« hatte sie ihr Gerhard – möge er in Frieden ruhen – damals zum ersten Mal zur Tanzfläche geführt. Ihr Blick ging automatisch zu ihrem Hochzeitsfoto in der rustikalen Schrankwand aus Eichenholz. Setzte es etwa Staub an? Rasch kramte sie Staubwedel und Mikrofaserlappen aus ihrem Schrank mit Putzutensilien und machte sich tänzelnd an die Arbeit. Als die letzten Takte verklangen, knallte Christl den Schrankwand-Nippes nach dem Wischen rabiat auf den Regalboden, weil sie den Moment der Stille kaum ertrug. Gott sei Dank wurde sie kurz darauf von »Hooray, Hooray, it's a Holi-Holiday« erlöst.

Zufrieden betrachtete sie die blank polierte Schrankwand und erschrak, als die ersten Beats von »Rasputin« von der Türklingel übertönt wurden. Wer konnte das sein? Außer der Pflegehelferin erwartete sie heute niemanden. Vielleicht der spontane Besuch einer Nachbarin? Froh über die unverhoffte

Ablenkung drehte sie die Stereoanlage leiser und blinzelte unauffällig aus dem Flurfenster.

Ach du grüne Neune! Kommissar Franke stand vor der Tür! Was wollte der denn schon wieder? Sie überlegte, ob sie Anita anrufen oder sich verstecken sollte oder beides. Aber wenn der Kommissar sie nicht antraf, fuhr er vielleicht zum Vereinshaus oder, schlimmer noch, befragte die Nachbarn. Außerdem hatte er sicher die Musik gehört.

Mit einem Ruck öffnete sie die Tür und knipste rasch ihr rosiges Lächeln an.

»Grüß Gott. Was machen Sie denn hier?«

»Nur ein paar Fragen. Dauert auch nicht lange.«

»Ich mach gerade Ordnung«, erklärte Christl, als sie den Kommissar zum Esstisch im Wohnzimmer führte, den sie nur noch eindeckte, wenn ihre Kinder und Enkel sie besuchten. »Ich bekomm nämlich Besuch«, flunkerte sie, in der Hoffnung, er würde es als Hinweis nehmen, wieder zu gehen. Aber den Gefallen tat er ihr nicht.

»Erzählen Sie mir von Ihrem Verhältnis zu Vincent Kern.«

Im Hintergrund stimmten die Sängerinnen den Refrain zu »Sunny« an, und Christl entging die Ironie der Situation nicht. Für sie selbst sah es wieder einmal nicht sonnig aus, und wieder einmal war es nicht ihre Schuld. Aber sie musste es ausbaden! Sie merkte, wie sich ihre Wangen röteten. Was würde nun wieder auf sie zukommen?

»Ich habe doch schon gesagt, dass ich den Kern net persönlich gekannt hab. Ich habe ihn erst während dem Interview kennengelernt«, erklärte sie und hoffte, dass der Kommissar das leichte Zittern in ihrer Stimme nicht bemerkte. Nun wünschte sie sich, sie hätte ihm etwas zu trinken angeboten, denn ihr Hals war auf einmal ganz trocken.

»Möchten Sie vielleicht einen Kaffee?«

Kommissar Franke schüttelte den Kopf. »Sie sind Vincent Kern zum Interview das erste Mal persönlich begegnet. Aber gekannt hatten sie ihn schon vorher, oder?«

»Der Name hat mir was gesagt. Aber er steht ja auch groß und breit in seiner Zeitung.«

Christl konnte sich schon denken, worauf der Kommissar hinauswollte, aber sie hatte nun mal keine Lust, darüber zu sprechen. Sie wünschte sich wirklich, Anita wäre hier. Andererseits war es vielleicht besser, wenn ihre beste Freundin seit der ersten Klasse nicht in ihre unleidigen Familienangelegenheiten hineingezogen wurde. Der Gedanke gab ihr Auftrieb. Anita zuliebe durfte sie nicht zu viel ausplaudern. Und da war auch noch Verena, die sie beschützen mussten, ganz besonders sie. Nur ihretwegen hatten sie mitten in der Nacht ...

»Ihr Bruder, Christoph König, war vor fünfzehn Jahren geschäftlich mit Vincent Kern zugange.«

»Was hat des mit mir zu tun?«

»Ihr Bruder hat durch Vincent Kern ziemlich viel Geld verloren, oder nicht?«

»Des stimmt. Aber warum fragen Sie *mich* danach und net ihn?«

Kommissar Franke ging nicht auf ihr Ausweichmanöver ein. Christl merkte deutlich, wie er sie mit seinen Fragen einzukreisen versuchte, und Panik stieg in ihrer Kehle auf.

»Warum haben Sie nichts von der Geschichte damals erwähnt?«

»Warum sollte ich? Ich hatte doch nichts damit zu tun!«

Christl hatte nicht den Eindruck, dass der Kommissar ihr die naive Masche abnahm.

»Die finanziellen Verluste haben doch sicher ihre ganze Familie belastet?«

Christl ballte unter dem Tischtuch die Fäuste. *Belastet ...* Was für ein nichtssagendes Wort für das Unheil, das Vincent Kern über ihren armen, dummen, nichtsahnenden Bruder und damit über sie selbst gebracht hatte. »Unsere Mutter hat dem Christoph ausgeholfen ... so wie immer. Gerhard, mein verstorbener Mann, und ich hatten damit nichts zu tun.«

»Ihr Bruder hatte plötzlich fast eine Viertelmillion Schulden, und ihm drohte die geschäftliche und private Insolvenz.«

»Ja.«

»Sehr freundlich von Ihrer Mutter, ihm und seinem Unternehmen zu helfen.«

Christl nickte nur. Für ihren Goldjungen Christoph hätte die Mutter alles getan. Selbstverständlich hatte sie Christls Elternhaus verkauft, das einmal ihr Erbe sein sollte. Und selbstverständlich hatte Christl sie als gute Tochter bei sich aufgenommen. Was hätten sonst die Nachbarn gesagt? Und was hatten sie und ihr Mann als Dank erhalten? Ständiges Gemecker über Christls Haushaltsführung und Beleidigungen für Gerhard, der glücklicherweise mehr Geduld gehabt hatte als die meisten Männer. Aber er lebte nicht mehr, im Gegensatz zu dem alten Schreckgespenst im Obergeschoss. Christl dachte an die hilflose Frau und verspürte Genugtuung, weil sie nun niemanden mehr mit ihrem ständigen Gemecker, der Unzufriedenheit und den groben Bemerkungen quälen konnte. Es wäre ihr allerdings lieber gewesen, einen ruhigen Lebensabend mit Gerhard zu verbringen. Sie schluckte und spürte, wie ihr die Tränen kamen. Reiß dich zusammen!, schalt sie sich. Sie musste für Anita und Verena die Nerven behalten.

»Ich könnte verstehen, wenn Sie Vincent Kern die Sache nachgetragen hätten ...«

»Hab ich aber net! Es war natürlich alles sehr unschön, aber der Leidtragende war schließlich mein armer Bruder.« War das zu dick aufgetragen? Oder hatte sich ein Hauch Ironie in ihre Stimme geschlichen, die den Kommissar aufhorchen ließ? Ihr Bruder war vieles, aber *arm* konnte man ihn wirklich nicht nennen. Der Christoph war einer, dem immer wieder aufgeholfen wurde.

»Haben Sie ein gutes Verhältnis zueinander?«

»Als Familie hält man zusammen.«

Das Beste an ihrem Verhältnis war, dass ihr Bruder sich nie bei ihr blicken ließ, woran natürlich Christl schuld war, wenn es nach ihrer Mutter ging. Dabei hatte sich der feige Kerl nicht mal am Pflegedienst beteiligen wollen. Christl hatte monatelang mit der Krankenkasse kämpfen müssen, damit ihre Mutter den höchsten Pflegegrad bekam. Der feine Herr hatte wie immer keinen Finger gerührt.

Die CD hatte aufgehört zu spielen, und erdrückende Stille breitete sich aus. Christl musste sich zusammenreißen, sie nicht zu brechen. Sie hatte es fast geschafft, das spürte sie. Jetzt bloß keinen Unsinn erzählen und dem Kommissar die Gelegenheit geben, nachzuhaken.

»Wo waren Sie am Abend des Mordes gleich noch mal?«

Als er »Mordes« sagte, zuckte sie leicht zusammen. »Ich war mit Anita zusammen beim Strickkurs im Woll-Lädle in Weilheim. Aber des wissen Sie ja schon. Hab ich schon mindestens dreimal erzählt.«

»Wann war der Kurs zu Ende?«

»Kurz vor zehn haben wir uns alle verabschiedet.«

»Geht der Kurs immer so lang?«

»Ha, noi. Bis achte. Aber wie haben noch Sachen für den Kinderbasar fertig gestrickt.«

»Und was haben Sie danach gemacht?«

»Anita hat mich nach Haus gefahren. Ich habe nach meiner Mutter gesehen, und danach bin ich gleich ins Bett.« Was zwischenzeitlich passiert war, ging den Kommissar nichts an. Anita würde ihr Lebtag nichts verraten, also schwieg auch Christl wie ein Grab.

»Sie sind gleich nach dem Kurs nach Hause gefahren?«

»Ha, joa. Was hätten wir nach zehn in Weilheim machen sollen? Die Wirtschaften haben längst zu. Warum muss ich des alles noch mal erzählen?« Christl war ein bisschen stolz auf ihre nonchalante Antwort. Ob der Kommissar überzeugt war, wusste sie allerdings nicht zu sagen. Ihm war absolut nichts anzumerken.

Glücklicherweise verabschiedete er sich kurz darauf. »Passen Sie gut auf sich auf.«

Was meinte er denn damit? Christl überlegte, ob sich etwas Doppeldeutiges dahinter verbarg. Schließlich stellte sie die Anlage auf volle Lautstärke, und weil ihr nicht Besseres einfiel, schrubbte sie energisch ihre makellos sauberen Böden.

***

Im Haus der Landfrauen herrschte eine aufgeheizte Stimmung, als Katrin dort ankam. Maggie und Anita suchten eifrig nach Lösungen, was sie den Besuchern zum Mai-Hock anbieten konnten, und verwarfen eine nach der anderen. Flachswickel, Ofenschlupfer oder Käsefüße – nichts von dem, was man im Backofen in der Küche zubereiten konnte, war gut genug. Ihr Holzofen wurde schmerzlich vermisst! Christl war keine Hilfe – ständig malte sie den Teufel an die Wand und zählte Gründe auf, weswegen alles zum Scheitern verdammt sei. Elli stimmte für eine Schauvorführung mit den verbliebenen historischen Küchengeräten, welche die Polizei nicht beschlagnahmt hatte. Emsig durchsuchte sie die Schränke und Regale.

»Willst du etwa von früh bis spät Einmachgläser aufmachen?«, fragte Christl ungnädig, als Elli einen Rillenglasöffner zutage förderte.

»Wir könnten auch den ganzen Tag Mehl sieben, vielleicht als Wettbewerb?«, gab diese zwinkernd zurück, wirbelte ein altes Mehlsieb über den Kopf und trommelte mit der anderen Hand darauf, als wäre es ein Tambourin.

Verena wirkte bedrückt, setzte aber ein Lächeln auf. Dass Klaus-Dieter sie alle fünf Minuten fragte, ob er etwas für sie tun könne, machte ihre Aufgabe als Vorsitzende der Landfrauen vermutlich nicht einfacher. Katrin stand nutzlos daneben. Ihre mentale Kapazität, was Backwaren und Haushaltsaktivitäten anbelangte, war für heute erschöpft. Um sich nicht vollkommen unnütz zu fühlen, musterte sie unter gesenkten schwarzen Wimpern die übrigen Landfrauen, um zu entscheiden, auf welche sich Klaus-Dieters amouröse Absichten am besten übertragen ließen.

Maggie trug einen Ehering, die fiel schon mal weg. Elli war verwitwet – sie musste herausfinden, wie lange schon und ob sie bereit für eine neue Beziehung war. Auch Christl war verwitwet. Sie schien so gar nicht Klaus-Dieters Typ zu sein, aber hundertprozentig sicher war sich Katrin nicht. Anita wirkte bärbeißig, ein richtiges Mannweib, aber vielleicht steckte geballte Weiblichkeit in ihr, die von Klaus-Dieter erweckt werden wollte? Katrin hatte viele Optionen.

»Wenn ich nur unsere alte Spätzlespress finden würde, dann könnten wir Schaupressen machen und Kässpätzle verkaufen«, rief Elli.

»Da musst du bei der Polizei anrufen, dass sie dir die Presse persönlich mit Blaulicht vorbeibringen«, zog Christl sie auf.

»Die hat die Polizei nicht mitgenommen.«

»Haben sie doch! Die haben alles konfisziert, was wir brauchen können.«

»Haben sie nicht! Die Spätzlespress war schon vorher verschwunden!«

»Wohin soll sie denn verschwunden sein?«

Zwischen den beiden bahnte sich ein handfester Streit an, in dem sich die gedrückte Stimmung wie in einem Gewitter zu entladen drohte. Dieser geballte weibliche Gefühlsausbruch schien zu viel für Klaus-Dieter zu sein. Er hatte sich endlich von Verenas Seite gelöst, lief die Treppe hinauf und murmelte etwas von »Fördergelder recherchieren«.

Katrin bekam langsam Kopfschmerzen, die Stimmung wurde hitziger, und für den Hock war keine Lösung in Sicht.

»Mädels!«, rief sie. Niemand reagierte. Sie sah sich nach etwas um, das die Aufmerksamkeit der anderen Frauen erregen würde. Aber eine alte Kaffeemühle oder die Sammlung an Schneebesen würden ihr wohl kaum dabei helfen.

Da ertönte ein gellender Pfiff, der augenblickliche Stille

zur Folge hatte. Verena nahm die Finger von den Lippen und nickte ihr zu.

»Mädels! Ich glaube, wir müssen alle mal raus hier.«

»Wohin?«

»Äh ... zum Frühlingsfest nach Bad Cannstatt«, improvisierte sie, denn Evas älterer Sohn Ali war mit seinen Kumpels dort gewesen. »Vielleicht kommen uns dort Ideen.«

»Party!«, rief Maggie und steppte bereits zur Tür.

Anita und Christl hatten dem nichts entgegenzusetzen und ließen sich mitziehen. Aus dem Augenwinkel sah Katrin am oberen Treppenabsatz Klaus-Dieters Kopf auftauchen, und auch Verena schien ihn bemerkt zu haben. Sie ignorierte ihn jedoch geflissentlich und manövrierte die Mädels zum Ausgang.

Da Maggies Fußpflegemobil derzeit mit Gerätschaften, Handtüchern und Fußpflegeprodukten vollgeladen war, fuhr sie allein. Alle anderen quetschten sich zu fünft in Verenas Ford Fiesta, und los ging die wilde Fahrt Richtung Stuttgart.

Als sie auf die B 10 abbogen, drehte Verena das Autoradio auf volle Lautstärke, und bis auf Katrin sangen alle lautstark ein Lied mit, dessen Refrain »Atemlos durch die Nacht« lautete oder so ähnlich. Die Mädels waren bereits in guter Stimmung, noch bevor sie einen Tropfen Alkohol getrunken hatten. Katrin konnte sich ein Grinsen nicht verkneifen und lehnte sich entspannt im Beifahrersitz zurück.

»Wann sind wir endlich da?«, rief Elli, als das Lied verklang. »Ich gebe einen aus!«

»Du willst einen ausgeben?«, fragte Christl ungläubig. »Des wird aber teuer.«

»Ist egal, ich gebe allen einen aus. Und zwei für Katrin. Wenn Katrin nicht gewesen wäre, würde ich ganz schön dumm dastehen.«

Christl und Anita wussten anscheinend noch nichts von Ellis Begegnung mit der Enkeltrickbande und schauten sich fragend an. Elli fasste die Ereignisse in einer packenden Erzählung zusammen und schmückte ein paar Details aus, die Maggie ihr erzählt haben musste. So erfuhr Katrin, dass sie es mit einer gefährlichen Betrügerin und ihrem noch gefährlicheren Leibwächter zu tun bekommen hatte, im Dunkeln irgendwo auf der Alb, und dass sie gerade so mit Maggie entkommen war. Christl hielt es kaum im Sitz, und sie stieß fortwährend bewundernde Ohs und Ahs aus, während Anita stoisch nickte oder den Kopf schüttelte.

Verena grinste sie von der Seite an, und Katrin musste gestehen, dass sie sich gern in ihrem Erfolg sonnte. Das taffe Bild, das Elli von ihr zeichnete, war gute Mundpropaganda für ihr zukünftiges Business. Bestens gelaunt kamen sie in Stuttgart an. Das Frühlingsfest war gut besucht. Auf dem weitläufigen Parkplatz hätten sie die rothaarige Maggie und ihr pastellblaues Fußpflegemobil fast übersehen. Anschließend mussten sie so weit laufen, dass Katrins Füße in den hochhackigen Schuhen zu schmerzen begannen, schließlich hatte sie schon den halben Tag in der Bäckerei geschuftet. Am Morgen hatte sie große Lust verspürt, ihre Lieblingspumps in Schlangenoptik zu tragen, und war wider besseres Wissen hineingeschlüpft. Eine Entscheidung, die sie längst bereute. Ich bin zu jung für komfortables Schuhwerk, dachte Katrin und versuchte, ihre gequälten Fußsohlen zu ignorieren.

Endlich saßen sie in einem der Zelte, wo sich ein bunt gekleidetes Schlager-Duo für den Auftritt bereitmachte. Während Verena nach einem freien Tisch Ausschau hielt, löste Elli ihr Versprechen ein und kümmerte sich um Getränke.

»Auf unseren Mädelsabend!«, rief Verena und reckte strahlend ein kühles Helles in die Höhe. Natürlich war es alkoholfrei. Der Tote im Holzofen und der noch immer ungeplante Mai-Hock schienen für eine Weile vergessen zu sein. Ihre übrigen Landfrauen taten es ihr gleich.

»Auf Katrin!«, platzte Elli heraus.

»Auf Katrin!«

Katrin wurde ganz warm ums Herz, und ihre Wangen röteten sich, was nicht nur an der Temperatur im Festzelt lag. »Ich war noch nie auf einem Mädelsabend.«

»Ich auch nicht«, seufzte Verena, und um ihre Lippen legte sich ein harter Zug. »Meine Freundinnen durfte ich nicht mit nach Hause bringen, also hat mich nie jemand eingeladen.«

»So einen Firlefanz haben meine Eltern net mitgemacht«, versuchte Anita sie auf ihre etwas ungelenke Art zu trösten.

»Ich habe oft noch mit meinen Schwestern geflüstert, obwohl wir längst hätten schlafen sollen«, gluckste Elli. »Aber das zählt nicht als Mädelsabend, oder?«

»Leider habe ich keine Schwestern, nur einen unnützen Bruder«, bedauerte Christl.

»So was sollten wir viel öfter machen«, schlug Maggie vor, und alle stimmten zu.

Katrin übernahm die zweite Runde. Das Schlager-Duo schaffte es, die Stimmung derart anzuheizen, dass es Maggie und Elli irgendwann nicht mehr auf den Stühlen hielt. Sie klemmten sich die erschrockene Verena zwischen die Arme und schleiften sie zur Tanzfläche, wo sie verhalten von einem Bein aufs andere wechselte. Währenddessen ging Maggie von null auf hundert, kreiste mit den Hüften, schüttelte ihr rot gefärbtes Haar und nutzte ihr leuchtend blaues Schaltuch für einen angedeuteten Schleiertanz. Für ihren gekonnten Körpereinsatz erntete sie belustigte, aber auch bewundernde Blicke. Elli winkte die anderen lachend herbei, doch Anita weigerte sich kategorisch, auch nur in die Nähe der Tanzfläche zu gehen.

Dagegen war Katrin bereits auf dem Sprung und leerte noch hastig ihr Bier, damit es nicht warm wurde.

»Wie die Verena lacht, des isch so schön«, sagte Christl. Ihre Augen wurden bereits glasig, und sie lehnte schwer an Anitas Seite. Zwei Bier waren mindestens zwei mehr, als sie vertrug.

»Ich hoffe, sie verhaften bald jemanden. Dann isch die Verena endgültig aus dem Schneider.«

Katrin war nicht sicher, ob sie sich vielleicht verhört hatte, dennoch hielt sie im Trinken inne, während Anita aufhörte, zur Musik zu zucken. Stattdessen rammte sie ihren Ellenbogen in Christls Seite.

»Autsch, was machst du?«

»Was machst *du*?«, zischte Anita zurück und warf einen ärgerlichen Seitenblick auf Katrin.

»Katrin isch jetzt eine von uns! Sie hat die Betrüger geschnappt. Vielleicht schnappt sie auch den Mörder!«

»Pscht! Du bisch übergeschnappt, des isch alles!«

Katrin nahm wieder Platz und blickte die Frauen direkt an. »Ich kenne Verena noch nicht so lange wie ihr, aber ich will auch, dass ihr nichts passiert.«

Sie wartete einen Moment, damit die Worte ihre Wirkung entfalten konnten.

Christl nickte schließlich, während ihre Freundin die Lippen zusammenpresste und die Arme vor der Brust verschränkte.

»Hat Verena irgendetwas zu befürchten?«

»Ha, noi.«

Katrin nahm Christl ins Visier. »Hat Verena irgendetwas getan, weswegen sie Schwierigkeiten bekommen könnte?« Ihr Gegenüber zappelte auf der unbequemen Bierbank und warf Anita einen hilfesuchenden Blick zu.

»Falls es etwas geben sollte, hätten wir uns drum gekümmert. In der nächsten Runde nimmst du Apfelschorle.«

»Hm.«

So leicht ließ sich Katrin nicht abschütteln. Sie dachte daran, wie komisch sich Verena verhalten hatte, wenn das Gespräch auf Vincent Kern kam. Wäre es nicht fatal, wenn sie Hoffnungen in Verena als Freundin setzte und sich diese als Mörderin entpuppte?

Bei dem Gedanken drehte sich ihr der Kopf. Eine ihrer

zwei Freundinnen eine Verbrecherin? Was würde das für ihr Business bedeuten? Sie steckte schon viel zu tief in dem Schlamassel und musste Gewissheit haben.

Sollte sie noch eine Runde ausgeben, in der Hoffnung, die anderen derart betrunken zu machen, dass sie alles ausplauderten? Das konnte bei Anita vermutlich die ganze Nacht dauern.

»Weiß Verena, dass ihr euch um ihre Schwierigkeiten kümmert?«

»Es isch genug, wenn wir des wissen«, gab Anita schroff zurück.

»Was sind das für Schwierigkeiten?«

»Geht dich nix an.«

»Warum fragen wir nicht Verena?« Katrin stand auf und machte Anstalten, über die Bierbank zu klettern.

»Setz dich wieder hin!«

»Schaut nur, wie sie lächelt! Ich hab sie lang net mehr so froh gesehen.«

Katrin drehte sich zur Tanzfläche. Verena hatte sich Maggies Tanzstil angenähert und schüttelte ihre braunen Locken.

»Ich gehe sie holen.« Eine eiserne Faust umschlang ihr Handgelenk und zog sie nach unten.

»Setz dich wieder hin, hab ich gesagt!«

Katrin ließ sich gleichmütig auf die Bierbank gleiten. »Halten wir für den Rest des Abends Händchen, und auf der Fahrt zurück auch?«

Anita ließ ihre Hand los und funkelte sie böse an.

»Kein schlechter Griff. Du kannst es mit jedem Typen aufnehmen.«

»Leg dich net mit mir an.«

»Aber das will ich doch gar nicht. Wir sind beide auf Verenas Seite, oder?«

»Des wird mir alles zu viel.«

Katrin hatte den Eindruck, dass Christl nicht nur die unmittelbare Situation meinte.

»Ständig kommt die Polizei. Wie lang soll des noch gehen?«

»Sei still«, raunzte Anita. Als das nicht fruchtete, tätschelte sie ihrer Freundin beruhigend den Unterarm.

»Ich bin net so stark wie ihr.«

»Musst du auch net. Du musst nur den Mund halten. Dann wird alles gut.«

Christl schaukelte vor und zurück. Ihr war anzusehen, dass sie den Worten ihrer Freundin verzweifelt glauben wollte.

»Jetzt guck nur, was du angerichtet hast!«

Katrins Augenbraue kletterte in Richtung Haaransatz. »Christl sieht aus, als würde sie sich mal richtig ausquatschen wollen, stimmt's? Nur raus damit, solange Verena und die anderen beschäftigt sind.«

»Dich bringt nichts so leicht aus der Ruh.«

»Pft.« Da brauchte es schon mehr als eine kräftige Landfrau, damit Katrin die Fassung verlor. Einen durchgeknallten Stalker zum Beispiel.

»Noch so ein Polizeiverhör stehe ich bestimmt net durch«, sagte Christl und betupfte sich die Augenwinkel mit ihrem Blusenärmel. »Vielleicht wissen sie längst alles und warten nur auf die richtige Gelegenheit.«

Anita gab ein verächtliches Geräusch von sich, von dem Katrin nicht wusste, ob es sich um Zustimmung oder Ablehnung handelte.

»Ohne die Katrin hätte unsre Elli ihre gesamten Ersparnisse verloren.«

»Hab ich gehört.«

»Auch wir täten Hilfe brauchen, ob du's zugeben willst oder net.«

»Ich frag net gern nach Hilfe.«

»Noi, net mal mich, und ich bin deine beste Freundin seit der Schul.«

»Und ich fang jetzt net damit an. Aber wenn du meinst, du brauchst Hilfe, dann erzähl's ihr wegen mir.«

Christl holte tief Luft. Ihre Augen huschten zwischen Katrin und Anita hin und her. Schließlich beugte sie sich über die Biergarnitur und begann zu erzählen. »Auf dem Weg zurück vom Strickkurs haben wir gesehen, dass im Vereinshaus noch Licht brennt. Wir sind rein und haben überall nachgesehen, aber niemand war mehr da ...«

»Dachten wir zuerst.«

»Ja, dachten wir zuerst. Aber dann ... also ... tja ...« Bei der Erinnerung schien Christl der Mut zu verlassen.

»Dann isch Christl aufgefallen, dass die Tür zum Kabuff für unseren Ziehwagen offen isch.« Da ihre Freundin zu erzählen begonnen hatte, brach Anita ebenfalls ihr Schweigen.

Christl wand sich unbehaglich. »Ich wollte nur schnell zusperren und das Licht ausmachen, da hab ich gesehen, dass jemand in unserem Wagen liegt. Erst dachte ich, vielleicht ist der Klaus-Dieter betrunken, doch er war es gar net.«

»Es war Vincent Kern. Mausetot.«

»Warum habt ihr nicht die Polizei gerufen?«

»Ähm ...« Christl sah aus, als wollte sie sich am liebsten unter der Bank verkriechen.

»Des wär einfach net geschickt gewesen.«

»Ihn in eurem Ofen einzuäschern schien euch angemessener?«

Anita zuckte nur mit den Schultern.

»Ich hatte mit dem Kern schon früher zu tun gehabt.«

»Als er euch interviewt hat.«

»Nein, noch viel früher.«

An diesem Punkt hätte sich Katrin gern die Birne so richtig zugeknallt. Wenn sie hier fertig wäre, würde sie vermutlich genau das tun.

»Eigentlich hattest du gar nix mit ihm zu schaffen, du hast dich nur geärgert wegen deinem Bruder«, meldete sich Anita zu Wort.

»Des stimmt.«

»Was ist passiert, Mädels?«

»Mein Bruder hat wegen dem Kern vor zig Jahren viel Geld verloren, und unsere Eltern mussten ihr Haus verkaufen und … Ach, es war einfach nur furchtbar …«

»Dann hatte dein Bruder also ein Mordmotiv?«

»Ach, der Christoph isch doch viel zu faul, einen umzubringen.«

»Warum habt ihr dann nicht die Polizei gerufen?«

»Weil die Christl allen erzählt hat, dass sie dem Kern deswegen eins überziehen will.«

»Ah.« Das hatte Verena berichtet.

»Ich hab ihn natürlich net umgebracht. Aber es muss doch eine von uns gewesen sein, oder?«

Katrin antwortete nicht, denn sie fürchtete, die Person zu kennen.

»Keine von uns ist so spät noch im Vereinsheim.« Christl senkte die Stimme noch ein wenig, sodass Katrin Mühe hatte, sie zu verstehen.

Aber wollte sie das überhaupt?

»Keine von uns außer Verena. Wir mussten ihn wegschaffen, sonst hätte sie Ärger gekriegt. Sie darf doch net ins Gefängnis wegen so einem Granadaseggl.«

»Warum sollte sie Kern umgebracht haben?« So leicht war Katrin nicht von Verenas Schuld überzeugt.

»Sie hatte die Gelegenheit dazu, reicht das net?«

»Nein.«

»Verena hat bestimmt nix falsch gemacht. Vielleicht hatte ihr verstorbener Mann damit zu tun?«

»Schluss jetzt! Was Kern von Verena wollte, hat er mit ins Grab genommen, und wenn sie's uns net verrät, geht's uns nix an.«

Katrin wünschte, sie könnte es ebenso pragmatisch sehen wie Anita. Ihre schlimmsten Befürchtungen waren bestätigt worden. Verena war, so schien es, für Kerns Tod verantwortlich. War es vielleicht ein Unfall gewesen? Aber warum hatte die stets korrekte Verena dann keinen Krankenwagen gerufen? Warum sagte sie das nicht der Polizei? Wegen ihres Jungen vielleicht? Katrin merkte, dass sie Argumente sammelte, um Verenas Verhalten zu rechtfertigen. War es Zufall gewesen, dass sie zusammengefunden hatten? Die Betrügerin und die Mörderin? »Ich hab mich so darauf gefreut, des Häusle von meinen Eltern zu erben. Den Christoph hätten der Gerhard und ich ausbezahlt und im Garten ein Wandercafé aufgemacht. Halb auf der Alb, und sonst gibt's dort nix zum Einkehren. Es wär so gut geworden ...«

»Jetzt ist mal ein Schnaps fällig.«

»Mit Schnaps kenn ich mich aus. Die nächste Runde geht auf mich«, bestimmte Anita und erhob sich.

»In Weilheim gibt's ein Ladengeschäft zu mieten, nicht weit von eurem Vereinsheim.« Katrin kam es vor wie eine Ewigkeit, dass sie unter die Barbesitzer gehen wollte. Dabei war es nur eine gute Woche her. Und was war seitdem alles passiert? Sie würde noch einmal Patentante werden, hatte einer Trickbetrügerkollegin den Garaus gemacht, arbeitete in einer Bäckerei, und jetzt hatte sie erfahren, dass sie vielleicht mit einer Mörderin befreundet war. Stalker, Betrüger, Mörder, zog sie solche Leute magisch an?

»Ich weiß. Die Miete isch zu teuer. Da müsste ich mehrere Leute einstellen und den Laden rund um die Uhr am Laufen halten. Des hätte ich früher vielleicht gepackt, aber jetzt net mehr. Wir haben geplant, im Vereinshäusle ein Bauerncafé aufzumachen. Aber jetzt wird es verkauft. Aus der Traum ... wieder einmal.«

Anita kam mit den Schnäpsen zurück. »Zwetschgenschnaps. Der isch nix gegen den von meiner Familie, aber was soll's? Nunter damit.«

Katrin ließ das samtig weiche Getränk ihre Kehle hinunterströmen. Allerdings sorgte der Alkohol nicht für Entspannung, denn eine Frage spukte ihr im Hinterkopf herum, und sie musste sie stellen, bevor die anderen vom Tanzen wiederkamen.

»Ihr habt also nicht gesehen, dass Verena Vincent Kern umgebracht hat?«

»Ha, noi. Aber sie kommt immer als Erste und geht als Letzte.«

Anita nickte bekräftigend. »Bevor mir zum Stricken gegangen sind, war unser Wägele noch leer. Wer soll ihn sonst an einem Dienstagabend dort reingelegt haben?«

Das war eine Frage, die Katrin natürlich nicht beantworten konnte. Aber für Verenas Unschuld bestand immerhin noch Hoffnung ...

Ertappt

Elli und Maggie ließen es noch immer krachen. Sie wollten den Abend und vermutlich auch die Nacht durchmachen. Verena hingegen war vernünftig wie immer und mahnte zum Aufbruch, kaum dass die Sonne unterging. »Es ist mitten in der Woche, und wir hatten genug Spaß.«

»Genug Spaß? Was ist das denn für eine Einstellung?«, versuchte es Katrin mit einem Witz, obwohl ihr gar nicht lustig zumute war.

»Spaßig war's, aber es isch schön, wenn jetzt wieder Ruhe isch«, grummelte Anita.

Sie blickte Katrin an, als wollte sie sagen: Halt du bloß deine Gosch. Christl schwankte leicht und blickte zu Boden.

Auf der Rückfahrt war Verena als Einzige vollkommen nüchtern, und ihren feinen Antennen entging anscheinend nicht, dass zwischen Katrin und den beiden Freundinnen Christl und Anita etwas vorgefallen war. Ein paarmal suchte sie über den Rückspiegel Blickkontakt und machte ein paar launige Bemerkungen über ihren ersten gemeinsamen Abend. Doch Anita schwieg, seit sie die Autotür krachend zugezogen hatte. Christl gab nur einsilbige Antworten von sich und wich Verenas Blicken aus. Als sie von der B 10 die Ausfahrt Richtung Hochdorf nahmen, gab es Verena endgültig auf, und der kleine Freddie glitt in bleierner Stille durch die Ortschaften.

»Ich war schon ewig nicht mehr tanzen«, seufzte sie, nachdem sie erst Anita und danach Christl zu Hause abgesetzt hatte.

Katrin wusste nicht, was sie darauf antworten sollte. In ihrem Hirn war ein Dutzend belanglose Bemerkungen abgespeichert, die sie schon hundertmal benutzt hatte, um ein Gespräch aufzunehmen oder am Laufen zu halten. Keine kam ihr über die Lippen, denn dieser Moment war alles andere als belanglos.

»Ist etwas vorgefallen?«, fragte Verena, der Katrins ungewöhnliche Schweigsamkeit verdächtig vorkommen musste.

»Anita kann ganz schön bärbeißig sein, aber sie hat das Herz am rechten Fleck und würde für jede von uns durchs Feuer gehen.«

Katrin nickte. Vor ein paar Stunden hatte sie selbst gehört, wie die große, kantige Anita ihre Loyalität bewiesen hatte. Jetzt war es an ihr, die Bekanntschaft, ja, die Freundschaft zu Verena auf die Probe zu stellen. Sie schluckte das bittere Gefühl herunter, das sich in ihrer Kehle ausbreitete.

»Verena, ich will dir den Abend nicht verderben, aber …«

Sie zögerte. Würde ihre kurze Freundschaft gleich beendet sein? Würde Verena ihre Mauern wieder hochziehen? Unüberwindbar für jemanden aus Berlin, der nicht dazugehörte? Sie erinnerte sich, dass Verena gesagt hatte, wie gut es sei, mit einer Außenstehenden zu reden. Hatte sie das ernst gemeint?

Verena bog auf die Straße zu Evas Haus ab. Ihre Schultern waren angespannt, und sie presste die Lippen fest aufeinander, als hätte sie Angst, etwas Falsches zu sagen.

»Kann es sein, dass Vincent Kern letzten Dienstagabend bei euch im Vereinshaus war?«

Die Stille im Wagen war fast mit Händen zu greifen. Verena manövrierte ihren Fiesta vor das Haus der Gscheidles und stellte den Motor ab. Ihre Hände legten sich so fest ums Lenkrad, dass die Knöchel weiß hervortraten. Im kalten Licht der Straßenlaterne sah sie aus wie ein Gespenst.

»Er war da. Aber das weißt du sicher schon.«

Katrin schnallte sich ab, machte aber keine Anstalten, auszusteigen. Sie kannten sich noch nicht lange. Genau genommen erst so lange, wie Vincent Kern tot war. Verena hatte keinen Grund, ihr zu vertrauen. Und Katrin hatte keinen Grund, sich in ihre Probleme einzumischen. Aber sie wollte nicht, dass ihre neu gewonnene Freundin wie ein Häufchen

Elend neben ihr saß und offenbar vor Angst fast verrückt wurde.

»Hat dir Elli erzählt, wie die Trickbetrüger an Informationen über sie gekommen sind?«

Verena schüttelte den Kopf. Ihre gerunzelte Stirn besagte, dass sie mit dieser Frage nicht gerechnet hatte.

»Vincent Kern hat ihnen die Informationen verkauft.«

»Aber wie ... ja, natürlich! Unser Artikel in ›Fünfzig-PLUS‹. Er hat uns den halben Tag ausgefragt und sich fleißig Notizen gemacht.« Ihr verzagter Ton war ins Verächtliche umgeschwungen. Das machte es Katrin leichter, fortzufahren.

»Sicher war Elli nicht die Einzige, deren Vertrauen er ausgenutzt hat.«

»Nein.« Verena schien sich zu sammeln. In Evas Küche ging das Licht aus. Sie hatte sicherlich bei einem Tee mit Ghobard über den nächsten Tag gesprochen, wie es ihre Gewohnheit war, und sah jetzt noch einmal nach Darian.

»Ich habe in meinem Leben schon viele Dinge getan, die nicht in Ordnung waren und auf die ich im Nachhinein nicht stolz bin. Alle denken, sie wären zu schlau, um auf Betrüger hereinzufallen. Aber jemand wie Vincent Kern weiß genau, wie er mit seinen Opfern spielen muss, um ihnen alles zu nehmen. Jeder kann nachempfinden, wenn sich eines wehrt und vielleicht etwas Schlimmes dabei herauskommt.«

»Aber ich habe nichts Schlimmes getan«, schluchzte Verena auf.

»Das kann ich mir auch nicht vorstellen.« Katrin tätschelte ihren Unterarm und suchte mit der anderen Hand nach einem Taschentuch.

»Ich habe immer nur versucht, seine Verfehlungen zu vertuschen. Das war vielleicht nicht richtig, aber was hätte ich machen sollen?«

Es brauchte nicht viel, um zwei und zwei zusammenzuzählen. »Das klingt, als hätte er dich erpresst.«

»Das hatte er vor«, stieß Verena hervor und griff zittrig

nach dem Papiertuch. »Ich war sechzehn Jahre verheiratet. Mein verstorbener Mann war ... Er hatte eine schwierige Persönlichkeit.«

Katrin nickte. Womit hatte Verenas Mann ihr das Leben schwer gemacht? Alkohol, Fremdgehen, Spielschulden? Oder hatte er sich gar an ihr vergriffen? Der bloße Gedanke daran machte Katrin wütend.

»Mein Mann hat getrunken und ist jeder Frau hinterhergelaufen«, flüsterte Verena, als hätte sie immer noch Angst, was die Leute denken könnten. Dabei wussten es sicher längst alle. Die wenigsten miesen Typen waren diskret.

»Es war so eine Erleichterung, als er tot umgefallen ist. Nicht mal sein Sohn hat ihn vermisst, dabei war er bei seinem Tod erst vierzehn.«

Katrin lag auf der Zunge zu fragen, warum sich Verena, die ansonsten mit beiden Beinen im Leben stand, nicht hatte scheiden lassen. Sie konnte sich die Antwort denken. Ihr Junge, das Gerede der Leute, die guten Momente hier und da ...

»Mein Mann hatte ein uneheliches Kind. Einen Jungen mit einer Frau aus Kirchheim. Er hatte für seinen Unterhalt bezahlt. Geld, das wir auch gut hätten gebrauchen können. Das alles habe ich aber erst erfahren, als mir Vincent Kern letzten Dienstag davon erzählt hat.«

Katrin dachte zurück. Verena musste nach dem Sportkurs ins Vereinsheim der Landfrauen gegangen sein. Das war nach ihrem unglücklichen Zusammenstoß an der »VITAMIN-BAR« des Fitnessstudios gewesen. Wäre alles anders gelaufen, wenn sie sich nett mit Verena unterhalten hätte? Wäre sie dann dortgeblieben? Vielleicht wäre Vincent Kern dann noch am Leben? Nicht, dass sein Dahinscheiden ein großer Verlust war. Ein lebender Vincent Kern hätte den Landfrauen auf lange Sicht bestimmt mehr Ärger bereitet als ein toter.

»Wie hat er davon erfahren?«

»Indem er geschnüffelt hat, schätze ich mal. Bei den Haushaltsauflösungen hat er anscheinend nicht nur Antiquitäten mitgehen lassen, sondern auch Dokumente, Briefe, Tagebücher … Was weiß ich? Jedenfalls hat er bei der Mutter von … von Nicos … Halbbruder so eine Art handschriftlichen Vertrag gefunden, nachdem sie gestorben war. Darin stand, dass mein Mann zahlt, solange sie den Mund hält.«

»Hat er dir den ›Vertrag‹ gezeigt?«

»Er hat mir eine Kopie gegeben. Und bevor du fragst, es war die Unterschrift meines Mannes.«

»Aber was hat Kern damit bezweckt? Dein Mann ist tot und die Frau auch. Für das uneheliche Kind kann man dich doch nicht verantwortlich machen. Ich verstehe, dass die Geschichte sehr unangenehm ist, aber selbst wenn er sie publik gemacht hätte, wäre doch mit der Zeit Gras darüber gewachsen.«

Verena schnäuzte sich. »Wenn es nur um mich ginge, wäre es mir egal. Die Frau war Alkoholikerin, und der Junge ist ein stadtbekannter Rowdy. Kern hat gedroht, dem Jungen von mir zu erzählen und dass bei mir Geld zu holen sei. Auch damit wäre ich irgendwann klargekommen. Ich will aber nicht, dass das Ganze auf Nico zurückfällt und er am Ende Ärger bekommt. Mein Großer ist so fleißig und hatte schon genug unter seinem Vater zu leiden. Wenn er mit Studieren fertig ist, baut er sich hier vielleicht etwas auf, und ich will nicht, dass ihm ein unnützer Halbbruder das Leben schwer macht.«

»Verstehe.« Weilheim ist nicht Berlin, dachte Katrin wieder einmal. In der Hauptstadt hätte diese Art persönlichen Dramas nicht mal die Nachbarn von gegenüber interessiert. Aber in Weilheim war ein guter Ruf wichtig, selbst wenn man nur eine kleine Nummer war.

»Also wollte Vincent Kern Geld von dir?«, fragte sie Verena in der Hoffnung, dass es nichts Unanständigeres war, das Vincent Kern von ihrer Freundin verlangt hatte.

»Nein, das wollte er nicht, obwohl ich es ihm angeboten habe. Ich habe ein bisschen Geld gespart, für Nico und für

Reisen. Irina und Barbara haben immer so von ihrer Weltreise geschwärmt ...«

»Schon gut, wenn du nicht darüber reden möchtest.«

»Er wollte, dass ich die anderen ausspioniere und ihm Informationen gebe.«

»Über die anderen Landfrauen? So ein Mistkerl!«

»Aber ich habe ihn deswegen nicht umgebracht!«

»Nein?«

»Nein! Hast du das etwa geglaubt?«

»Du hattest es nicht leicht mit deinem Mann, und dann versucht dieser Kern auch noch, Profit daraus zu schlagen.«

»Aber ich habe ihn nicht umgebracht! Und ich habe auch nichts über die anderen ausgeplaudert. Ich bin einfach weggelaufen wie ein kleines Mädchen, das Angst vorm Buhmann hat.«

»Vielleicht war es das Beste, wenn man bedenkt, was danach mit Kern passiert ist.«

»Du hast recht. Er muss nicht lang danach getötet worden sein.«

»Hast du eine Ahnung, ob noch jemand im Vereinsheim gewesen ist?«

»Ich wüsste nicht, wer. Für gewöhnlich bin ich die Letzte dort.«

»Dann war es vielleicht der Buhmann.«

»Hoffentlich erwischen sie ihn bald.«

Eine Weile schwiegen sie. Katrin war erleichtert, dass sie sich doch nicht mit einer Mörderin angefreundet hatte.

»Es hätte Kern sicher überhaupt nicht gefallen, dass du die Enkeltrickbande ausgeräuchert hast.«

Katrin wand sich in ihrem Sitz. Nur aufgrund ihrer Vergangenheit als Betrügerin hatte sie Christine zum Aufgeben bewegen können. Das durften Verena und die anderen Landfrauen aber unter keinen Umständen erfahren.

»Wenn die Polizei den Vertrag von meinem Mann bei Vincent Kern gefunden hätte, dann hätten sie mich schon darauf angesprochen, oder?« Das Gesicht ihrer Freundin war immer noch ernst, aber Katrin sah auch Hoffnung darin. Sollte sie ihr gut zureden und ihre Sorge beschwichtigen? Das wäre am einfachsten und genau das, was Verena anscheinend hören wollte. Aber es wäre unehrlich. Die Ermittlungen zogen sich schon eine Woche lang hin, in der Zeitung hatte sie nichts über eine Festnahme gelesen. Wenn die Polizei noch immer nach dem Mörder suchte, würden sie vielleicht tiefer graben, jeden Stein einzeln umdrehen, so lange, bis sie etwas gefunden hätten.

Katrin zückte ihr Smartphone und fand Vincent Kerns Privatadresse im örtlichen Telefonbuch. »Wir sehen selbst nach.« Verena riss die Augen auf. Aber dann schien sie es sich anders zu überlegen. Sie schnäuzte sich, richtete ihre Haare und drehte den Zündschlüssel.

Katrin erlaubte sich ein kleines Lächeln. Wie es aussah, hielt der Abend doch noch mehr Spaß für sie bereit. Und Verena war dabei, obwohl es ein Wochentag war.

✳✳✳

»Es scheint sich gut zu leben, wenn man Senioren übers Ohr haut. Es kann sich nicht jeder ein Haus auf dem Würstlesberg leisten.« Mit einem Ruck kam Verena vor Vincent Kerns Haus in Kirchheim, das man getrost als Villa bezeichnen konnte, zum Stehen.

»Viele Zimmer zum Durchsuchen«, orakelte Katrin. Sie hoffte, dass ihre bisherige Berufserfahrung auch dabei weiterhelfen würde. Mehr als einmal hatte sie die Appartements, Wochenendhäuser und Feriendomizile ihrer Männeropfer nach nützlichen Informationen durchkämmt. Nicht um sie zu erpressen, das war ihr zu heikel gewesen und hätte sie endgültig zur Verbrecherin abgestempelt, sondern um sie mit ihrem Wissen besser um den Finger wickeln zu können und den Geldfluss zu optimieren.

»Du drehst besser um und parkst am Anfang der Sackgasse.« Die meisten Häuser trennten zwar üppige Buchsbaumhecken von der Straße, aber man wusste nie, welcher Nachbar vielleicht vorbeikam und Verenas Fiesta verdächtig fand. Ihr kleiner verbeulter Freddie stach in dieser Gegend hervor wie ein Fleck auf einem ansonsten blütenweißen Designerhemd. Verena wendete und parkte schließlich vor einem italienischen Restaurant. Drinnen befanden sich Gäste, aber für den Biergarten war es zu ihrem Glück noch zu kalt. Schweigend liefen sie zurück zu Kerns Villa.

»Was wollen wir eigentlich hier? Wir können wohl kaum bei ihm einbrechen.«

»Müssen wir nicht.«

Verena hatte den Kopf eingezogen und schaute nervös nach allen Seiten.

»Kern hat allein hier gelebt. Im Haus befinden sich Unterlagen, die beweisen könnten, dass er Dreck am Stecken hatte, oder von denen er zumindest nicht wollte, dass sie irgendjemand zu Gesicht bekommt. Ich glaube nicht, dass er jemandem genug vertraute, auf einen Zweitschlüssel aufzupassen.«

»Seiner Sekretärin vielleicht? Die hat ihn doch angehimmelt, oder nicht?«

»Zu leichtgläubig. Er hat ihr vielleicht Honig ums Maul geschmiert, aber tief drinnen muss er ihre Arglosigkeit verachtet haben. Ihr hat er nicht den Schlüssel zu seinen Geheimnissen anvertraut.« Katrin sah sich im Vorgarten um, der vom Licht der Straßenlaterne schwach beleuchtet wurde. Keine Hecken wie bei den anderen Häusern. Gerade so, als wollte Kern den Nachbarn sagen: Schaut her, ich habe nichts zu verbergen. Rasen, Stauden und Büsche sorgten für einen harmonischen Gesamteindruck. Hatte sich der Bewohner des Hauses beim Gärtnern entspannt? Wohl eher einen Landschaftsarchitekten beschäftigt.

»Wo hast du deinen Schlüssel versteckt?«, flüsterte sie und wünschte sich einen Röntgenblick. Zwischen den Pflanzen standen einige dieser modernen Metallobjekte, die mit Absicht Rost ansetzten. Katrin war sich unsicher, was sie darstellen sollten. Hatte Vincent Kern den Schlüssel in einem versteckt, sozusagen Metall in Metall? Oder doch unter einem Stein? Oder in einem Blumentopf? Nein, viel zu banal für einen Spielertyp wie Vincent Kern. Der Mann hatte sich für schlau gehalten und damit wohl recht gehabt. Wenn ihn niemand in den Weilheimer Holzofen befördert hätte, würde er fröhlich weiter Senioren aushorchen, zum Spaß Pechvögel wie Verena erpressen und sich von seinen Anzeigenkunden bestechen lassen. Das Versteck musste so offensichtlich sein, dass sich Kern jedes Mal ins Fäustchen gelacht hatte, wenn er daran vorbeiging.

Ihre Gedanken wanderten zu Ingo Driesel, dem muskelbepackten Muttersöhnchen mit dem Schlüsseldienst-Imperium. Für ihn waren alle seine Kunden Dummköpfe gewesen, die nicht in der Lage waren, ihren Zweitschlüssel kompetent zu deponieren. Er hatte seinen auch niemandem anvertraut, aus Angst, seine Mutter könnte ihn in die Hände bekommen und sein Zimmer durchsuchen oder schlimmer noch, sein geheimes Feriendomizil.

Dorthin hatte er Katrin einmal mitgenommen. Sie hatte sich umdrehen und in die andere Richtung schauen müssen, während Ingo sein geheimes Schlüsselversteck plünderte. Völlig umsonst. Bereits zwei Stunden später, als er am Telefon seine Gebietsleiter routinemäßig zur Schnecke machte, hatte sie herausgefunden, dass der Schlüssel hinter dem manipulierten Klingelgehäuse klebte, das man aufklappen konnte. Ingo hatte sich verplappert, dass keiner sie aus dem Bett klingeln könne, schon gar nicht seine Mutter, weil es eine Attrappe sei, haha. Der Schlaumeier! Katrin hatte die Konstruktion genauer in Augenschein genommen. Ingo war sogar noch einen Schritt weiter gegangen: Es hatten drei Schlüssel darunter geklebt, vermutlich, um potenzielle Einbrecher zu verwirren. Hatte Vincent Kern in die gleiche Richtung gedacht?

Katrin ging zur Haustür. Auf Augenhöhe streckte sich ihr ein massiver Türklopfer entgegen, eine bronzene Schlange, die sich in den Schwanz biss. Sie hob den beweglichen Ring vollständig an, und siehe da – in einer Ausbuchtung oberhalb der Schlagfläche klebte ein Schlüssel, der sonst vom Schlagring verdeckt wurde. Einbrecher würden sich hüten, den Schlagring zu betätigen, und selbst wenn potenzielle Besucher die Schlange zum Klopfen leicht anhoben, war der Schlüssel nicht sichtbar.

»Gut mitgedacht, Vincent«, lobte sie den Hauseigentümer posthum. Es schien ganz Vincent Kerns Stil zu sein, nicht nur seinen wahren Charakter, sondern auch seinen Hausschlüssel vor aller Augen zu verstecken.

»Wie bist du denn darauf gekommen?«

Katrin verzichtete darauf, Verena von Ingo zu erzählen, und klaubte den Schlüssel aus der Öffnung. Augenblicklich schlug ihr Herz schneller, und ihre Handflächen kribbelten vor Aufregung. Sie waren nur noch einen Schlüsseldreh entfernt, die Höhle des Löwen zu betreten!

»Sollen wir wirklich reingehen?«

»Natürlich. Wir haben doch einen Schlüssel, oder?«

»Ja, aber das da!« Verena zeigte auf das Polizeisiegel, das über Tür und Rahmen klebte.

»Tja.« Katrin drehte den Schlüssel, lehnte sich gegen die Tür, und das Siegel zerriss. »Jetzt ist es kaputt.«

Sie schlüpften hinein, und Verena drückte die schwere Eingangstür mit der Schulter zu. Durch ein Fenster über der Tür fiel spärliches Licht. Katrin zückte ihr Smartphone und schaltete die Taschenlampe an.

Das Licht reichte nicht aus, um den scheinbar endlosen Flur komplett zu beleuchten, an dessen Seiten sich antike Schränkchen, mannshohe Statuen und Wandteppiche abwechselten.

»Schau mal hier. Jetzt bin ich neidisch!«, kommentierte Katrin ein rotierendes Schuhregal, das in einer Wandnische stand. Mit Hilfe eines Drehmechanismus konnte man die einzelnen Regalböden herauf- und herunterfahren. Davor lag eine Fußmatte von Louis Vuitton. Das hatte keines ihrer Männeropfer gebracht!

»Linda hat sich geirrt.«

Katrin folgte Verenas Blick und entdeckte ein Paar Wanderschuhe. Als sie die Schuhe auf Augenhöhe fuhr, sah sie Schlammspritzer an den Seiten und Erdkrümel an den Sohlen. Dabei hatte Linda fest behauptet, Vincent Kern habe sich nur für den Wanderverein in Szene gesetzt.

»Anscheinend hat er sich beim Wandern entspannt. Auch Betrüger haben Hobbys.« Katrin erhob sich und ging langsam den Flur hinunter. Dabei fragte sie sich, was eigentlich ihre Hobbys waren. Designertaschen sammeln? Das war eher eine Investition. Shopping allgemein? Wann hatte sie sich das letzte Mal etwas gekauft, ohne Hintergedanken, wie das Teil auf potenzielle Männeropfer wirkte? Sie konnte sich nicht erinnern. Schick essen oder trinken gehen? Das hatte zu ihrer Trickbetrüger-Tätigkeit gehört. Sie war so in den verschiedenen Frauenrollen aufgegangen, die sie für andere spielte, dass sie nicht mehr bestimmen konnte, was zu einer Rolle gehörte und was zu ihr selbst. Hatte sie überhaupt irgendwann mal ein Hobby gehabt? Tanzen mochte sie gern, oder?

Der Flur mündete in eine Art Vorraum, von dem weitere Zimmer abgingen. Sie betraten eine ultramoderne Küche wie frisch aus dem Designerkatalog.

»Sieht nicht aus, als hätte er viel gekocht.«

Katrin konnte das nicht beurteilen. Ihre Küche in Berlin sah ebenfalls nagelneu aus, obwohl sie schon zwölf Jahre in ihrer Schöneberger Wohnung lebte. Außer Müsli mit Joghurt in eine Schüssel schütten, Obst schälen oder Spiegelei braten hatte sie darin nicht viel gemacht. Letzteres hatte sie zur Perfektion gebracht. Es war unglaublich, wie sehr man reiche Kerle mit einem perfekt zubereiteten Spiegelei zum Frühstück begeistern konnte. Danach hatten ihr die meisten buchstäblich aus der Hand gefressen. Aber das war Vergangenheit. Irgendwie schaffte es Vincent Kerns Haus, diese dauernd heraufzubeschwören.

Sie zog sich den Ärmel über die Hand, öffnete den doppelseitigen Kühlschrank und zuckte zurück vor dem hellen Licht, das die Küche flutete. Rasch schloss sie ihn wieder. Außer Champagner und verschiedenen Sorten Kaviar war nichts darin. Was für ein Klischee!

»In der Küche finden wir sicher nichts.«

Ohnehin war es eher eine Charakterstudie zu Vincent Kern als der ernsthafte Versuch, den Vertrag von Verenas Mann zu finden. Kern hatte sich aus Prinzip die teuerste und beste Küche einbauen lassen. Wohl wissend, dass er sie vermutlich nicht benutzen würde. Wollte er nur beeindrucken, oder hatte ihm der Anblick der chromblitzenden Oberflächen und teuren Geräte Befriedigung verschafft? Der Champagner hatte bei beidem sicher geholfen.

»Wo fangen wir an zu suchen?«, wollte Verena wissen, als sie wieder in den Vorraum traten.

»Lass uns erst eine Runde durchs Haus drehen.«

»Um ein Gefühl für den Ort zu bekommen?«

»Genau.«

»Also, ich fühle mich nicht besonders wohl.«

»Ich glaube, das geht allen Einbrechern so.«

»Alles hier schreit nach Geld. Der Kühlschrank und das Schuhregal sind vermutlich mehr wert als meine ganze Einrichtung zusammen.«

»Das gibt Besuchern das Gefühl, dem Gastgeber unterlegen zu sein.« Katrin hatte genug Häuser reicher Typen von innen gesehen, und alle hielten sich für ausgeprägte Individualisten. Am Ende sah es in ihren Domizilen aber immer gleich aus. Evas Reihenhaus hatte mehr einzigartigen Charme als jede Villa.

Gegenüber der Küche führte eine Treppe in den Keller. Vincent Kern hatte sich dort ein Fitnessstudio und eine Sauna eingerichtet. Katrin leuchtete in die wenigen Regale, fand aber keine Papiere oder irgendwas, was auf Kerns Machenschaften hingedeutet hätte. Der Raum mit seinen maskulinen Geräten und den Spiegeln bis zur Decke diente nur dazu, dass sich der Hausbewohner selbst bewundern konnte.

Sie gingen wieder hinauf und durchquerten ein pompöses Speisezimmer mit verborgener Durchreiche zur Küche und ein Wohnzimmer mit teuren Möbeln und Antiquitäten, das jedoch seltsam unpersönlich aussah. Eine Wendeltreppe führte in den ersten Stock. Dort befand sich Kerns privates Arbeitszimmer. Schreibtisch und Regale waren leer. Sicher hatte die Polizei alle Dokumente mitgenommen. Nur der Vollständigkeit halber zog Katrin ein paar Schubladen in dem massiven Schreibtisch auf und leuchtete in die Regale, doch da war nichts. Bestimmt hatte Vincent Kern seine dreckigen Geschäfte dokumentiert. Seine doppelte Buchführung für Anzeigenkunden, seine Beutezüge bei den Haushaltsauflösungen, die Informationen für die Enkeltrickbande.

Aber der Vertrag von Verenas Mann war etwas anderes. Der brachte ihm kein Geld ein, zumindest nicht direkt. Es wäre einfach gewesen, Verena zu erpressen, zumal sie es ihm selbst angeboten hatte. Doch das war Kern nicht genug gewesen. Er hatte sie benutzen wollen, um an persönliche Informationen über die anderen Landfrauen zu kommen. Es hatte ihm Spaß gemacht, Verena Angst einzujagen und sie zappeln zu lassen. Das Ganze war ein Spiel gewesen, mit Verena als Spielfigur. Katrin sah ihn vor sich, wie er in einem seiner Magazine schmökerte und sich in Erinnerungen an die ängstlichen Gesichter seiner Opfer suhlte. So etwas machte man an einem Ort, wo man sich gehen lassen konnte.

Sie verließ das Arbeitszimmer und öffnete die nächste Tür. Dem Anschein nach ein Jugendzimmer mit Computertisch, Flachbildschirm, Spielekonsole und sonstigen Annehmlichkeiten, von denen die meisten Teenager wahrscheinlich nicht einmal zu träumen wagten.

»Hatte Kern ein Kind?«

»Einen Sohn. Er hat während des Interviews von ihm erzählt. Er wohnt bei seiner Mutter in Österreich und kommt nur in den Ferien her.«

Hier würden sie nichts finden. Katrin zog die Tür wieder zu. Die Etage enthielt noch ein Gästezimmer, Kerns Schlafzimmer und einen üppig begrünten Wintergarten mit einem gemütlichen Sessel und einer Minibar.

Katrin trat ein und ließ sich in den Sessel sinken. Daneben stand ein kleines Tischchen mit einer Kiste Zigarren, einem teuer aussehenden Sturmfeuerzeug und einem Aschenbecher aus Kristall, in dem noch Asche und ein Stummel lagen. Die verglaste Front warf ihr verdunkeltes Spiegelbild zurück. Hatte sich Vincent Kern hier zurückgelehnt, genüsslich geraucht und sein Spiegelbild bewundert, während er sich in Gedanken das Treffen mit Verena ausmalte? Hatte er hier gesessen, bevor er zum letzten Mal von zu Hause aufgebrochen war?

Weiter unten leuchteten die Häuser von Kirchheim. Durch die gläserne Decke sah sie die blinkenden Lichter eines Flugzeugs, das vom Stuttgarter Flughafen in die Welt aufgebrochen war. Es war erhebend, sich hier als Herr seiner kleinen Welt zu fühlen, der alles im Überblick hatte, selbst aber nicht gesehen wurde.

In der Minibar waren nur Gläser, jedoch keine Getränke. Seltsam. Erst als sie in die Ecken des Wintergartens leuchtete, sah sie hinter dem Grün einer Palme einen antiken Globus in einer massiven Halterung aus Teak. Katrin schnalzte mit der Zunge. Eine solche Globus-Bar durfte in keinem gut situierten Männerhaushalt fehlen! Sie klappte die obere Hälfte des Globus zur Seite, und mehrere Flaschenhälse ragten ihr entgegen. Ausschließlich Whiskey. Nicht unbedingt eine repräsentative Auswahl alkoholischer Getränke. Kern bewirtete hier oben keine Gäste, der Whiskey war nur für ihn bestimmt.

Sie ging in die Knie und betrachtete den Globus im Licht ihres Handys. Eines ihrer Männeropfer hatte außer Alkohol auch seine harten Sachen in der obligatorischen Globus-Bar gelagert, und zwar versteckt im Boden. Deswegen stellte sie ihr Handy auf dem Rand aus Teak ab und betrachtete sein Inneres genauer. Alle Whiskeys waren um den Griff einer drehbaren Halterung angeordnet. Sie entnahm die Flaschen und zog an der Halterung, was gar nicht so einfach war. Schließlich hielt sie das Flaschenkarussell in den Händen. Neugierig inspizierte sie das Innere des Globus.

Auf dessen Boden befand sich ein grauer Hefter aus Pappe, wie ihn Katrin noch aus ihren Schultagen kannte. Er war bereits so abgegriffen, dass er tatsächlich aus dieser weit entfernten Zeit stammen konnte. Vincent Kern musste ihn oft zur Hand genommen haben. Katrin griff hinein und schlug den Hefter auf. Bilder von leicht bekleideten Mädchen mit einem am Computer geschriebenen Steckbrief und Kerns handschriftlichen Bemerkungen befanden sich darin. Den Frisuren und den wenigen Kleidungsstücken nach zu urteilen, mussten die Fotos Anfang oder Mitte der Neunziger aufgenommen worden sein. Alles sah nach Möchtegern-Fotoshooting in Seite-drei-Manier aus. Einige der Mädchen lächelten keck und herausfordernd, andere unsicher. Ob die alle achtzehn waren?, dachte Katrin und hätte sich gern mit einem kräftigen Whiskey den Ekel heruntergespült. Als sie Ende der Neunziger noch Friseurlehrling in Berlin gewesen war und versucht hatte, ihr mageres Gehalt ein bisschen aufzubessern, hatte mehr als ein Kerl solche Fotos von ihr machen wollen, ohne Bezahlung natürlich, aber mit dem Versprechen, sie »groß herauszubringen«. Darauf war sie nie hereingefallen, aber sie erinnerte sich noch genau an diese Typen.

Sie sah sich das Gesicht eines jeden Mädchens an, erkannte aber keines wieder. Sie ging auch nicht davon aus, dass eine der Landfrauen vielleicht eine Jugendsünde zu verbergen hatte. Dafür hatte keine das richtige Alter. Auf der letzten

Seite fiel ihr Blick auf ein verschwommenes Schild im Hintergrund, vor dem jedes der Mädchen posierte. Sie hielt das Handylicht darüber und kniff die Augen zusammen. »Modeling Agency Vincent«, stand da. Anscheinend hatte es Kern erst mit jungen Mädchen probiert, und als das nicht geklappt hatte, war er zu den Senioren gewechselt. Sie schloss den Hefter und legte ihn zur Seite. Was verbarg sich noch im Bauch des Globus?

Sie zog einige Briefumschläge heraus, Namen der Empfänger und Absender sagten ihr jedoch nichts. Auch sie waren abgegriffen, genau wie die Briefe darin. Katrin beförderte bekritzelte Servietten und lose Blätter zutage, aber erst als sie den unteren Rand abtastete, fand sie, wonach sie suchte.

»Verena!«, rief sie in Richtung Schlafzimmer, wo diese sich umsah. »Ist das der Vertrag?«

Zögernd näherte Verena sich Katrins ausgestreckter Hand.

»›Ich verpflichte mich, Anja Schmidtbauer monatlich dreihundert Euro für unseren gemeinsamen Sohn Paul zu zahlen, solange sie Stillschweigen über meine Vaterschaft bewahrt.‹«

Ihre Freundin wurde ganz blass und nickte. »Das ist Mathias' Unterschrift.«

»Ich nehme nicht an, du willst ihn als Souvenir behalten?«

Verena schüttelte den Kopf.

Katrin machte kurzen Prozess, hielt das Papier über den Aschenbecher neben dem Sessel und zündete es mit Hilfe des Sturmfeuerzeugs an. In Sekunden löste sich Verenas Problem in Rauch auf. Danach öffnete Katrin ein Fenster und schüttete den Aschenbecher aus. Um jegliche Spuren zu beseitigen, wischte sie das Glasteil an ihrem Ärmel ab und legte alle Blätter und den Hefter zurück in die Globus-Bar.

»Jetzt könnte ich einen Whiskey gebrauchen«, flüsterte Verena.

»Du sprichst mir aus der Seele.« Katrin entschied sich für eine Flasche fünfundzwanzig Jahre alten Old Pulteney, die sicher ein paar hundert Euro gekostet hatte. Für diesen glor-

reichen Augenblick nur das Beste! Sie schenkte ihnen groß-
zügig bernsteinfarbene Flüssigkeit ein, und sie stießen an.
Whiskey war nicht unbedingt Katrins Lieblingsdrink,
aber wenn er teuer war und mild wie dieser hier, ließ sie ihn
sich gern schmecken. Sie spürte dem torfigen Geschmack in
ihrer Kehle nach, ließ den Blick über das beleuchtete Kirchheim gleiten und genoss den Triumph über einen weiteren
Betrüger-Kollegen.

»Puh, was für ein Rachenputzer«, hustete Verena neben
ihr. »Aber der tat gut. Ich werde noch zur Gewohnheits-
trinkerin.«

»Sollen wir die Flasche mitnehmen?«

»Nein, bloß nicht.«

»Du hast recht. Besser, wir verschwinden und vergessen
unseren Ausflug hierher.«

»Mist, ich muss noch Auto fahren.«

»Bis nach Weilheim schaffen wir es schon.«

»Du fährst, in Ordnung? Mir dreht sich nämlich alles. Wie
hast du den Vertrag nur gefunden?«

»Alle reichen Typen denken, sie wären etwas Besonderes,
weil sie haben können, was sonst keiner hat. Aber im Grunde
ihres Herzens sind sie doch alle gleich«, wich Katrin aus und
verschwand im Bad, um die Gläser abzuwaschen.

»Also kennst du dich mit reichen Männern aus? Du hattest
ein viel aufregenderes Leben, als du zugibst, nicht wahr?«,
gluckste Verena, als sie zur Treppe gingen. »Ich wüsste zu
gern, was du schon alles getrieben hast.«

»Das wüsste ich auch gern«, erwiderte eine Männerstimme
von unten. Schlagartig tauchte die Flurbeleuchtung alles in
gleißendes Licht.

Katrin blinzelte heftig, und ihr Herz setzte einen Moment
aus. Verena schien zu Stein erstarrt. Am unteren Treppenabsatz wartete Kommissar Franke und konnte es offenbar
kaum erwarten, sie beide festzunehmen.

Schmutz

Franke gähnte, als er auf den Würstlesberg abbog. Er hatte die Nacht kaum ein Auge zugetan und war den ganzen Tag unterwegs gewesen. Das Gespräch mit Christl Häberle hatte ihn nicht weitergebracht, dabei war er sich heute Morgen sicher gewesen, dass sie der Schlüssel zu dem Fall war. Die Frau verbarg etwas vor ihm, das spürte er. Der Kommissar hatte gehofft, sie überrumpeln zu können, und sie hatte sichtbar um Fassung ringen müssen, sie aber nicht verloren und sich alles von der Seele geredet, wie er gehofft hatte.

Im Besprechungsraum im Präsidium hatte er eine Weile das Whiteboard angestarrt und nochmals die Berichte der Kollegen überflogen. Doch am Schreibtisch in Kerns Leben und Vergangenheit zu wühlen hatte ihn nicht weitergebracht. Also war er zurück nach Kirchheim gefahren und hatte dem dortigen Finanzamt einen Besuch abgestattet, wie er es ursprünglich vorgehabt hatte. Die Gespräche mit den Beamten hatten seine Annahme bestätigt, dass der Schlüssel zum Fall weiter zurück in der Vergangenheit lag. Der Mord an Kern hatte mit dessen Geschäften zu tun, musste aber auch persönlicher Natur gewesen sein. Er hatte einen neuen Anhaltspunkt, aber keinen konkreten Beweis. Diesen hoffte er nun in Kerns Haus zu finden, abseits des von den Kollegen beschlagnahmten und durchkämmten Papierkrams. Irgendetwas Dunkles, Schmutziges, was das Fass für den Mörder zum Überlaufen gebracht hatte. Ein letzter Besuch in der Villa, dann würde er sie freigeben lassen. Kerns Ex-Frau drängelte schon, dass sie die Sachen ihres Sohnes holen wollte.

Er stellte seinen Peugeot vor dem Italiener ab und musterte den verbeulten Ford Fiesta in der Parkbucht. Das Auto hatte er doch vor zwei Tagen erst im Visier gehabt! Aß Verena Gross einfach gern Pizza, oder war sie aus dem gleichen Grund hier wie er? Und falls ja, warum? Es konnte kein Zufall sein, dass sich ihre Wege während der Ermittlungen immer wieder kreuzten.

Er schaltete die Scheinwerfer aus und schlug den Weg zu Kerns Villa ein. Kein Licht brannte darin, aber das hatte er auch nicht erwartet. Als er die Haustür mit dem Schlüssel aus Kerns Wagen öffnete, erkannte er das zerrissene Polizeisiegel. War Verena Gross dafür verantwortlich? So viel Wagemut hätte er der verschlossenen Frau nicht zugetraut. Stille Wasser und so. Sie musste einen gewichtigen Grund haben, einen Einbruch zu riskieren, und er konnte es nicht erwarten, ihn zu erfahren. Vielleicht würde er das fehlende Puzzlestück zu dem Fall heute Abend noch finden.

Leise zog er die Tür ins Schloss und bereute einen Moment lang, dass er seine Dienstwaffe nicht eingesteckt hatte. Was, wenn sie nicht allein hier war? Das Licht der Straßenlaterne reichte aus, um sich zu orientieren. Im Haus war es totenstill. Lautlos ging er den Flur entlang, vorbei an Kerns elektrischem Schuhschrank.

Er öffnete die Tür zur Kellertreppe und lauschte angestrengt. Nichts. Ebenso in den anderen Räumen im Erdgeschoss. Falls Verena Gross noch im Haus war, musste sie oben sein. Laut seiner Erinnerung bestand die Treppe aus Marmorstufen, die nicht knarzten. Als er seinen Fuß behutsam auf die Stufen setzte, hörte er oben gedämpfte Stimmen. Sie kamen näher, und Verena Gross war anscheinend nicht allein. Außerdem bemerkte er den fahlen Schein eines Handylichts auf dem oberen Absatz. Behände glitt er zurück hinter die Wand, welche die Treppe vom Flur trennte, in Deckung.

»Du hattest ein viel aufregenderes Leben, als du zugibst, nicht wahr?«, hörte er Verena Gross sagen. Für eine Amateur-Einbrecherin war sie in recht guter Stimmung. Sein Instinkt sagte ihm, dass es Zeit war, dem Versteckspiel ein Ende zu bereiten. Er tastete nach dem Lichtschalter und brachte sich in Position.

»Ich wüsste zu gern, was du schon alles getrieben hast.«

»Das wüsste ich auch gern«, sagte er und legte den Lichtschalter um.

Verena Gross und ihre Miteinbrecherin standen wie festgefroren am oberen Treppensatz, sodass er genug Zeit hatte, sie zu mustern. Die auffällig gekleidete Blondine gewann als Erstes ihre Fassung wieder. Sie stellte sich vor Verena Gross und blickte indigniert auf ihn herab.

»Guten Abend«, sagte sie im Plauderton.

»Guten Abend, Frau Gross. Frau Schimmelpfennig, nehme ich an?«

Sie zögerte nur den Bruchteil einer Sekunde. Wenn er sie nicht so scharf beobachtet hätte, dann wäre ihm entgangen, wie sie kaum wahrnehmbar zurückzuckte.

»Richtig. Und Sie sind?«, fragte sie zurück und nahm die Treppe in ihren unendlich hohen Stöckelschuhen aus Schlangenleder wie ein Fotomodell.

»Kriminalhauptkommissar Franke. Bisschen unpraktisches Schuhwerk für einen Einbruch.«

»Diese Schuhe würde niemand tragen, um irgendwo einzubrechen, sie sind von Valentino.«

»Okay.«

»Außerdem habe ich einen Schlüssel.«

Mittlerweile waren sie auf gleicher Höhe. Er streckte die Hand aus, und sie legte ihn anstandslos hinein. »Woher haben Sie den?«

Sie machte ein Gesicht, als wäre die Erklärung dafür nicht der Rede wert. »Wir haben uns letztens mit Vincents –«

»Er klebte hinter dem Türklopfer!«, rief Verena Gross vom oberen Treppenabsatz herab. Sie hatte ihre Sprache wiedergefunden, aber anscheinend wollten ihre Beine nicht so recht gehorchen. Sie umklammerte mit beiden Händen das Treppengeländer, als litte sie unter Höhenangst.

Franke ließ den Blick zwischen den beiden Frauen hin- und hergleiten. Wie konnten die Kollegen den Schlüssel übersehen haben?

Verena Gross setzte sich endlich in Bewegung. »Werden wir jetzt verhaftet?«

Die Tatsache, dass die Ermittlungen hier bereits abgeschlossen waren, stimmte ihn milde. »Liegt ganz an Ihnen.«

Eine blonde Augenbraue zuckte für den Bruchteil einer Sekunde, als wollte Frau Schimmelpfennig sagen: Ach, wirklich? Sie hatte sich jedoch so schnell wieder im Griff, dass er sich fragte, ob er es sich vielleicht nur eingebildet hatte.

»Es war meine Idee, Kerns Haus zu besuchen. Verena wollte mich davon abhalten, nur deshalb ist sie jetzt hier. Sie sollten sie gehen lassen.«

»So war das gar –«

Frau Schimmelpfennig ergriff blitzschnell den Arm von Verena Gross, woraufhin die von der untersten Treppenstufe stolperte und erschrocken verstummte. Franke entging auch nicht der warnende Blick, den sie Verena Gross zuwarf.

»Eine von Ihnen sollte schon reden, sonst stehen wir die ganze Nacht hier.«

»Es tut mir sehr leid, Kommissar Franke. Wir wollten der Polizei keine Schwierigkeiten bereiten. Bitte entschuldigen Sie.«

»Nein, das wollten wir wirklich nicht«, stimmte Frau Schimmelpfennig zu, und er registrierte, dass sie die Entschuldigung wegließ. Sie gab jedoch ihre lässige Haltung auf, und hinter ihrer Schminke machte sich Unsicherheit breit. Sie schien sich einen Moment zu sammeln, presste die Handflächen aufeinander und blickte ihn aus stark geschminkten blauen Augen an. Er konnte nicht genau beurteilen, ob es sich um eine einstudierte Pose handelte oder ob sie wirklich einen Entschluss gefasst hatte. Es hing davon ab, was sie als Nächstes tat.

»Falls Sie noch mal hergekommen sind auf der Suche nach

Vincent Kerns schmutzigen Geheimnissen ... Die finden Sie im Wintergarten auf dem Boden der Globus-Bar.«

Damit hatte Franke nicht gerechnet. Seine Kollegin hatte das Haus akribisch abgesucht, und ihm fiel es schwer, zu glauben, dass ihr dabei etwas entgangen war.

»Schmutzige Geheimnisse, soso. Herr Kern war laut unseren Ermittlungen ziemlich beliebt. Ich frage mich, wie Sie darauf kommen, er könnte ›schmutzige Geheimnisse‹ gehabt haben.«

»Das fragen Sie am besten seine Mitarbeiterinnen bei ›FünfzigPLUS‹. Die haben sicher so eine Ahnung.«

»Ich frage Sie.«

»Wie könnte der Besitzer eines kleinen Regionalblattes mit beschränkter Zielgruppe derart im Luxus leben, wenn es *nicht* so wäre? Wollen Sie sich die Sachen nicht ansehen?«

»Noch nicht, unser Gespräch läuft gerade so gut.« Wenn sie dachte, sie könnte ihn mit einem hingeworfenen Köder abspeisen, dann hatte sie sich getäuscht.

Die beiden Frauen blickten sich an. »Katrin wollte mir helfen, etwas zu finden ...«

»... was die Landfrauen vielleicht in Schwierigkeiten gebracht hätte.«

Franke verschränkte die Arme vor der Brust und wartete.

Der Paradiesvogel blickte ihn unverwandt an und plusterte sich weiter auf. »Sie haben die Frauen kennengelernt, oder? Sie müssen zugeben, dass es alles ehrliche, anständige und arglose Mitmenschen sind. Ein Umstand, den sich Herr Kern zunutze gemacht hat!«

»Und wie?«

»Er hat Informationen, die er aus Interviews und persönlichen Gesprächen gewonnen hat, an eine Enkeltrickbande verkauft.«

»Wie haben Sie davon erfahren?«

»Jemand hat sich mir anvertraut.«

»Hm. Bisschen vage.«

»Fragen Sie Elisabeth Oliveira. Sie wird Ihnen erzählen, wie Katrin ihr Geld von den Betrügern wiederbeschafft hat«, warf Frau Gross ein.

»Wie wär's, wenn sie's mir selbst erzählt?«

Franke erfuhr nun, dass sich eine ältere Dame bei den Landfrauen gemeldet hatte, nachdem sie einen jungen Trickbetrüger in ihrem Waschhaus festgesetzt hatte. Katrin Schimmelpfennig war mit einer der Landfrauen, deren Namen sie jedoch nicht nennen wollte, dorthin gefahren, hatte anscheinend die Chefin der Betrüger aus der Reserve gelockt und sie dazu gebracht, ihr die erbeuteten Euro wiederzugeben.

»Ihr Name ist Christine, und ihr Gehilfe heißt Mirko Schulze. Der Junge hat uns seinen Namen nicht genannt, aber ich schätze, dass sie ohnehin über alle Berge sind. Und ja, wir hätten die Polizei informieren sollen, aber das wollten die Beteiligten nicht. Ich wollte nur helfen, und jetzt haben wir den Salat.«

»Allerdings.« Franke musste zugeben, dass ihn die Geschichte beeindruckte. Viele Betrogene gingen aus Scham nicht zur Polizei. Nichtsdestotrotz waren die Täter entkommen und würden anderswo weitermachen.

»Wird die Kollegen von der Ortspolizei nicht gerade freuen. Die melden sich dann.«

Die beiden Frauen nickten verhalten.

»Trotzdem verstehe ich nicht, was Sie hier zu suchen haben.«

»Es könnte doch sein, dass Herr Kern vertrauliche Informationen über die anderen Landfrauen gehabt hat, und wir wollten nicht, dass sie in falsche Hände geraten.«

»Aha. Jemand Bestimmtes? Oder haben Sie auf gut Glück herumgestöbert?«

»Wir haben sowieso nichts gefunden, zumindest nichts, was uns oder den Verein in Schwierigkeiten bringen könnte«, wich Katrin Schimmelpfennig aus.

Das schien sein Stichwort zu sein, sich die besagten Sachen einmal anzuschauen. Aber ganz so einfach wollte er die beiden nicht vom Haken lassen.

»Keine ausgedehnten Reisen in nächster Zeit. Das war sicher nicht unser letztes Gespräch.«

»Selbstverständlich.«

Er blickte von Verena Gross zu Katrin Schimmelpfennig.

»Sie wohnen in Berlin, richtig?«

»Nicht mehr lange.«

»Sie wollen nach Weilheim ziehen?«

»Warum nicht?«

»Liegt nicht unbedingt um die Ecke.«

»Ich möchte in der Nähe meiner Freundin Eva wohnen, ich werde demnächst wieder Patentante.«

»Ach, wirklich? Das ist ja schön! Ich freue mich so für Eva!«, rief Verena Gross, merkte jedoch, dass dies nicht die richtige Situation für Glückwünsche war, und blickte betreten auf ihre Hände.

»Gratuliere. Nichtsdestotrotz …«

»Sie müssen keine Bedenken haben, dass ich abhaue. Sicher wissen Sie schon, dass ich derzeit bei Eva Gscheidle wohne. Das Letzte, was ich will, ist, ihr Ärger zu machen.«

Ihre Wangen hatten sich unter dem Rouge gerötet. Verbissen presste sie die Lippen aufeinander und sah ihn herausfordernd an.

»Ich denke, wir sind hier fertig. Falls Sie noch weitere Schlüssel haben, dann gerne her damit.«

»Nein, das war der einzige. Was passiert eigentlich mit dem Champagner und dem Kaviar?«, fragte Katrin Schimmelpfennig auf dem Weg zur Tür.

»Darum muss sich seine Familie kümmern. Oder die Firma Sülzle. Kennen Sie die?«

Verena Gross errötete, aber an ihrer Miteinbrecherin schien die Bemerkung abzuperlen. »Wirklich schade um die teuren Sachen.«

»Brezeln schmecken eh viel besser, oder?«

Sie warf ihm einen konsternierten Blick zu und stöckelte hoheitsvoll den Flur entlang aus seinem Sichtfeld.

Auf dem Weg nach oben fragte er sich, wie sie es den ganzen Tag in solchen Schuhen aushielt. Als er sich Latexhandschuhe überstreifte und die Globus-Bar öffnete, kam ihm der Gedanke, sie könnte ihn hereingelegt haben. Umso überraschter war er, als er einen Stapel Papiere in der Hand hielt. Er überflog die einzelnen Dokumente und schlug schließlich einen in die Jahre gekommenen Schnellhefter auf. Mit gerunzelter Stirn blätterte er ihn durch, und seine persönliche Meinung über Vincent Kern rutschte noch weiter in den Keller. Wut kochte in ihm hoch, als er die Seiten überflog.

Er vertraute seiner Tochter, dass sie nie in die Fänge eines solchen Kerls geraten würde. Aber falls doch, wüsste er nicht, ob er in erster Linie Vater oder Polizist sein würde. Er kämpfte die Wut herunter und blätterte weiter. Auf einer der hinteren Seiten stieß er auf einen Namen, der ihn innehalten ließ.

Das war es. Das Dunkle, Schmutzige, das persönliche Motiv. Danach hatte er gesucht. Er klappte den Hefter zu und legte die anderen Dokumente darauf. Er würde sie zu Hause durchschauen, nachdem er sich vergewissert hatte, dass Tabea friedlich in ihrem Bett schlummerte.

Katrin Schimmelpfennig hatte die Wahrheit gesagt und ihm einen unschätzbaren Tipp gegeben, den er ihr zugutehalten musste. Darüber hinaus hatte sie etwas getan, das einem Muster entsprach, welches nun offensichtlich wurde: Christl Häberle, die anderen Landfrauen und Katrin Schimmelpfennig hatten sich alle schützend vor Verena Gross gestellt.

Das würde er ausnutzen.

∗∗∗

Christine betrat den Aufzug des Grand Hyatt und drückte ungeduldig die vergoldete Taste zur siebten Etage. Den ganzen

Tag schon gierte sie nach einer Zigarette. Ihre letzte Packung hatte sie auf der Fahrt nach Berlin aus dem Fenster gepfeffert, weil im Autoradio Udo Jürgens »Heute beginnt der Rest deines Lebens« gedudelt hatte. Was nützte ein Neuanfang, wenn man schlechte Gewohnheiten mitnahm? Das galt auch für ihre abgekauten Fingernägel und die langweilige Frisur. Das gedämpfte Licht des Fahrstuhls schluckte ihre Augenfältchen, jedoch nicht ihren gehetzten Blick. Christine zog zwei Strähnen ihres neuen leuchtend blonden Bobs über die Wangen. Gleich nach dem Einchecken in ein Zimmer mit Kingsize-Bett und Stadtblick für vierhundert Piepen die Nacht hatte sie sich die Haare machen lassen. Sie hatte sich gefühlt wie neu geboren. Aus Zigarettenasche auferstanden. Heute war sie sich unsicher, ob die Haare nicht aussahen wie der verzweifelte Versuch einer Mittvierzigerin, ihre Jugend nachzuholen. Ungläubig befühlte sie die Haut zwischen Oberlippe und Nase, die wieder aussah, als hätte sie nicht zwei Jahrzehnte Zigaretten dauergenuckelt. Ihre Finger mit den dunkelrot lackierten Nägeln zitterten. Bloß nicht an Zigaretten denken!

Sie hatte den Morgen mit einem Vollbad begonnen und sich das Frühstück bringen lassen. »Schönen Tag noch!«, hatte ihr der Hotelpage gewünscht, danach war die Ruhelosigkeit mit voller Wucht zurückgekommen. Ihre euphorische Aufbruchsstimmung war verpufft, und Christine hatte die Krallen ausgefahren, um sie wieder einzufangen.

Sie hatte sich ein teures Gesichtspuder und ein noch teureres Parfüm gekauft. Le Lion de Chanel. Von der Straßenkatze zur Löwin. Sie führte das Handgelenk zur Nase. Roch es an ihr nicht wie Katzenpisse?

Christine verscheuchte den Gedanken. Eine Hot-Stone-Massage im Rooftop-Spa erwartete sie.

»Ah, du hast Lippenfalten wegspritzen lassen, wo ich gesagt hab«, begrüßte sie die Masseurin namens Tatyana. »Siehst zehn Jahre jünger aus.«

»Danke für den Tipp.«

»Wenn du mehr brauchst, musst du nur fragen.« Christine hatte über Botox nachgedacht, aber ihr neuer fedrig-fülliger Pony verdeckte die Stirnfalten bereits weitaus preiswerter. Die Kaffeedose mit gerollten Geldscheinen in ihrem Zimmersafe musste noch eine Weile reichen. Was sie wirklich brauchte, war ein Plan.

Tatyana knetete ihre Füße und legte heiße Steine darauf, trotzdem konnte sie sich nicht entspannen. Im Gegenteil. Während ihre verkrampften Waden gelockert wurden, hatte sie plötzlich das Gefühl, hereingelegt worden zu sein. Das Gesicht der Blondine aus Neidlingen tauchte vor ihr auf. Ihretwegen war sie nun hier. Wegen einiger bekritzelter Blätter und einer Drohung. Zugegeben, sie hatte sowieso irgendwann abhauen wollen und war erleichtert gewesen, dass ihr endlich jemand die Entscheidung abgenommen hatte. Am selben Tag noch hatte sie Schulzi ausbezahlt. War ein super Bodyguard gewesen, ohne jemals dumme Fragen zu stellen. Aber die verdammten Steroide hatten sein Hirn aufgeweicht, und sie konnte sich nicht mehr hundertprozentig auf ihn verlassen. Von nun an war sie solo unterwegs. Ihre Wohnung war gekündigt, die Telefonanlage entsorgt und ihr Cabrio mit dem Nötigsten vollgeladen bis unters geschlossene Dach. Sie hatte die Adresse des Grand Hyatt gegoogelt und war losgefahren. Aber was jetzt?

»Du bist sehr verspannt heute. Hast du Sorge?«

»Ich weiß nicht, wie es weitergehen soll«, gestand Christine. Es war schön, mal ehrlich mit jemandem zu reden.

»Du bist nicht wie andere reiche Gäste hier. Dir muss man nicht Popo pudern.«

»Tja, ich bin auch nicht reich.«

»Ha! Du tust nur so?«

»Mal sehen, wie lange noch.«

»Du brauchst Geld?«

»Hast du welches?«

»Ich nicht. Aber Männer hinten an Bar. Du musst dir reichen Mann suchen. Gibt hier viele.«

»Warum suchst du dir keinen reichen Typen?«

»Hab schon meinen Jurotschka. Bester Mann der Welt. Ehrlich und alles. Ich nicht eintauschen gegen Geld. Aber wenn du keinen Mann hast ...«

Christine stellte sich vor, wie die Blonde hier Männer eingewickelt und abgezogen hatte. Sie hatte es sogar schriftlich. Für die bekritzelten Blätter hatte sie achttausend Euro bezahlt!

»Du riechst fantastisch. Parfüm war bestimmt teuer.« Tatyana drückte ihr einen heißen Stein in die Hand.

Das Kompliment tat gut. Es war nicht so, dass die Blätter wertlos waren. Sie wusste nur nicht, was sie damit anfangen sollte. Ob man die Infos weiterverkaufen konnte? Oder sie gegen die Blonde verwenden?

Hatte sie nicht einen Ehering getragen? Ja, sie hatte erzählt, dass es nur noch einen Mann für sie gebe. Sicher hatte sie sich nicht mit einem mittellosen Typen zur Ruhe gesetzt. Ob er von ihrer zwielichtigen Vergangenheit in Berlin wusste? Was würden die Nachbarn sagen, wenn sie davon erführen? Wäre doch gelacht, wenn da nicht was zu holen wäre. Der Gedanke an ein regelmäßiges monatliches Einkommen aus einer Erpressertätigkeit gefiel Christine. Vielleicht wusste der Junge, wie sie hieß und wo sie zu finden war. Falls nicht, konnte man einen Paradiesvogel wie sie mit etwas Geduld aufspüren.

»Du hast tolle Beine. Musst nicht immer Jeans tragen«, lobte Tatyana, während sie sich an ihrem Rücken hocharbeitete.

»Findest du?«

»Musst du Minirock anziehen.«

Sie hatte tatsächlich einen Minirock aus schwarzem Leder dabei. Eine Erinnerung an ihre Jugendliebe. Sie hatte ihn aus reiner Sentimentalität eingepackt.

»Ich auch Minirock und meine Beine dick. Egal! Alter auch egal. Was Leute denken: egal. Ich mag das einfach.«

Christine merkte, dass sie eigentlich nicht auf die Blonde sauer war, sondern auf sich selbst. Seit wann war sie so zögerlich? Warum nicht einfach eine neue Masche ausprobieren und Spaß dabei haben? Die nötige Menschenkenntnis und ein Gespür für brenzlige Situationen hatte sie.

Sie sah sich mit lasziv überschlagenen Beinen an der Bar sitzen. Ihre Beine waren wirklich toll, nicht nur für ihr Alter. Sie würde an einem bunten Cocktail nippen statt an einer Coladose ...

Christine fasste einen Plan. Sie würde sich einen Platz an der Bar suchen und die Cocktailkarte studieren, bis ihr irgendein Typ ein Getränk spendierte. Vielleicht konnte sie noch ein bisschen mehr aus ihm rausholen, vielleicht nicht.

Wenn sie niemanden an Land zog, war die Blonde ihr Plan B. Immerhin schuldete sie ihr achttausend Euro ...

Wer kommt zuerst und geht zuletzt?

»Was machst du denn hier?«, grüßte Lara gut gelaunt wie immer. »Heute hast du doch frei.«

»Ich wollte mal sehen, ob du ohne mich zurechtkommst«, ulkte Katrin. Ihre junge Kollegin war immer noch dreimal so kompetent und effizient, und das wussten sie beide. »Ich komm klar. Aber ohne dich ist es nur halb so lustig, also eigentlich gar nicht«, flüsterte Lara über die Theke gelehnt, damit Johanna hinten am Backofen nichts davon mitbekam.

Katrin zwinkerte ihr zu und beäugte die Auslage mit mittlerweile professionellem Blick. Sie hatte die ganze Nacht vor schlechtem Gewissen kein Auge zugetan. Was, wenn die Sache im Haus von Vincent Kern doch irgendwie herauskäme? Natürlich glaubte sie nicht, falsch gehandelt zu haben, und der Herr Kommissar konnte nur froh sein über ihren Tipp mit der Globus-Bar. Sicher hatten seine Leute das Haus durchsucht und das Versteck im Gegensatz zu ihr nicht gefunden. Würde sie noch allein leben, läge sie jetzt träumend in ihren Kissen.

Aber diese Zeiten waren vorbei, und sie hoffte nur, dass ihr Besuch in Kerns Villa den Gscheidles keinen Ärger machte. Eva war wegen ihrer Sportkurse auf einen guten Leumund angewiesen und Ghobard wegen seiner Flaschnerei. Sie konnten es sich nicht leisten, dass die Leute über sie tratschten, weil sie mit einer angeblichen Einbrecherin unter einem Dach wohnten.

Ein paar frische Brötchen für die Familie Gscheidle sollten nun ihr Gewissen beruhigen. Lara packte Sesambrötchen, Laugenstangen, Brezeln und Tafelwecken ein und schmuggelte ein Croissant dazu, das man noch hätte verkaufen können.

»Die isst du doch so gern. Bist du sicher, dass ich dir keinen Espresso rauslassen soll? Du siehst aus, als könntest du einen gebrauchen.«

Katrin wurde ganz warm ums Herz. »Das ist nett von dir, aber ...« Sie deutete mit den Augen zu Johanna. »Bis morgen, Lara. Dann erzählst du mir von deinem Date.«

Die junge Frau strahlte.

Katrin winkte zum Abschied und trat, so schnell es ihre Stöckelschuhe erlaubten, den Rückweg an. Schließlich sollten die Gscheidles ihre frischen Brötchen bekommen, bevor sie zur Arbeit und in die Schule mussten.

※※※

»Oh, ist etwa schon Sonntag?«, fragte Eva, als sie die Küche betrat.

Katrin hatte bereits Pausenbrote für die Söhne der Gscheidles geschmiert und schnippelte nun Äpfel in deren Tupperdosen. In Evas Lieblingstasse zog Kräutertee. »Ich bin aus bloßer Gewohnheit zur Bäckerei gegangen, stell dir das mal vor.«

Ihre Freundin lächelte und entsorgte den Teebeutel. »Was hast du heute vor?«

»Ein Umzugsunternehmen finden, mich mit meiner Vermieterin über neuen Fußboden einigen und ein Ticket nach Berlin buchen«, ratterte sie herunter, ohne im Schneiden innezuhalten. Ihr graute davor, nach Berlin zurückzukehren. Erstens wollte sie Eva nicht allein lassen, zweitens kam ihr das Leben dort inzwischen unwirklich vor und drittens, das war der eigentliche Grund für ihren Widerwillen, wollte sie nicht wissen, welche Nachrichten in ihrem Briefkasten steckten. Dennoch musste sie endlich einen Schlussstrich unter ihr bisheriges Leben ziehen.

»Sollen wir zusammen hochfahren? Ich könnte dir beim Kistenpacken unter die Arme greifen.«

»Dafür gibt's doch muskulöse Packer.« Mit dem Durcheinander in Berlin musste sie selbst fertig werden. »Wenn du willst, kannst du mir bei der Einrichtung meiner neuen Wohnung helfen.«

»Darf ich auch?«, fragte Darian und stürmte herein.

»Natürlich!«

»Wir gehen zusammen auf den Flohmarkt nach Kirchheim und suchen dir tolle Sachen aus.«

»Super. Aber jetzt iss erst mal deine Brezel und trink deinen Kakao.«

»Du klingst wie Mama.«

»Das kann gar nicht sein.«

Ali nahm seine Tupperdose an sich, murmelte etwas, das man als »Danke« interpretieren konnte, und war schon wieder weg.

Kaum dass Katrin die Espressokanne zum Dampfen gebracht hatte, betrat Ghobard die Küche. Die Gscheidles funktionierten wie ein Uhrwerk. Das fand sie beruhigend, und es würde ihr fehlen, wenn sie erst einmal umgezogen wäre. Katrin hielt ihm ein eingewickeltes Sesambrötchen mit Gouda und einen Espresso hin, bevor er Eva auf die Wange küsste und sich verabschiedete.

»Als wir uns kennengelernt haben, hätte ich nie gedacht, dass du mal nach Weilheim ziehst.«

Katrin kaute gedankenverloren eine Butterbrezel. Eva war als junge Sportstudentin nach Potsdam gekommen und hatte bei den Schimmelpfennigs, die immer Geld brauchten, zur Untermiete gewohnt. Katrin hatte gerade eine Lehrstelle als Friseuse ergattert und von einem Haarsalon für Promis in der Hauptstadt geträumt, in dem sie einen reichen Schauspieler treffen würde, der sich Hals über Kopf in sie verlieben und ihr die große weite Welt zeigen würde ...

Katrins Handy summte, und sie kramte in ihrer Handtasche, um es zum Schweigen zu bringen. Wer konnte so früh schon etwas von ihr wollen? Hoffentlich nicht die Polizei.

Der Kommissar hatte gestern Abend angekündigt, dass sich seine Kollegen wegen der Enkeltrickbande melden würden. Von alldem durfte Eva nichts mitbekommen. Auf dem Display leuchtete Verenas Name auf, und Katrin ging sofort ran. »Du bist schon wach?«

»Ich habe die ganze Nacht nicht geschlafen.« Verenas Stimme klang rau, als könnte sie nur mühsam Tränen unterdrücken. »Katrin ... Der Kommissar war hier ... Er hat ...« Ihre Stimme brach.

Mit einem Seitenblick beobachtete Katrin, wie Eva an der Spülmaschine hantierte. Ihre Freundin grinste sie an. Gut so. Sollte sie ruhig denken, Katrin und die Landfrauen hätten sich auf dem Frühlingsfest amüsiert und die Nacht durchgefeiert.

»Ich bin in zehn Minuten bei dir. Dann erzählst du mir alles, ja?«

»Mach ich. Bis gleich.«

Katrin legte auf und dachte nach. Hatte sie in den Unterlagen aus Kerns Wintergarten etwas übersehen? Hatte der Kommissar einen Hinweis darauf gefunden, dass Vincent Kern versucht hatte, Verena zu erpressen? In Gedanken ging sie den Stapel an Papieren durch, doch da war nichts gewesen. Sie ließ den Rest Butterbrezel liegen und hängte sich ihre Tasche um.

»Ich muss leider los.«

»Du musst aufpassen, Verena macht noch eine waschechte Landfrau aus dir. Geht's um die Hocketse am ersten Mai? Lass dich bloß nicht zum Brezelschlingen einteilen, dann hast du den ganzen Tag keine ruhige Minute.«

»Merk ich mir«, antwortete Katrin knapp. Es behagte ihr nicht, Eva die Wahrheit vorzuenthalten. Wenn die Sache hier vorbei wäre, würde sie sich von Betrügern, Mordverdächtigen und insbesondere Kommissaren fernhalten.

**

»Vielen Dank fürs Bereithalten. Wenn ich mit Frau Gross fertig bin, komme ich gleich bei Ihnen vorbei.« Franke legte auf. Der Haken war ausgeworfen, nun musste er sehen, ob ihm der Fisch ins Netz ging.

Es gefiel ihm nicht, Verena Gross Angst zu machen und sie als Köder zu benutzen, aber wenn er dadurch einen Hai anlocken konnte ... Er wartete fünf Minuten im Auto, bevor er zum hoffentlich letzten Mal auf das idyllische Fachwerkhaus zuging, in dem die Zeit stehen geblieben war. »Kurz und schmerzlos« war seine Devise.

Als er das Haus betrat, hörte er Stimmen aus der Küche. Dort roch es nach Essig. Frau Gross blickte erschrocken auf, als er eintrat.

»Dauert nicht lange«, sagte er statt einer Begrüßung.

Verena Gross wusch sich fahrig die Hände, entschuldigte sich bei den anderen und führte ihn hoch in ihr Büro.

»Sie sind früh auf, Frau Gross.«

»Wir wollen einen Vortrag zu traditionellen Putzmitteln organisieren«, erklärte sie errötend. »Sicher möchten Sie über den vergangenen Abend reden.«

»Tja, ich war überrascht, Sie im Haus von Vincent Kern anzutreffen.«

»Es gibt nichts, das ich zu meiner Verteidigung sagen könnte. Es war sehr dumm.«

»Aber auch mutig. Sie wollten Ihre Landfrauen schützen, nicht wahr?«

Verena Gross nickte so ruckartig wie ein Specht, der auf Beton getroffen war.

»So ganz kann ich immer noch nicht glauben, dass Sie auf gut Glück bei Herrn Kern eingebrochen sind. Sie wussten, wonach Sie suchen.«

Verena Gross saß reglos da, die Farbe war aus ihrem Gesicht gewichen. Es tat ihm leid, sie so quälen zu müssen. Letztlich war es nicht von Bedeutung, welches schmutzige Geheimnis die Frau mit Vincent Kern verband. Sie hatte ihn deswegen nicht umgebracht. Hätte sie es getan, dann hätte sie sich der Polizei gestellt, dessen war er sich sicher. Sie hätte nicht zugelassen, dass die anderen Landfrauen Verdächtigungen und Vernehmungen ausgesetzt wären und dass die Polizei das Haus auf den Kopf stellte. Sie wäre eine jener Mörderinnen gewesen, die nach der Tat reinen Tisch machten. Damit das Leben für die Menschen, die ihr wichtig waren, weitergehen konnte. Er konnte nur hoffen, dass ihre Erlösung schon auf dem Weg hierher war, damit das Spiel ein Ende hatte.

»Verraten Sie mir, wonach Sie gesucht haben?«

»Nach einem Vertrag.«

»Ein Vertrag?«

»Zwischen meinem verstorbenen Mann und seiner Geliebten. Darin stand, dass er ihr jeden Monat Geld für seinen unehelichen Sohn zahlt, wenn sie den Mund hält.« Sie presste die Lippen so fest zusammen, dass sie kaum noch zu sehen waren.

»Verstehe. Wie haben Sie davon erfahren?«

»Herr Kern ist zu mir gekommen.«

»Wann?«

Frau Gross kam nicht zu einer Antwort, denn jemand polterte die Treppenleiter herauf und riss schon während des Anklopfens die Tür auf.

Der Hai hatte angebissen.

»Verena, kann ich dir helfen?«, fragte Klaus-Dieter Richter außer Atem.

Sie schüttelte den Kopf, anscheinend peinlich berührt, dass noch jemand vom Geheimnis ihres Mannes erfahren könnte.

»Nein, du wartest am besten.«

»Herr Richter, kommen Sie rein.« Franke wies auf den Stuhl neben sich. »Sicher kann Frau Gross Ihre Unterstützung gebrauchen.«

»Nein, ich –«

Weiter kam die Vorsitzende der Landfrauen nicht, denn

Klaus-Dieter Richter hatte die Tür bereits hinter sich geschlossen und sich neben sie gesetzt. Jetzt tätschelte er ihr beruhigend den Unterarm, was Frau Gross jedoch noch mehr aus der Fassung zu bringen schien.

Franke gab seinem Ton eine strengere Note. »Herr Kern ist zu Ihnen gekommen, um sie mit dem Vertrag zwischen Ihrem Mann und seiner Geliebten zu konfrontieren. Wann war das?«

»Am Dienstagabend vergangener Woche.«

»Der Abend, an dem er ermordet wurde?«

Sie nickte.

»Sie haben ausgesagt, Herr Kern hätte über einen Zeitungsbericht mit Ihnen sprechen wollen.«

»Deswegen hatte er um ein Treffen am Abend gebeten.«

»Natürlich«, schaltete sich Herr Richter ein. »Ich verstehe nicht, warum Sie Verena deshalb noch einmal befragen müssen.«

»Sie haben der Polizei eine wichtige Information vorenthalten, Frau Gross.«

»Es war privat, und es hatte ja nichts mit seinem Tod zu tun.«

»Tatsächlich?«

»Wenn Verena das sagt, werden Sie ihr schon glauben müssen, Herr Kommissar.« Klaus-Dieter Richter hatte sich aufgeplustert, und sein blasses, eingefallenes Gesicht hatte rote Flecken bekommen. Er konnte einem Hai nicht unähnlicher sein und erinnerte eher an einen unglücklichen Beagle.

»Weshalb hat Herr Kern Sie mit dem Vertrag konfrontiert?«

»Er hat versucht, mich zu erpressen.«

»Er wollte Geld?«

»Nein, Informationen über die anderen Landfrauen.«

»Was wollte er mit den Informationen?«

»Das weiß ich nicht.«

»Sind Sie auf die Erpressung eingegangen?«

»Nein.«

»Und Herr Kern hat das einfach so akzeptiert?«

»Nein. Er hat mir gedroht, in ›FünfzigPLUS‹ darüber zu schreiben.«

»Lächerlich!«, bellte Klaus-Dieter Richter.

Franke stimmte ihm zu, dass es vermutlich eine leere Drohung gewesen sei, aber Frau Gross müsse sie trotzdem Angst gemacht haben. »Was haben Sie daraufhin getan?«

»Ich bin weggelaufen, weil ich nicht mehr mit ihm in einem Raum sein konnte. Was ich über meinen Mann erfahren habe, hat mich völlig aus der Bahn geworfen.«

»Wohin sind Sie gegangen?«

»Zuerst wollte ich zu meinem Sohn nach Stuttgart, aber dann habe ich es mir anders überlegt. In Kirchheim-West bin ich von der Autobahn runter und nach Hause gefahren. Ich hatte damit gerechnet, dass Herr Kern versuchen würde, mich anzurufen. Doch das ist nicht passiert. Vielleicht waren ihm die Informationen doch keine Erpressung wert.«

»Herr Kern hat Sie nicht angerufen, weil er zu diesem Zeitpunkt vermutlich bereits tot war.«

»Oh.«

»Sie haben Kerns Erpressung nicht erwähnt, weil Sie wussten, dass Sie dies zu einer Verdächtigen machen würde. Ist es nicht so?«

»Ich wollte nicht, dass die ganze Sache bekannt wird. Mein Sohn hat genug unter seinem Vater zu leiden gehabt. Außerdem habe ich ihn ja nicht umgebracht.«

»Natürlich nicht!« Richters anfängliche Empörung war Unsicherheit gewichen. Ihm musste bewusst sein, dass Verena Gross mächtig in der Klemme steckte.

Zeit, der Scharade ein Ende zu bereiten. »Sie hatten die Gelegenheit dazu, Frau Gross. Sind Sie nicht bekannt dafür, als Erste in den Verein zu kommen und als Letzte zu gehen? Herr Kern selbst hatte darüber in seiner Zeitung geschrieben, nicht wahr?«

Sie nickte, und Franke hätte nicht geglaubt, dass sie noch blasser werden könnte.

»War an diesem Abend noch jemand im Vereinshaus?«

Sie öffnete den Mund, aber keine Worte kamen heraus.

»Frau Gross, bitte kommen Sie mit.«

»Bin ich jetzt verhaftet?«

»Ich werde Ihnen keine Handschellen anlegen, wenn Sie freiwillig mitkommen. Aber Sie sollten –«

»Ich war an diesem Abend auch da! Ich kann bezeugen, dass sie vor Vincent Kern davongelaufen ist und ihn nicht umgebracht hat.« Richter war aufgesprungen und drückte Frau Gross zurück in ihren Bürostuhl.

»Tatsächlich?«

»Ich weiß, dass Verena manchmal bis spätabends bleibt, und mir ist nicht wohl dabei, dass sie hier ganz allein ist.«

»Was soll mir denn in Weilheim passieren?«

»Vincent Kern zum Beispiel. Dieser dreckige Schmierfink wollte dich erpressen! Ich wusste gleich, dass er nichts Gutes im Schilde führt, als er während des Interviews um die Frauen herumscharwenzelt ist.«

»Aber wieso denn?«

Richter schwieg.

»Kannten Sie Herrn Kern schon vorher?«

»Ja.«

»Und woher?«, hakte Franke nach, obwohl er es bereits wusste.

»Von meiner Zeit als Abteilungsleiter beim Finanzamt in Kirchheim. Ich wusste von seinen krummen Geschäften mit seiner Investmentfirma.«

»Und was haben Sie unternommen?«

»Nichts. Er hat immer jemand Gutgläubigen gefunden, auf den er die Schuld abwälzen konnte. Bei ihm waren mir die Hände gebunden.«

»Und während des Interviews? Haben Sie die Frauen gewarnt?«

»Nein, er hatte doch alle von sich eingenommen und sich zum Hahn im Korb gemacht.«

»Herr Richter, ich verstehe, dass Sie jetzt etwas unternehmen wollen, um Frau Gross zu helfen.«

»Ich würde alles für Verena tun!«

»Fällt mir trotzdem schwer, zu glauben, dass Sie Herrn Kern erschlagen haben, weil seine Steuererklärungen einwandfrei waren.«

»Aber das war nicht alles!«

»Schluss jetzt! Frau Gross kommt mit. Sie hatte ein Motiv und die Gelegenheit. Sie sollten sich überlegen, ob Sie Ihre Aussage offiziell wiederholen wollen. Laut Polizei haben Sie zu Protokoll gegeben, an diesem Tag nicht im Vereinshaus gewesen zu sein. Eine Falschaussage wird niemandem helfen. Frau Gross, bitte kommen Sie.«

»Verena hat ihn nicht umgebracht. Ich war es! Ich habe im Zimmer nebenan gesessen und gehört, wie Kern mit ihr geredet hat. Dann ist sie weggelaufen, und er hat gelacht. Gelacht! Er war so selbstbezogen, dass er mich gar nicht bemerkt hat. ›Ich krieg dich schon, meine Kleine‹, hat er gemurmelt und ist ganz lässig die Treppe herabgeschlendert. So als würde er zu einem Rendezvous gehen und nicht gerade das Leben einer formidablen Frau ruinieren! Genau wie damals!«

»Wie damals?« Franke dachte an den zerlesenen grauen Hefter in seinem Rucksack.

»Wie damals bei meiner Schwester. Die hat dieser Schmutzfink bei seiner sogenannten Modelagentur unter Vertrag genommen. Mit den Fotos hat er ihr die kompletten Ersparnisse abgepresst. Und als sie ihrem Verlobten davon erzählt hat, hat er sie sitzen lassen. Das arme Mädle ist vollkommen abgestürzt und hat versucht, sich umzubringen! Und dieser Dreckskerl macht einfach weiter und spielt den Schwiegermutterschwarm.« Richter hatte sich in Rage geredet, Schweißperlen waren ihm auf die Stirn getreten. »Ich bin so wütend geworden und musste ihn einfach aufhalten. Dieses Mal durfte er nicht weitermachen. Auf der Anrichte im ersten Stock lag die alte Spätzlespresse. ›Die Sau darf Verena nicht einholen‹, hab ich mir gedacht und sie mir geschnappt. Alles lief ganz automatisch, ich hab überhaupt nicht mehr nachgedacht. Ich weiß nicht mal mehr, wie ich die Treppe runter bin. Als er rausgehen wollte, hab ich ihm eins übergezogen. Ich wollte ihn nicht umbringen, er sollte nur Verena in Ruhe lassen. Doch er ist nicht wieder aufgestanden. Da wusste ich, er war tot.«

»Und dann?«

»Dann habe ich ihn ins Wägele von den Landfrauen gelegt und … den Rest kennen Sie schon.« Richter nahm Frau Gross ins Visier. »Er sollte dir und den anderen Frauen nie wieder Ärger machen. Nie wieder, verstehst du?«

Franke hatte den Eindruck, er wollte ihr zwischen den Zeilen etwas mitteilen. Aber das konnte er während der Vernehmung aus ihm herausholen. »Wir haben alle Küchengeräte mitgenommen, keines kommt als Tatwaffe in Frage.«

»Natürlich nicht! Die Spätzlespresse finden Sie in meiner Garage. Das ist der Beweis, dass ich es war und nicht Verena. Verhaften Sie mich!«

***

»Die Polizei war da und hat Klaus-Dieter mitgenommen«, informierte Christl sie, kaum dass Katrin das Fachwerkhaus betreten hatte. »Verena isch oben, aber sie will mit niemandem reden.«

Katrin musste sich anstrengen, um sich Klaus-Dieters Gesicht in Erinnerung zu rufen. Zwar war sie ihm ein paarmal begegnet, hatte aber nicht weiter auf ihn geachtet. Sie nickte und nahm zwei Stufen auf einmal, was mit hohen Schuhen nicht ganz einfach war. Sie fand Verena unter dem Dach, jedoch nicht in ihrem Büro, sondern in dem kleinen Kabuff, in dem ein alter Computer und Klaus-Dieters Ordner standen, penibel nach Thema und Jahreszahl geordnet.

Verena saß gedankenversunken hinter Klaus-Dieters Schreibtisch, den Blick auf einen Briefumschlag geheftet. Der Anblick strahlte etwas Endgültiges aus. Der Mann, den sonst diese Räume beherbergten, war fort und würde nicht wiederkommen. Es war, als würde Verena eine stumme Mahnwache halten.

»Hallo, Verena.«

Ihre Freundin blickte auf, ihr Gesicht war gerötet und die Wimperntusche verlaufen. »Er sagt, er habe es für mich getan.«

Was sollte Katrin daraufhin antworten? *Das war sehr nett von ihm. Dadurch hat er dir viel Ärger erspart. Du kannst ihm ja ein Holzofenbrot ins Gefängnis schicken ...* Sie verkniff sich eine zynische Antwort und setzte sich Verena gegenüber. »Vielleicht geht es ihm besser, weil die Wahrheit jetzt heraus ist?«

»Vielleicht. Ich würde es ihm wünschen.«

»Unten machen sie sich Sorgen um dich.«

»Ich muss ihnen die Situation erklären, bevor ihre Phantasie mit ihnen durchgeht. Aber vorher wollte ich einen Moment Ruhe haben.«

»Verständlich. Kann ich etwas für dich tun?«

Verena hielt ihr den Brief hin. Verenas Name stand drauf, in zackigen Druckbuchstaben. »Der Brief lag auf der Computertastatur. Er wollte wohl, dass ich ihn finde.«

»Willst du ihn nicht öffnen?«

»Lies selbst«, sagte Verena, nachdem sie geendet hatte.

Einerseits hatte Katrin das Gefühl, dass Klaus-Dieters Worte ausschließlich für Verena bestimmt waren, und sie fühlte sich wie eine Voyeurin. Aber wenn es andererseits ihrer Freundin half, ihre Erfahrung zu teilen, dann konnten ihr der Mann und seine Absichten gleichgültig sein. Sie las:

Liebste Verena!

Ich habe Vincent Kern erschlagen. Er war ein Tauge-
nichts, der die Menschen belogen und betrogen hat. Vor
fast dreißig Jahren hat er meine Schwester zu unsitt-
lichen Fotos für seine sogenannte Modelagentur über-
redet und sie veröffentlicht. Die Leute haben sich das
Maul über sie zerrissen, und daran ist sie zerbrochen.
Seither habe ich versucht, seinen Geschäften ein Ende
zu bereiten, es aber nie geschafft.
Ich konnte nicht zulassen, dass er auch dein Leben rui-
niert. Meine Absicht war es, mich sofort der Polizei zu
stellen. Aber dann wurde mir klar, dass ich zuerst das
Original des Dokuments suchen muss, mit dem er dich
erpressen wollte. Leider habe ich es nicht gefunden. Als
ich von seinem Haus zurückkam, war seine Leiche aus
der Abstellkammer verschwunden. Alles kam mir vor
wie ein böser Traum.
Ich hatte gehofft, nun doch in deiner Nähe bleiben zu
können. Wenn du diesen Brief findest, hat sich diese
Hoffnung zerschlagen. Du musst dir keine Sorgen ma-
chen. Ich würde jederzeit wieder so handeln.

In Liebe
Klaus-Dieter

»Das hätte ich ihm niemals zugetraut.«
»Nein. Du hättest es nicht wissen können.«
»Da ist noch etwas.«
»Ja?«
»Er hat dem Kommissar erzählt, er habe die Leiche im
Holzofen entsorgt. Aber hier im Brief steht nichts davon.«
   Katrin dachte an Christl und Anita, die ihre Freundin
hatten beschützen wollen, genau wie Klaus-Dieter. »Dann
solltest du der Polizei den Brief nicht zeigen.«

»Aber was ist, wenn er denkt, ich hätte die Leiche weggeschafft, und er behauptet es nur, weil er mich schützen will?«

»Hast du dich um die Leiche gekümmert?«

»Nein!«

»Dann lass es gut sein. Wenn Klaus-Dieter diesen Kern entsorgt haben will, dann lass ihm seinen Willen.«

»Ich weiß nicht ...«

»Willst du, dass bei euch wieder Ruhe einkehrt, oder nicht?«

Verena nickte. Sie saßen eine Weile schweigend da. Von unten drangen die Stimmen aufgeregter Landfrauen herauf.

»Wenn ich ihn nicht fortgeschafft habe, muss es eine der Landfrauen gewesen sein – oder mehrere.«

»Hast du eine Ahnung, wer es gewesen sein könnte?«

»Nein. Und ich will nicht, dass die Polizei wieder auftaucht und alles von vorn losgeht.« Verena warf einen letzten Blick auf den Brief und steckte ihn in den Schredder unter dem Schreibtisch. Kreischend vernichtete das Gerät Klaus-Dieters letzte Worte an sie. Sie erhob sich. »Ich muss es den anderen sagen.«

»Ich komme gleich nach.«

Als Verena gegangen war, schaute Katrin sich in Klaus-Dieters Büro um. Alles war funktional, fast spartanisch eingerichtet. Aber etwas störte sie, sie kam nur nicht darauf, was es war. Mehrmals ließ sie den Blick im Raum umherwandern, versuchte sich vorzustellen, wie sich Klaus-Dieter in seinem Kabuff bewegt hatte.

In der Ecke stand eine Küchenleiter. Das war es. Was hatte Klaus-Dieter damit gemacht? Er brauchte sie nicht, um an irgendwelche Schränke zu kommen, und das Fenster war auch nicht hoch genug. Abdrücke im Linoleum zeigten ihr, wo sie regelmäßig aufgestellt worden war. Katrin klappte sie auf und kletterte hoch. Interessant. Oberhalb eines der Fachwerkbalken fehlte der Putz, und sie konnte ins Nebenzimmer spähen. In Verenas Büro. Von der Leiter aus hatte sie einen guten Blick auf ihren Schreibtisch. Hatte Klaus-Dieter hier gestanden, Verena beobachtet und belauscht? Hatte er so herausgefunden, was sie gerade las, welche süßen Stückle sie gern aß und all die anderen kleinen Informationen? Wie oft hatte er auf der Leiter gestanden, das Objekt seiner Begierde beobachtet, während Verena angenommen hatte, allein zu sein?

Anscheinend habe nicht nur ich einen Stalker, sinnierte Katrin. Mit einem mulmigen Gefühl kletterte sie wieder herunter, klappte die Leiter zusammen und verstaute sie neben dem Aktenschrank. Auch Verena musste Klaus-Dieters unheimliche Seite gespürt haben. Sie hatte wirklich kein Glück mit den Männern. Jetzt würde Katrin wohl doch als Dating-Coach für einsame Landfrauen anfangen müssen, und sei es nur, um ihre neu gewonnene Freundin vor noch größerem Übel zu bewahren.

Epilog

Katrin hatte sich Darians Sportrucksack geliehen und mit allem Lebensnotwendigen vollgestopft. Zum hundertsten Mal überprüfte sie den Inhalt: Wasserflasche, Salamistangen und Nussriegel, Wechselsocken, ein Küchenmesser für alle Fälle, ihr Regencape von Armani, ihre schwarze Pagenkopfperücke – alles war da. Ihr Handy war vollgeladen, aber würde sie hoch oben auf der Alb, mitten im grünen Nirgendwo, Empfang haben?

Sie öffnete die Fahrertür von Evas Kleinwagen, ebenfalls geliehen, und schwang ihre Beine heraus, die in Evas Wanderschuhen steckten. Wann war sie das letzte Mal so zögerlich, fast ängstlich gewesen? Mit Anfang zwanzig hatte sie Berlin erobert, größtenteils zu Fuß. Dort hatte sie es mit allem und jedem aufgenommen und ihren Weg gemacht. Aber dort gab es auch Straßenschilder, Wegweiser und Passanten, die man fragen konnte. Im Gegensatz zu hier.

Es sind nur drei Kilometer, redete sie sich gut zu, aber das beruhigte sie nicht. Allein und im Halbdunkel durch die Wildnis. Die Gscheidles würden sie nicht vermissen, denn sie ahnten nichts von ihrem Abenteuer. Die gesamte Familie war am Freitagnachmittag nach Tübingen aufgebrochen, wo einer von Ghobards Cousins heiratete. Bis Sonntagabend würden sie nicht wieder hier sein.

»Auf geht's!« Katrin knallte die Fahrertür zu. Hoffentlich war das der richtige Wanderparkplatz, denn ein Schild suchte sie vergebens. Sie war Richtung Nabern aus Weilheim heraus und die Alb hinaufgefahren. Hinter einem Ort namens Schopfloch hatte sie die Orientierung verloren und war einfach der Google-Stimme aus ihrem Handy gefolgt.

Die Schwäbische Alb türmte sich dunkel und abweisend vor ihr auf. Sie war allein. Bis zu ihrem Schatz waren es nur ein paar Kilometer. Ein Schatz, der es ihr ermöglichen würde, mit ihrem Business durchzustarten. Der Gedanke daran trieb sie an, und sie zückte ihr Smartphone. Tatsächlich, Empfang! Nach einer Weile gelang es ihr, sich zu orientieren und dem Weg vom Wanderparkplatz hinein in den Wald zu folgen. Es wurde immer dunkler, nur ihr Bildschirm strahlte ein fahles, geisterhaftes Licht ab. Hoffentlich lockt es keine wilden Tiere an, dachte sie und beschleunigte ihren Schritt.

Es hatte tatsächlich Momente in Katrins Leben gegeben, in denen sie die Natur genossen hatte, zum Beispiel am Strand von Ibiza mit einem Cocktail in der Hand, beim Skifahren in St. Moritz oder auf dem Beifahrersitz eines Cabrios, das unter einer Allee aus Palmen entlangfuhr. Allein auf einem Waldweg über die Schwäbische Alb – das gehörte definitiv nicht dazu.

»Ich hoffe wirklich, da oben gibt's was zu holen«, murmelte sie, um sich zu beruhigen. Mehr als einmal dachte sie an Umkehr. Nach anderthalb Kilometern erreichte sie eine Kreuzung, die Karte zeigte jedoch nur eine Gabelung an.

»Was soll das?«, rief sie aus. Wenigstens war die Sonne mittlerweile aufgegangen. Einen Wegweiser suchte sie vergeblich, in zwei Richtungen waren Wanderzeichen an den Bäumen zu erkennen. Aber was bedeuteten sie? Ihr Instinkt riet ihr, der Route zu folgen, die weiter nach oben führte. Doch was war ihr Instinkt hier in der Wildnis wert?

Schwitzend begann sie den Aufstieg. Der Weg wurde immer schmaler, nicht viele Wanderer schienen ihn in den vergangenen Monaten gegangen zu sein, wenn überhaupt jemand. Also war sie vielleicht auf dem richtigen Weg! Sie unterdrückte das Gefühl des Triumphes, schließlich lagen noch achthundert Meter vor ihr. Da sah sie hinter dem Baumgrün ein Schild mit rotem Kreis auf weißem Grund: »Durchgang verboten! Steinschlaggefahr!« Darüber hinaus sollte ein Baumstamm Wanderer vom Passieren abhalten.

»Yesss!«, rief Katrin in den Morgenhimmel und reckte

die Faust empor. Mit Leichtigkeit kletterte sie über die Barriere und setzte unbeirrt ihren Weg fort. Ihr Schatz war in greifbarer Nähe. Der Boden erlaubte jedoch keinen forschen Schritt, denn das Laub von Büschen ragte vom Rand zur Wegesmitte, und zwischen dem wuchernden Unkraut lag abgebrochenes Geröll. In ihrer Euphorie machte sich Katrin aber keine Gedanken, vielleicht erschlagen zu werden. Schließlich wurde ihr Wagemut belohnt, denn die Wanderhütte des Albvereins tauchte zwischen den Bäumen auf. Seit Vincent Kerns Mörder festgenommen worden war, hatte sie der Gedanke daran nicht mehr losgelassen. Ihr Plan mit der Schatzsuche hatte zu reifen begonnen, als sich eines Morgens eine Gruppe Wanderer beim Bäcker mit Weckle eingedeckt hatte. Beim Hinausgehen hatte Katrin neidisch auf ihr klobiges, aber sicher bequemes Schuhwerk gestarrt, denn sie selbst hatte nicht widerstehen können, in ihre reparierten kirschroten Pumps zu schlüpfen. Das brachte sie zum Sinnieren darüber, dass auch Vincent Kern in seiner Freizeit gern gewandert war, zumindest hatten ihr die verschmutzten Schuhe in seinem drehbaren Regal so viel verraten. Eine Eigenschaft, die ihrer Erfahrung nach so gar nicht zu einem Mann wie ihm passte. Auch seine Redakteurin Linda hatte gemeint, dass sie daran ihre Zweifel habe. Noch fehlte ein Puzzlestück. Etwas, das sie gehört oder gelesen haben musste. Nur was?

Dann hatte sie eines Tages ihre Schicht beim Bäcker allein herunterreißen müssen, weil sich Lara krankgemeldet hatte und niemand einspringen konnte. Statt den Ofen mit neuen Blechen zu bestücken oder das schmutzige Geschirr zu verräumen, hatte sie es sich während einer Kundenflaute mit einem Espresso im hinteren Teil des Cafébereichs bequem gemacht und gelangweilt in den Ausgaben von »FünfzigPLUS« geblättert. Bis sie auf einen Artikel über den Wanderverein gestoßen war. In dem Moment war der Groschen gefallen. Was, wenn Vincent Kern nicht zum Spaß in Wanderschuhen unterwegs gewesen war? Was, wenn er dort etwas Bestimmtes gesucht hatte – zum Beispiel ein Versteck für das »Gelump«, hinter dem die Sülzles her waren?

Es hätte zu Vincent Kern gepasst, das Missgeschick anderer für sich auszunutzen. Der Wanderverein konnte seine Hütte nicht mehr benutzen, weil der Weg dahin wegen Steinschlags auf unbestimmte Zeit gesperrt war. Kern brauchte ein Versteck für die Antiquitäten, die er bei den Haushaltsauflösungen hatte mitgehen lassen. Die Lösung war so einfach wie genial, denn auf der Alb würde sicher keiner nach den Sachen suchen.

Katrin war mittlerweile an der Hütte angekommen, natürlich war sie abgeschlossen. Sie holte das Küchenmesser aus dem Rucksack und fuhrwerkte im Schloss herum. Zum Glück war es kein komplizierter Mechanismus, und es gelang ihr, den Riegel auf der anderen Seite leicht nach oben zu drücken. Das reichte, um die Tür aufzuschieben.

Drinnen war alles leer und staubig. Katrins Herz sank, in ihrer Phantasie hatte sie sich das Innere der Hütte ausgemalt wie das sagenhafte Bernsteinzimmer. Aber Aufgeben kam nicht in Frage.

Zentimeter um Zentimeter durchsuchte sie alles, kroch unter Bänke, inspizierte den Hohlraum unter der Spüle, klopfte die Wände ab – erfolglos. Erschöpft ließ sie sich auf eine rustikale Holzbank sinken und wollte sich nicht eingestehen, dass sie sich geirrt hatte. Dabei hatten alle Puzzleteile so gut zusammengepasst! Schließlich raffte sie sich auf, warf einen letzten Blick in jede Ecke und zog die Tür ins Schloss.

Nur um sich noch nicht geschlagen geben zu müssen, umrundete sie die Hütte. Auf der Rückseite stapelten sich grobe Holzscheite bis unters Dach, gleich daneben befand sich ein mannshoher und ebenso breiter schwarzer Wassertank. Katrin öffnete den Hahn über dem Boden, um sich die staubigen Hände zu waschen. Nichts. War ja klar, dass sie nicht einmal Wasser bekam ...

Da sah sie das Loch in der linken unteren Ecke des Tanks.

Es sah so aus, als hätte jemand es absichtlich hineingetrieben. Interessant! Katrin klopfte gegen die Wand. Es klang hohl, aber nicht leer. Sofort schlug ihr Herz schneller. Neben dem Wassertank waren die Holzscheite nicht ganz so hoch gestapelt. Sie riss einen nach dem anderen herunter und warf sie hinter sich. Ihr triumphales Gefühl kehrte zurück, denn eine Öffnung wurde sichtbar. Jemand hatte ein Loch in die Seite gesägt, durch das ein Erwachsener ins Innere des Tanks gelangen konnte. Katrin schaltete ihre Handytaschenlampe an und leuchtete hinein.

»Mein Schatz!«, jauchzte sie und zwängte sich durch die Öffnung. An der gegenüberliegenden Wand stapelten sich Kartons aus Pappe sowie Kistchen aus Holz und Metall. Sie wusste gar nicht, wo sie anfangen sollte.

Sie öffnete ein Kästchen aus Kirschholz und fand eine alte Porzellanpfeife samt Stopfer und Tabakbeutel darin. Ein Besteckkasten von Wallace war als Nächstes dran. Die silbernen Griffe waren leicht angelaufen, aber kein Löffelchen fehlte, nicht einmal die Zuckerzange. »1899«, war in den Samt geprägt. Feines Porzellan von Rosenthal, eingeschlagen in Zeitungsseiten, natürlich »FünfzigPLUS«.

Kern war sich sicher gewesen, dass niemand sein Versteck finden würde. Katrin bewunderte ein Schmuckkästchen aus den zwanziger Jahren, mehrere alte Pendeluhren sowie jede Menge metallene Kerzenhalter. Wahllos griff sie nach einem und fuhr mit dem Küchenmesser über den Boden. Keine Legierung, echte Bronze. Je nach Alter würde der ein hübsches Sümmchen einbringen. Sie war sich sicher, dass der Rest ähnlich wertvoll war.

Die wahre Schatztruhe war aber ein Karton mit dem Aufdruck »Kaviar Deluxe«. In seinem Inneren fand sie ein Sammelsurium alter Schmuckstücke, Puderdosen und Armbanduhren, teils im Kästchen, teils in Seidenpapier eingewickelt. Ein kurzer Blick überzeugte Katrin, dass alles alt und wertvoll war.

Sie trat den Rückzug an und zog den Kaviar-Karton hinter sich her. Wieder draußen stapelte sie die Holzscheite auf und gönnte sich eine Pause. Sie trank die halbe Flasche leer und wusch sich mit dem Rest die Hände. Um Platz im Rucksack zu schaffen, aß sie alle Salamistangen auf und steckte sich die Nussriegel in die Taschen ihrer Jeans. Nachdem sie alles Wertvolle in Darians Rucksack verstaut und den Karton im Wald entsorgt hatte, drehte sie ihre Haare zu einem tiefen Knoten und zog ihre schwarze Pagenkopfperücke darüber. Nun war sie für den Rückweg gewappnet.

Für den Rest ihres Schatzes, der sich noch im Wassertank befand, musste sie sich etwas einfallen lassen, aber erst einmal wollte sie den Schmuck in Berlin verhökern. Gut, dass ihre Wohnung in Schöneberg einen Vorwand abgab, noch ein paarmal dorthin zu fahren. Was in Berlin passierte, blieb in Berlin. Danach würde sie hier ein neues Leben anfangen.

Ein hübsches Sümmchen war ihr sicher. Von dem Geld würde sie einige Zeit gut über die Runden kommen, bis ihr Beraterbusiness brummte. Ihre Luxushandtaschen-Sammlung, die sie stets als Altersvorsorge angesehen hatte, blieb ihr erhalten.

Auf dem Rückweg beeilte sie sich, denn wegen des Steinschlags war ihr nun ein bisschen mulmig zumute. Was für eine Tragödie, wenn sie ausgerechnet jetzt, mit einem Rucksack voller wertvoller Sachen, von einem Felsblock erschlagen würde!

Schweißflecken breiteten sich auf ihrer Kleidung aus, und ihre Kopfhaut fing unter der Perücke an zu jucken. Trotzdem behielt Katrin sie sicherheitshalber auf. Ihrer Erfahrung nach war der Teufel ein Eichhörnchen, und sie wollte nicht riskieren, bei ihrer Schatzsuche von irgendjemandem erkannt zu werden.

Es war kurz vor zehn Uhr. Alles war glattgegangen. Wenn jemand sie fragte, hatte sie so lange im Bett gelegen. Mittags würde sie sich bei den Landfrauen den Bauch vollschlagen, denn sie konnten endlich wieder ihren Holzofen benutzen und Bätscher backen. Darauf freute sie sich und brachte kräftig Hunger mit. Bestimmt wuselten die Frauen schon durchs Haus, kneteten Teig, schnitten Schinken und Zwiebeln. Ein Gedanke machte sich in Katrins Hinterkopf breit, und er gefiel ihr nicht. Das Geld, was sie für die Sachen in ihrem Rucksack bekam, könnten die Landfrauen gut gebrauchen, um das Vorkaufsrecht für ihr Haus geltend zu machen …

Doch es war eine Sache, Ellis Geld wiederzubeschaffen oder Verena bei ihren Problemen zu helfen. Ihren Schatz zu teilen eine ganz andere. Nie mehr kleine Brötchen backen, mir was gönnen, ging es ihr durch den Kopf. Andererseits gefiel es ihr bei den Landfrauen, und sie konnte sich nicht vorstellen, dass jemand anderes in deren Haus zog. Irgendein reicher Schnösel Marke Vincent Kern vielleicht?

Sie kletterte über den Baumstamm und war froh, dass die Wildnis wieder weniger gefährlich war. Noch ein paarmal würde sie hinaufwandern müssen, um ihren Schatz sicher nach unten zu bringen. Sie fragte sich, wie viel er wohl insgesamt wert war und ob sie wirklich alles Geld für sich brauchte. Energisch verscheuchte sie den Gedanken.

Sie hatte das Geld schon verplant, oder nicht? Ihr Business hatte Priorität. Aber vielleicht könnte man halbe-halbe machen? Es war zum Perückeraufen! Bevor sie nach Weilheim gekommen war, wäre ihre Entscheidung klar und deutlich ausgefallen, und sie hätte nicht im Traum daran gedacht, das Geld zu teilen.

Warum musste sie sich jetzt so quälen?

Katrin betrachtete die Karte auf ihrem Handy. Noch knapp ein Kilometer, dann war sie wieder am Wanderparkplatz.

»Wenn du unten ankommst, musst du dich entscheiden«, ermahnte sie sich, zog ihre Perücke zurecht und machte sich auf den Weg zurück in die Zivilisation.

Danksagung

Mein großer Dank geht an meine Schwäbischlehrerin Sylvia Scheufele. Mit ihren Übersetzungen hat sie der Geschichte Leben eingehaucht. Außerdem an Rene Struensee, der nie aufgegeben hat, einer Reigschmeggden wie mir Butterbrezeln schmackhaft zu machen. Wer weiß, wie der Titel dieses Krimis ohne ihn lauten würde?

In Weilheim danke ich der Bäckerei Scholderbeck, die Katrin Schimmelpfennig im Buch einen Job gegeben hat und deren süße Stückle mir beim Schreiben oft den nötigen Energieschub gegeben haben. Außerdem dem Gasthof »Zur Post«, der Katrin im Buch mehrmals bewirtet. Im Gegensatz zu vielen ausgedachten Details gibt's den Schnitzeldienstag wirklich. Falls ihr euer Buch signiert haben wollt, findet ihr mich höchstwahrscheinlich dort. ☺

Vielen Dank an Oliver und Nadine Jäger für die Hinweise zu Pflegediensten und speziellen Dank an Oli für den titelgebenden Wortwitz in Kapitel 13.

Ich bin meiner Lektorin Christiane Geldmacher sehr dankbar, dass sie sich und mir so viel Arbeit gemacht und dadurch das Beste aus der Geschichte, Katrin Schimmelpfennig und Kriminalhauptkommissar Thomas Franke herausgeholt hat.

Vielen Dank auch an Stefanie Rahnfeld und das Team von Emons, dass sie Katrin und mich so herzlich und professionell betreut haben.

Nicht zuletzt gilt mein Dank Dunja Wagner, auf deren zielführende Kritik immer Verlass ist.

Weilheim an der Teck, 19. März 2025